천성래 소설집

고양이 심바 FAT CAT 는 무슨 짓을 했나

천성래 소설집

고양이 심바는 무슨 짓을 했나

FAT CAT

지우출판

FAT CAT

고양이 심바는 무슨 짓을 했나

인쇄 / 2025. 4. 5. 초판1쇄

발행 / 2025. 4. 20. 초판1쇄

지은이 _ 천성래

발행인 _ 김용성

발행처 _ 지우출판

출판등록 _ 2003년 8월 19일

서울시 동대문구 휘경로 2길3. 4층

TEL: 02-962-9154 / FAX: 02-962-9156

ISBN 979-11-94120-07-0

lawnbook@hanmail.net

값 15,000원

작가의 말

작가라는 직업은 나를 지키는 수호신과 같다. 특히 역사를 안고 살아가야 하는 소설가의 길이란 힘겨운 길이지만 진실한 인간의 역사를 짊어지고 가야 하는 책무 때문에 버티며 살아갈 명분이 되기도 한다. 나는 청빈한 유학자 집안에서 태어나 어른들 밑에서 인간의 가치와 도리를 공부하는 학문적 분위기 속에서 성장했다.

바람 소리, 물소리, 새 소리로 가득한 깊은 산중에서 비록 밝은 문명을 접하지는 못했지만 절기에 맞는 놀이며 문화와 풍속 등을 탐닉했으며 밤늦도록 등불을 밝히고 독서를 했다. 일찍이 접한 사자(四字)책, 천자문, 오언(五言)의 추구(抽句), 동몽선습 등을 외우고 익히며 어린시절을 보냈다. 중학에 입학할 무렵에는 앞마을 훈장님 밑에서 논어를 익혔고 나중에 고전에 속하는 고서를 탐독했다. 고등학교에 진학하며 도회지로 나와서야 신문명에 발을 담그기 시작했고 한글 소설, 세계 명작, 철학자의 수상록 등을 읽었다.

이런 가운데 중부 전선에서 거의 3년이란 병역의무를 마치고 병장 만기전역을 하면서야 우리글에 대한 소중함을 깨닫기 시작했다. 총을 메고 철모에 흰 눈이 쌓일 때도 우리 말 사전을 가슴속에 품었다. 철책선 관망대 보초를 서고 부대의 높은 철조망 밑에서 동초(動哨)를 서면서도 치열하게 작가의 길을 준비했다. 나는 무수한 별똥별을 맞고 달빛 차가운 기운에 뺨이 시려도 우리 어휘에 대한 이해와 지식을 넓히는데 소홀히 하지 않았다.

이런 노력이 바탕이 되어 작가의 길을 지금껏 걸으면서 한 가지 깨달은 것은 처음 작가의 길을 시작할 때와 마찬가지로 순수한 우리 글로 우리의 사상, 우리의 철학, 우리의 역사를 기록하는 일이 매우 소중하다는 사실이다. 나는 어떠한 경우에도 내 작품에는 철저히 우리의 아름답고 순수한 어휘를 사용하겠다고 약속했다. 이 작품집에 보여주고 있는 소설들 역시 아름답고 순수한 우리 언어를 사용하는 데 중점을 두었다. 우리 글로 미국 사람들의 역사와 문화를 기록하면 미국작품이다. 일본 말로 우리 역사를 기록하는 것도 진정한 의미에서 우리의 작품은 아니다. 우리 글로 우리의 역사와 문화를 기록하는 것이 진정한 우리의 작품인 것이다.

자칫 우리 어휘에 집착한 나머지 이야기의 흐름에 방해가 될지도 모른다는 염려도 있었지만 전후(前後) 맥락을 이해하는 데 여기 사용한 우리 언어가 결코 흐름을 방해하지 않는다는 것도 알게 되었다. 나는 나름대로 방대한 소설작업을 하고 또한 5부작 역사 대하소설 〈국경의 아침〉(전10권) 1만 2천 매를 집필하면서는 난무한 외래어와 국적 불명의 언어 소용돌이 속에서 우리의 언어를 찾아 사용하려고 노력했다.

한국어 말하기 대회 심사위원으로 해외에 나가서도 우리 언어의 소중함을 피력했고 강단에서 학생들을 가르치고 다양한 지역, 관공서 등에 인문학 특강, 법무부에서 30여 년을 인문학과 인권 강의를 하면서도 우리말과 글의 소중함을 피력하는 데 노력하고 있다. 내가 평생을 하나같이 작품을 쓰면서 느낀 것은 우리 말, 우리글이 정말 아름답고 과학적이라는 점이다. 색깔 하나의 표현에도 다양하고 섬세한 표현의 차이를 지닌 언어는 세계적으로 우리말과 우리글밖에 없다.

이 작품이 단편 모음의 창작소설집이지만 구태여 소설집의 형태인 평론가의 평을 싣지 않는 까닭은 이 작품을 읽는 독자의 상상력에 자유를 주기 위함이다. 평론가의 전문적 지식이나 현학적 표현이 독자의 자유로운 사고(思考)를 방해할 수도 있다는 판단 때문이다. 이 책을 상재(上梓)한 이유는 이보다 훨씬 깊은 의미가 담겨 있다. 나는 독자에게 크게 바랄 것이 없다. 하지만 작품 하나하나를 읽으면서 그 작품이 써진 배경을 밝힌 작가 노트와 행간의 사이에 별표를 해서 풀이한 우리의 아름다운 어휘를 기억해준다면 더 바랄 게 없다. 고달픈 작가의 길이 계속 이어지겠지만 나는 앞으로도 더욱 치열하게 아름답고 소중한 우리 언어의 생명력을 작품 속에 투영할 것을 약속하는 바이다.

2025년 3월 소설가 천성래 쓰다

차 례

고양이 심바는 무슨 짓을 했나

Fat Cat

인간과 애완동물의 관계는 애정과 지배, 동반과 소유 사이에서 미묘한 균형을 이룬다. 우리는 그들을 가족이라 부르지만, 동시에 우리의 뜻대로 돌보고 통제하며 길들인다. 애완동물은 인간의 삶을 닮고 싶어 하면서도 결코 닮을 수 없는 존재다. 그 차이는 때로 애틋함을 낳고, 때로 잔혹한 운명을 결정짓기도 한다.

이 소설은 핀란드 출신 미국 영화감독의 거장인 데이비드 린치의'잭은 무슨 짓을 했는가'를 패러디한 작품이다. 컬트 영화의 대부라 할 수 있는 데이비드 린치는 아쉽게도 자기 영화를 패러디한 이 소설을 읽지 못하고 지난 1월 세상을 떠났다. 나는 이 소설을 번역해서 그에게 선물할 생각을 했고, 이 소설을 또한 최근 영화로까지 만들었다. 30분의 짧은 영화 속에 내면에 흐르는 인간들의 자의식 흐름을 음미하고 싶었다.

살찐 고양이(Fat Cat)는 인간을 닮고 싶어 하지만, 그럴 수 없기에 고통을 받는다. 그리고 주인의 애증 어린 시선 속에서 결국 돌이킬 수 없는 선택을 하게 된다. 인간이 품은 애정은 때로 가장 잔혹한 속박이 되고, 동물의 본능은 그 속에서 일그러진다. 이 단편은 그러한 관계의 어둡고도 깊은 단면을 비추는 거울이 될 것이다.

|

멀리 뱃고동 소리가 들린다. 항구에서 그리 멀지 않은 경찰서 조사실은 침묵이 흐르고 있었다. 침묵이 깊은 탓에 뱃고동 소리는 더욱 선명하게 들린다. 배의 출항을 기다리던 고양이 심바는 창밖을 바라보며 불안한 기색이 역력했다. 저 배를 제시간에 타야 그리운 고향으로 돌아갈 수 있을 텐데….

심바는 고양이 치곤 몸이 비대했다. 하지만 인간에 비하면 턱도 없는 키와 몸무게였고, 심바의 정신세계는 얼마나 깊고 넓은지 사람들은 잘 모른다. 관심도 없고, 그럴 필요도 없는 운명이고 현실이었다. 모두가 세상의 흐름 속에 마치 강물처럼 출렁출렁 흘러가는, 운명 같은 공동체라고 하면 틀리지 않을 것이었다.

문제는 어디에서 비롯된 것일까.

심바는 자기 정체성을 착각하고
살았던 것은 아니었을까? 인간 세상에
너무 깊게 발을 담그고 뿌리를 내린 것은
아니었을까? 아아…. 심바의 목에 걸린 은방울은
인간들로부터 배운 욕망의 상징물이었다.

고양이 심바는 창밖에서 시선을 거두어들였다. 다시 뿌, 뿌, 뿌 뱃고동 소리가 길게 울렸다. 이제 정말 저 배는 나를 태우지 못하고 떠나고 말겠구나. 지금의 처지를 원망할 생각은 없다. 여기까지 살아온 생(生)의 이력이 운명이었다고 생각하면 아쉬울 것도 없다. 하지만 아무런 미련도 없다는 말을 쉽게 내뱉지는 못할 것 같다. 그러기엔 인간 세상에서 지지고 볶고 살아온 세월의 무늬가 뇌리에 거미줄 같은 추억을 너무 깊게 그려 놓았던 것이었다.

초침이 흘러간다. 삶이 꼭 저렇게 약속처럼 흘렀지. 생은 누구에게나 시한부 삶이었을 텐데 겨우 선착장 문턱에서 이렇게 회한(悔恨)을 느끼다니 삶이란 참 아직도 알 수가 없다. 우리가 사는 세상이 이런 항구였을까. 어쩌면 그럴지도 모르지. 심바는 고개를 길게 빼내 주위를 살펴본다. 결국 삶이란 뱃고동 같은 환송을 받으며 어디론가 마지막으로 떠나야 하는 존재들의 이야기일지 모른다. 어쩌면 그러겠지. 또 뱃고동이 생을 재촉하듯 뿌우 하고 길게 울린다. 심바는 그만 눈물이 나서 눈을 질끈 감아버렸다.

구두 굽 소리가 들린다. 말발굽 소리와는 분명히 다른 구두 굽 소리. 인간들은 저 구두 굽 소리에 권위를 간직하고 사는 듯했다. 심바는 늘 구두 굽 소리에 긴장하며 예민하게 반응했다. 저 소리에 귀가 번쩍 놀랐던 적이 수없이 많았던 사실을 기억한다. 심바가 모시는 사람은 유난히 구두 굽 소리가 요란했지. 집안에 들어오면 언제나 들들 볶았던 그녀….

그녀는 자신이 인간이란 사실 하나로 심바를 완벽하게 지배했다. 심바는 이런 사실을 모를 리가 없었다. 흥, 하지만 심바는 생각한다. 돌이켜 보면, 지배를 당한 것은 주인님이었다고 말이다. 이건 심바가 살아오면서 지닌 유일한 자부심이었다. 심바는 여자를 완벽하게 지배했지. 심바는 이런 생각에는 아직도 한 점 의문이 없다.

　이윽고 조사실 문이 열렸다. 문이 열릴 때 잠깐 열린 문틈으로 보이는 낯익은 모습이 있었다. 비틀거리는 사람들, 저 사람들 틈 속에 심바도 섞였던 적이 있었지. 그땐 참 무서울 게 없던 시절이었는데⋯. 이제 늙고 지쳤다. 살아온 날을 추적해 심판하겠다는 짓이 아니면 이게 대체 무슨 상황이란 말이지?

　잠시 후 구두 굽 소리가 크게 들린다. 딱딱하게 박히는 구두 굽, 고양이 심바는 바짝 긴장한다. 문이 열리자 남(南) 형사가 등장한다. 남형사가 정장에 선글라스를 끼고, 심바를 향해 걸어온다. 그리고 다시 창밖에서 뱃고동 소리가 들리면서 전혀 다른 세상이 펼쳐진다.

　낯선 세상, 호기심 때문일까. 누구나 낯선 삶을 원할 때가 있겠지. 하지만, 경찰서 조사실에서 만난 낯선 형사는 반갑지 않을 것이다. 순간, 걸어온 지난 세월이 파노라마처럼 펼쳐진다. 심바, 너 대체 무슨 짓을 한 거야?

　심바는 자신에게 물었다. 늘 이렇게 자신에게 물었어야 했다. 자신을 되돌아보는 시간이 많았다면? 떠올리고 싶지 않은 날들이다. 그랬다면, 지금 이런 낯설다 못해 경이롭기까지 한 상황이 펼쳐지지 않았을 것이었다. 낯선 시간과 낯선 상황, 그 삶의 굴곡진 무늬들이 결코 추억으로 새겨지지 않기를 바랄 뿐이다.

2

 남 형사는 체격이 컸다. 심바는 남 형사를 올려다보았다. 저런 인간들은 딱 질색이지. 덩치로 제압하려는 인간들, 품위라고는 눈곱만큼도 있어 보이지 않는 인간들이 심바는 얼마나 슬퍼 보였던가. 아아, 지난 생을 되돌아보니 눈물이 흐르는 것을 멈출 수가 없다. 이게 삶이란 말인가.

 저놈은 내게 무슨 말을 하려는 걸까? 저토록 뜸을 들이는 것을 보면 첫마디는 상상조차 하기 싫다. 심바와 남 형사의 눈빛이 마주친다. 눈빛이 마주치는데 격렬하게 부딪쳐서 어느 한쪽이 피하기 전엔 끝날 것 같지 않다.

 아아, 정말 저놈이 무슨 말을 꺼내려나? 심바는 궁리에 궁리를 거듭하고 있다. 남 형사가 상의(上衣) 포켓에서 담배를 꺼내 성냥을 긋는다. 곧 담배 연기가 풀풀 천장을 향해 피어오른다. 남(南)은 저 담배 연기 하나로 얼마나 많은 선량한 사람들을 주눅이 들도록 만들었을까? 삶이란 원래 이런 것일까? 들들 볶는 사람과 들들 볶이는 사람, 삶의 부류가 있다면 세상에는 딱 이 두 부류로 결판이 나겠지.

 오늘따라 심바의 수염이 초라해 보인다. 눈은 수척하고 코는 비루먹은 모습인데 입마저 안에서 상처가 돋았다. 자기가 아니면 모를 아픔이 심바 몸에 수두룩하다. 심바는 원래 다른 이들의 관심을 받기 싫은 몸이었다. 오직 그녀를 위해 재롱을 떨고 흥얼거려야 했지. 그래도 이제 생각해 보면 후회 같은 것은 없다.

이윽고 남 형사가 첫마디를 꺼냈다.

"시바, 그새 덩치가 커졌군."

"누구한테 하는 소리오? 그건 욕설인데…."

심바는 남(南)을 향해 불쾌한 음성으로 물었다.

"시바, 여기 당신 말고 누가 또 있나?"

"오호, 나한테 하는 소리였군. 난 시바가 아니라 심바란 말이오."

"시바나 심바나…."

남(南)이 다시 담배를 빤다. 남은 담배를 깊게 빨아들여 천천히 뿜는다. 담배 연기가 천장으로 올라가는데 심바의 눈에는 남(南)의 생각이 담배 연기 속에 다 드러나 보인 듯하다.

"난 제대로 된 내 이름으로 불리고 싶다고…."

"시바, 당신이 그런 짓을 하고도 고상한 이름을 들먹거려?"

남 형사의 목소리가 더 거칠어졌다. 남은 담배 연기로 솜사탕을 만들려는지 입을 동그랗게 오므려서 연기를 쏘아 올린다.

"글쎄, 난 아니라니까 정말…. 그리고 내 이름은 시바가 아니라 심바라고!"

심바는 우선 큰 목소리와 함께 머리부터 흔들었다. 난 아니야. 경찰서 형사계에서 추궁하는 놈들이 가장 듣기 싫어하는 말이겠지. 심바는 속으로 남(南)을 비웃었다. 남이 어떻게 이 심바를 이해할 수가 있느냐 말이야.

"당신들은 순식간에 너무 비대해졌어, 시바."

"인간들이 지껄이는 욕설은 정말 지긋지긋해."

그들 둘은 결코 지고 싶지 않은 듯하다. 어느 한쪽이 비정상적으로 우세했다면 지금 이렇게 심바와 남이 마주 앉아 옥신각신하는 모습도 볼 수가 없었겠지. 한쪽이 도태되었다면 더 나은 세상이 되었을까? 어떻든 이 위대한 대지(大地)에서 함께 숨 쉬고 살아온 세월이 얼마냔 말이야.

"고상한 척 하지마, 시바야. 난 당신에 대해 뭐든 다 알고 있으니까…."

남이 무례하다는 것을 심바는 바로 깨닫는다. 세상에, 남이 자기를 다 알다니, 대체 뭘 어떻게 보고서 하는 소리란 말인가. 생의 이면이 당신들이 들여다볼 정도로 얕게 살아 오지는 않았는데 말이다.

"잘 들어요. 난 원래 이 바닥의 라이온 킹이었다구…."

"뭐? 큭 큭 큭…."

남(南)이 심바를 노골적으로 비웃었다. 심바의 말을 눈꼽 만큼도 믿지 못하겠다는 표정이었다.

"여기가 무슨 월트 디즈니야 뭐야? 이봐, 시바! 당신이 지금 왜 여기 있는지 알겠소?"

남 형사의 목소리는 갑자기 굵어졌고, 손바닥으로는 책상을 내리쳤다. 심바는 그런 남의 행동에 흔들리지 않을 생각이었다.

"이게 무슨 냄새죠?"

심바가 딴전을 부리듯 물었다.

"묻는 말에 대답이나 해요! 시바, 당신은 늘 그런식이었지…."

"민트향을 맡으면 미쳐버리겠단 말이야."

심바는 자리에서 일어나 허리를 곧게 편다. 목을 힘껏 늘어뜨려 본다. 비루먹은 코를 씰룩거린다. 민트향에 대해 사과할 생각은 없다. 이건 정말 사실이니까 말이다.

"시바, 동문서답(東問西答)하지 말고 상황을 직시하세요. 인간에 대해 뭐 아는 게 있어요?"

"왜 그런 걸 묻고 그래요? 인간은 오만하고 욕망이 비대하지…. 내가 잘못 알고 있소?"

심바의 시선이 남(南)의 시선과 부딪친다. 서로 불꽃이 튄다. 누가 먼저 기선을 잡을 것인지 마치 겨누고 있는 모습과 흡사하다.

"시추 자매 살인범으로 당신을 체포하겠소."

"쳐죽일 인간, 증명해 봐요!"

심바의 목소리가 폭발한다. 시추 자매 얘기 만큼 듣고 싶지 않았는데…. 결국 경찰서 조사실에서 이런 끔찍한 얘기를 듣게 되다니.

"시바, 당신 시추 자매와 어울린 적 있지?"

남이 정곡을 찌르고 들어온다. 뭐야? 인간들이 벌이는 고무줄놀이 같은 것은 딱 질색이다. 당겼다가 늦춰주고, 또 당겼다가 늦춰주고…. 늘 그런 식이지, 인간들은. 결국 걸리면 죽는 것은 누구 차지였던가. 모든 룰이 인간들 제멋대로였지.

너무도 불공정한 게임이었다는 것을 깨닫고 이제 고향으로 돌아갈 항구에 섰는데, 대체 이 지경이라니 어이가 없다. 인간임을 제일 자부심으로 내세운다는 당신들 말대로 니미럴…. 심바는 신문을 건성으로 들여다보다가 탁자에 탁, 하고 친다.

"당장 꺼져요! 시추 자매 얘기는 꺼내지도 말아요!"

"못된 송아지 엉덩이에 뿔난다더니…."

남이 구두 굽으로 바닥을 컥 찍으면서 숫제 대놓고 송아지라고 비웃는다. 제일 듣기 싫은 소리가 인간들이 제멋대로 평가하는 것이다. 고양이와 송아지를 견주다니, 천벌 받을 인간들이나 할 짓이지.

"난 송아지가 아니잖소. 잔말 말고 커피나 한 잔 줘요."

남 형사가 조사실 저쪽 형사계를 향해 이봐, 노 순경. 여기 커피 한 잔 내오지, 하면서 품속에서 다시 담배 한 개비를 꺼내 피워물었다. 심바의 눈가에 눈물이 맺혀 있다. 커피 향을 맡게 되면 견딜 수 있을지 자신이 없는데 노 순경이 엉덩이를 흔들고 들어온다. 커피에서 자기 이름이 향이라고 말하는 듯 김이 모락모락 올라온다.

3

심바는 노순경을 바라보았다. 무릎 위로 올라온 치맛단을 보는데 선정적이었다. 이런 감정을 느낀 적이 언제였던가. 차 쟁반을 들고 심바를 향해 구두 굽 소리를 튕기며 생기발랄하게 걸어오는 노순경. 심바는 지난 추억의 한 장면이 그리워 자신도 모르게 내 여자 친구가 생각나요, 하면서 그녀의 엉덩이에 손이 올라갔다. 어머 시바, 손이 짓궂네요. 노 순경이 입을 벌리며 놀라 소리쳤다.

"시바, 옛 버릇 여전히 버리지 못했군."

남 형사가 경멸스런 눈초리로 심바를 쏘아본다.

"그런 소리 말아요. 난 정말 저렇게 예쁜 주인을 사랑했다고."

"시바, 당신은 인간이 아니란 걸 명심해!"

숫제 경멸조로 말한다. 인간과의 경계는 무엇일까. 그런 인간들을 흉내 내듯 심바는 커피를 홀짝인다. 이렇듯 심바의 기억에 인간을 동경했던 적은 물론 여러 번이었다. 하지만 지금의 이런 처지를 이해할 수 없다. 애초에 인간의 세계에 발을 들여놓은 것 자체가 잘못이었을까?

"날 남편 취급한 건 그 여자였소. 날 숫제 나이 어린 남편 취급했다니까. 밤마다 자기 배 위에 날 올려놓고 아주 재봉틀 돌리듯 들들 볶았다니까…."

심바는 엉덩이를 요란하게 흔들며 사라지는 노 순경의 뒷모습을 뚫어지게 쳐다보았다. 인간, 아니 여자의 엉덩이는 어쩜 저렇게 다 요염하지?

"지지난 겨울, 눈이 소록소록 내릴 때 시바 당신, 여객선터미널에서 밤을 샌 적 있지?"

"당신은 예의가 정말 밥맛이군. 그거 알아요? 남 형사님. 막다른 골목에 선 우리 같은 나비 족속에게도 예의범절이란 게 있다고요."

심바는 살아오면서 인간들의 잣대로 자신을 판단하는 게 마음에 들지 않았다. 언제 쓸쓸하고 언제 인간이 그립고, 또 어떻게 이성의 호르몬에 중독되는지 알려줄 것까진 없지만, 오해를 불러오는 것은 정말 지긋지긋해, 라고 말하고 싶었다.

"시바, 아직도 상황파악이 안 되나?"

"대체 무슨 얘기가 하고 싶은 거요?"

"당신은 범죄자고, 당신이 믿고 싶은 그런 인간이 아니라니까. 바랄 걸 바라야지. 지금 나한테 예의범절을 들먹이다니…."

"증거를 대봐요. 난 한때 내 삶의 황금기를 누렸다고요. 아버지는 충무로 인쇄공이었고, 어머닌 구로동에서 방직공이었죠. 아버지는 날마다 책을 한 권씩 가져왔지요. 난 방직공장 뒷마당에 엎드려 온종일 책을 읽었어요. 난 이래봬도 아는 게 많다고요. 살인이나 성폭행이 큰 죄라는 것도 다 알고 있어요."

심바는 자신이 마치 짐승처럼 매도 당하고 있음을 알았다.

"이봐, 시바! 내 감성에 기댈 생각은 말아요. 당신 아버지는 겨우 인쇄소 견습공 노릇한 게 다잖아. 당신이 책을 읽었으면 얼마나 읽었겠어? 책 속에 죄짓지 말라고 쓰여 있는 걸 나는 보지 못했다고…."

남(南)은 절대 물러서지 않을 것처럼 말했다. 마치 눈 내린 새벽의 발자국보다 중요한 증거가 어디 있겠느냐는 듯 확신범처럼 말하고 있었다. 심바는 여태도 무시당하고 살아온 세월이 억울해 작은 체구가 놀랄 정도로 상체를 세우며 말했다.

"이런 뒈질 인간! 날 무시해도 좋지만, 내 아버지와 책이라는 교양을 그런 식으로 무시하다니…."

"시추 자매를 처음부터 노린 건 바로 당신이었지? 인쇄소 옆 호텔 카페에는 왜 들어갔지?"

남은 정곡을 찌르듯 물었다. 한꺼번에 두 가지 질문을 연달아 물을 때 남의 담뱃불이 놀라 바닥으로 뭉텅 재가 떨어져 내렸다. 남은 담뱃재가 떨어지는 것도 모르고 씩씩거리며 어깨를 들썩거리고 있었다.

"향수라는 걸 당신들이 알기나 할까? 옛날 햇볕 나른한 봄날, 그녀와 난 카페 창가에 앉아 온종일 노닥거리곤 했지. 내 엉덩이에 올라타 들들 볶지만 않았어도, 지금 난 그녀와 함께 있을 텐데…."

창밖으로 기적 소리가 들렸다. 이럴 때는 저 기적소리도 듣기 좋다는 말은 할 수가 없다. 사람을 벼랑에 몰아 절망으로 몰아붙이는 소리처럼 들린다. 심바는 마치 저 기적소리까지 남 형사와 같이 자신을 향해 심문해 오는 소리처럼 들리는 것이다.

남 형사가 기적 소리가 들리는군, 하고 혼잣말을 했다. 남은 담배를 꺼내 더 태우려다 그만 포켓에 집어 넣는다.

"내가 독하게 굴었다면 당신은 한가하게 추억이나 떠올릴 수 없었을 테지…. 벌써 수갑을 차고 언덕 너머 철창행이었겠지….."

"누가 할 소릴…. 뒷발만 다치지 않았어도 당신의 존재조차 기억할 필요가 없었다구."

"시추 자매의 엉덩이는 왜 쓰다듬었나? 설마 그것도 향수를 느끼려 는 수작질이었다고 변명하지 말게."

"이런 쳐죽일 인간! 난 시추 자매의 콧털 하나 노려본 적이 없단 말 이오!"

시추 자매라는 말이 튀어나올 때, 마침내 심바는 폭발하고 말았다. 처음 몇 번은 참을 수가 있었지만, 거듭되는 공격에 더는 견딜 수가 없 었다. 세상이 자신을 향해 손가락질을 퍼붓는 느낌이었다. 세상이 자 신에게 비웃음을 던지는 듯했다.

이때, 한 패거리의 술 취한 사람들이 개처럼 짖어대며 형사계에 들어 온다. 형사계 복도로 들어와 음흉한 노래를 합창하며 저편 조사실로 사라지고 있었다. 주정뱅이들이 사라지고 시끄러운 소리도 낭떠러지에 빨려든 듯 조용해지고 있었다.

남(南)은 숙였던 고개를 쳐들며 포켓에서 담배를 꺼내 피워물었다. 그 는 가만히 담배 연기를 바라보며 사색에 잠겼다. 한참이나 남의 담배 연기가 천장으로 머리를 풀어헤치고 올라가고 있었다.

이때, 갑자기 아악? 하며 고양이 심바가 고함을 쳤다. 심바는 마치 못 볼 것을 보기라도 한 듯 머리를 움켜쥐고 있었다.

"갑자기 웬 고함이야? 당신 털끝 하나 안만졌는데…."

남은 자세를 고쳐 앉았다. 뿍, 뿍, 뿍 담배를 급히 빨고 재떨이에 비 벼꺼버린다. 심바가 여전히 머리를 움켜쥐며 소리치듯 말했다.

"난 저런 인간들보다는 진지하게 살았다고⋯."

"주둥이 닥쳐요! 당신은 피의자라고! 곧 감옥에 들어갈 몸이야!"

남(南)이 사이를 주지 않고 심바를 향해 소리를 높였다. 죄를 짓고 큰 소리치는 작자들이 남은 가장 보기 싫었다. 형사와 범죄자로 만나는 이런 자리가 남은 늘 반갑지 않았다. 간혹 억울하게 죄를 뒤집어쓴 자들도 있지만, 남은 일단 이런 테이블에 앉은 이상 적대적인 감정으로 무장하는 것이었다.

"이제 곧 겨울이 닥칠텐데⋯. 차라리 이번 겨울엔 감옥이 나을지도 모르겠군. 지난겨울에 터미널 버스 바퀴 아래에서 잠을 잤어. 주정뱅이 놈이 갈긴 오줌이 내 털에 달라붙더군. 참으려고 했는데 그만 어찌나 춥던지 온몸에 고드름이 열리더라니까. 내 그래서 술 취한 주정뱅이 놈들 보면 경기(驚氣)를 일으키더라고⋯."

심바는 몹시 놀란 표정이었다. 여전히 주정뱅이들이 사라진 쪽을 향해 두리번거리면서 몸을 부들부들 떨고 있었다.

"그들도 사정이 있었겠지. 심바, 당신은 시추 자매 살인범이야. 그깟 오줌 열 번을 뒤집어쓴들 시추 자매 고통에 비하겠어?"

"쳐죽일 인간. 증거를 대보라니까⋯."

4

심바는 시추 자매를 생각하고 싶지도 않았다. 한때는 위로하고 위로를 받은 몸이었지만, 결국 이렇게 얽혀 자신의 발목을 잡을 정도로 악연이었다. 시추 자매를 만나 심바는 정말 행복했는지 잠시 생각에 잠길 틈도 주지 않고 남 형사가 불쑥 물었다.

"바닷가 언덕'갈매기의 꿈'카페에 자주 드나들었지?"

심바는 정곡을 찌르는 듯한 남의 말에 작은 몸의 상체를 일으켜 세웠다. 갈매기의 꿈처럼 그도 자유라는 것을 만끽하고 싶었다. 누구를 사랑하고, 사랑하는 이와 함께 여행도 다니고, 함께 발가벗고 햇볕을 즐기고, 커피 향이 피어오르는 오후의 정취도 그런 곳에서 함께 느껴보고 싶었다.

갈매기가 날개를 펼쳐 파도 위를 날 듯 그도 따뜻한 창가에서 상상의 날개라도 펼쳐보고 싶었다. 갈매기의 꿈은 그에게는 낭만 같은 공간이었다. 인간이 누리는 삶의 무늬를 그도 그려보고 싶은 것이었다.

"그곳에서 우린 나른한 오후를 즐겼소. 따스한 햇볕이 창틈으로 들고, 커피 향이 코를 간지럽히면 그 분위기엔 그만 노곤해졌지…."

"시바, 그날 밤새도록 갈매기의 꿈에서 시추 자매와 놀다가 어째서 흉측한 짓을 벌였지?"

심바는 남의 말에 창밖으로 시선을 돌렸다. 남의 얼굴을 쳐다보기 싫었다. 범인으로 낙인찍어 놓고 혀를 놀리는 모습에 역겨움을 느꼈기 때문이었다. 남의 시선이 그의 눈을 뚫어지게 쏘아보고 있다는 것을 알고 있었다. 심바는 시추 자매에 관한 한, 아무런 말도 하고 싶지 않았다. 그들은 아무리 마음을 주고 무엇이든 베풀어주려고 해도 끝내 배신의 칼을 들이밀지 않았는가. 심바는 억울한 나머지 속엣말을 꺼내 놓았다.

"그날, 시추 자매가 갈매기의 꿈 카페 청소부와 함께 나가는 것을 보았소. 시추 자매의 짐을 불독'용'이란 놈이 들어주더군."

"당신 그때도 거기 있었군."

"먼빛으로 창문이 닫히는 것을 보았소. 시추 자매가 허리를 뻗어 창문을 닫더군. 그때 청소부 불독 용이라는 놈이 시추 자매의 엉덩이를 쓰다듬고 있었소."

"동생의 말로는 언니 시추가 당신을 기다리고 있었다는데, 왜 거기까지 갔다가 들어가지 않았지?"

심바는 남(南)의 말끝에 상념에 잠기듯 고개를 숙이고 있었다. 그때, 그 순간을 머리에 떠올리고 싶지 않았다. 생애의 비애를 다시 건져 올리고 싶지 않았기 때문이었다. 심바가 한숨을 토해내듯 숨을 내쉬며 말했다.

"청소부 용이 카페로 들어가는 것을 보았거든."

"그게 무슨 상관인데?"

남이 손으로 테이블을 탁 치며 물었다.

"상관이 있소. 용이 제 차처럼 부리는 차 트렁크 때문이오."

심바는 몸을 부르르 떨었다. 배신감의 극치를 생애 처음 맛보았던 순간이었던가. 어쩔 수 없이 그날의 순간이 추억의 시궁창을 헤집고 들어왔다.

"차 트렁크라고? 오호, 그 트렁크에서 당신 시추 자매하고 쑹덕쑹덕한 적 있지?"

"이런 천벌 받을 인간…."

이번에는 심바의 주먹이 테이블을 탁 쳤다. 세상을 살아오면서 될수록 노여운 표정을 짓지 않으려고 노력했다. 자신의 삶이란 늘 감정 너머에 존재할 때가 많았다. 자기감정의 모습을 상대에게 보여주지 않아야 하는 숙명 같은 삶이었지. 태생의 운명을 깨닫게 되면서 선택했던 삶의 방식이었는데 그게 늘 지켜지기란 쉽지 않은 듯했다.

"나한테 하는 소리요?"

"욕이야 듣는 놈 것이지…. 당신이 아니라면 아니고 말이오."

심바는 고개를 쳐들어 천장을 바라보았다. 아라베스크 무늬의 천장이 찬란한 지난날의 추억을 반추하듯 떡하니 내려다보고 있는 느낌이었다. 그의 느낌에는 몹시 날카롭게 쏘아보는 듯했다. 날 무시하는군. 심바는 속으로 혼잣말을 했다.

"늘 그런 식이군. 시추 자매가 당신을 사랑한 것 알지?"

"이제 추억이 되었어. 우린 함께 노래도 하고 털을 고르며 사랑을 키웠소."

"그런데 왜 그랬지?"

"증거를 대봐요. 방범 씨!"

"아니 나더러 방범이라고? 그 기억을 지우려고 얼마나 발버둥쳤는데 이놈이…."

"큭 큭 큭…. 인간이란 작자들도 서열이 있군, 그래. 암, 인간 세상을 난 진즉 알고 있었지. 고상한 척해도 내가 아는 것보다 훨씬 더럽고 추잡한 게 인간 세상이더군."

이때, 출항을 알리는 뱃고동 소리가 들렸다. 뱃고동은 길게 세 번 울렸다. 뿌우 뿌우 뿌우….뱃고동의 여운이 사라진다. 심바는 마음이 급했다. 저게 오늘 마지막 뱃고동 소리인가? 공연히 조사실에서 시간만 낭비했다. 그는 한번은 이런 시간이 필요하리라고 생각했기 때문에 그리 원망하지는 않았다.

"난 가겠소. 이번 여객선 놓치면 고향에서 크리스마스 캐롤 듣기 어렵단 말이오."

"알고는 있군. 당신 맘대로 세상을 활보하게 내버려 둘 수야 없지…."

심바는 목에 치렁치렁 방울 목걸이를 달고 어슬렁거리며 자리에서 일어섰다. 어깨에는 소품처럼 아담한 핸드백이 매달려 있었다. 남(南) 형사가 벨을 누른다. 옆방에서 벨 소리를 듣고 두 명의 젊은 형사가 들어온다.

"이 자를 시추 자매 살인범으로 체포해…."

남의 지시에 젊은 형사들이 남 형사를 물끄러미 바라본다. 상관의 지시에 어이없고, 황당하다는 표정이었다.

"뭐해? 시추 자매 살인범으로 체포하라니까!"

"반장님, 시추 자매 살인범이 지금 자백해서 이리로 오고 있다는뎁쇼."

남 형사가 어이없는 표정으로 젊은 형사들을 쳐다본다. 남 형사는 온몸의 기운이 한꺼번에 달아나는 느낌에 아니 뭐야? 하고 빽 소리를 질렀다.

"카페 불독 용이란 놈 있잖아요. 불독 용 이놈이 시추 자매를 물어죽였다는 뎁쇼."

"불독 이게 다 자백했대요. 시바 저놈만 억울하게 생겼네요. 마지

막 뱃고동도 울었는데 고향에서 크리스마스 보내긴 이제 글렀어요. 참
내….”

불독 용, 입마개 씌운 채 형사계로 들어온다. 조사실 문이 열리고 불
독이 들어온다. 불독은 흉측한 자기 모습처럼 고래고래 소리치고, 천
방지축 날뛰며 끌려 들어온다. 심바는 불독과 마주하자 경악하며 놀란
다. 아악! 불독이 심바를 으르렁대듯 쏘아본다. 남형사가 심바의 등을
떠밀며 말한다.

“심바, 정말 미안하오.”

“당신 알아요? 이제야 내 이름을 제대로 부르는군. 흥!”

심바, 복도에서 시추와 마주친다. 시추 자매 아닌 다른 시추다. 심
바, 걸어가면서 아악! 하고 다시 한번 놀란다. 남이 심바, 왜 그러나?
하고 묻자, 시추 자매가 저기 있잖소, 하고 말했다.

“심바, 이제 헛게 보이는 모양이지?”

남이 심드렁한 목소리로 말했다.“이봐, 박순경, 심바를 항구에 모셔
다 드려….”

“예, 반장님.”

박순경이 직업적인 어투로 대답했다.

남(南)은 심바의 목에 매달린 방울을 쓸쓸히 흔들어본다. 방울이 달
랑달랑 요란하게 울고 있었다. 심바와 박순경, 복도를 걸어간다. 갈매
기 울음소리가 멀리에서 들리고 있다. 울음소리 천천히 사라지고, 심바
의 모습도 희미하게 사라지고 있었다.

······· 끝

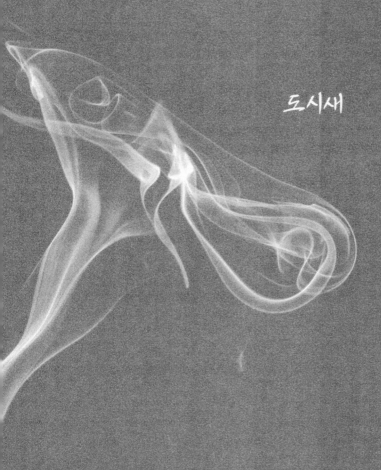

도시새

이 작품은 습작기 시절의 아픔이 그대로 전해지는 작품으로 내가 살았던 서울 변두리 달동네의 모습이 고스란히 담겨 있다. 나는 이 작품을 데뷔작으로 생각하며 나름대로 소설의 구성과 형식, 밀도, 서사 등에 중점을 두면서도 특히 작가로서의 사명이기도 하던 우리 언어의 선택에 매우 공을 들인 작품이다. 읽는 이에 따라서는 다소 이야기의 진행을 이해하는데 어려움이 따를 수도 있을 것이다. 지난 80년대의 현대사적 소용돌이 속에서 한쪽 귀퉁이에 은신처를 마련하고 잡초처럼 살아왔던 민초들의 모습 그대로인 내가 혼탁한 사회에서도 그 구성원이 되고자 각고의 노력을 기울였고, 소설 쓰는 지닌 것도 없고 힘도 없던 내 삶의 위로가 되었다. 문학만이 가난과 소외, 증오와 핍박에 시달리던 당시 내게 위안을 가져다주었다. 휴지조각처럼 너덜너덜 찢겨나간 초라한 하루하루 속에서 그 무엇도 나를 보듬어줄 수 없었던 각박한 시대, 그 시절 변방에서 내가 써나간 소설들이 삶에 대한 희망의 끈을 놓지 않도록 해주었다. 작품 속에 등장하는 시인, 변두리 달동네 아이들, 이발사와 꾸밈없는 이웃들은 실제 작가인 내 삶의 의미를 함께했던 실존하는 인물들이다. 부족한 면도 있지만, 그 시절 모습을 그대로 보여주고 싶어 개작하지 않았다. 삼십 년이 지나서야 책의 형식을 빌려 세상에 내보내게 된 것이 미안하고 한편으론 고마울 따름이다.

잠포록한[1] 여름날이었습니다. 한 점 가벼운 바람도 없고, 햇발은 더 더욱이나 보이지 않았습니다. 특별활동 시간을 끝으로 수업을 마친 나는 반 아이들 틈바구니에 끼어 교문 밖으로 튕겨져 나왔습니다. 넓지 않은 골목의 담벼 쪽으로 꾸불꾸불 널브러져 있는 차량들을 언틀먼틀 지나, 다시 기역자로 꺾어져 들어가는 곳에서 나는 무르춤히 걸음을 멈춰야 했습니다. 발걸음의 무게가 큰 바위처럼 내 발등을 짓눌러댔기 때문이었습니다. 나는 후우 하고 하늘을 향해 한숨을 날려 보냈습니다. 그 한숨이 날아가는 하늘에 전기선이며 전화선이 어지럽게 매달려 있었습니다. 도시의 새들이 떠난 헝클어진 전선 위엔 때 묻은 비닐 조각들이 버려진 걸레 조각처럼 누덕누덕 걸려 있고, 그 비닐 조각들이 꼭뒤[2]를 지르듯 나를 내려다보고 있었습니다. 정말 고압적이었습니다.

그건 그렇다 치고요. 이제 여기서부터가 문제였습니다. 우리 집은 산동네에서도 가장 꼭대기에 위치해 있었으니까요. 오솔길 같은 비탈길이 줄잡아 반 마장 좋이 넘는 거리기도 하지만, 엊그제 내린 비까지 겹쳐 내가 걸어서 오르기에는 아주 지랄 같을 것입니다. 하긴 오 년 가까이 비가 오나 눈이 오나 오르내렸던 이 길이 발씨가 익지[3] 아니한 것도 아니지요마는 어쨌거나 지금은 참 죽을 지경입니다.

그렇다고 내가 보 배운데 없이 우리 집이나 산동네의 질척질척한 길 타령을 하자는 셈평은 아니올습니다. 난 내 친구 봉팔이나 삼식이 그

---

1) 잠포록한 : 날씨가 흐릿하고 바람이 없는.
2) 꼭뒤 : 머리 뒤통수의 한복판.
3) 발씨가 익다 : 여러 번 다녀서 길이 익숙하다.

네들처럼 드레⁴⁾없이 나부대는 게정꾼은 아니라구요. 이 녀석들은 무슨 불평들이 그리도 많은지 모르겠어요. 아침의 등곳길에도 그렇지만 가파른 고바윗 길을 거슬러 올라가야 하는 하곳길에는 어김없이 신세타령들이 입 밖으로 튀어나온다니까요.

"씨팔! 이제 지겨웁다, 난. 우린 언제 돈 벌어가꼬 반장처럼 학교 근처로 이사 오냐!"

"야! 이 삼식아. 그건 우리도 마찬가쟈. 근데 우리 숫꼰댄 말야. 허구헌날 술타령이니 어느 세월에 돈 모으냐. 요즘 난 우리 봉구 동생 볼 면목도 읎써야!"

글쎄 이것들 보시라구요. 이렇게 시작한 신세타령이 산동네의 허리를 돌아 올라갈 때까지도 계속됩니다. 그러나 나는 실답게 말해서 그런 친구들하고는 좀 다르다는 말씀예요. 애당초 나는 다른 아이들보다 상당히 좌뜬 아이였으니까요. 동네 사람들도 죄다 나더러 '까까네 봉삼이 녀석은 뭐가 달라도 달라'하고 뭇입들을 모았으니까요. 하지만 나는 그따위 아부성 짙은 덧거리⁵⁾에 버릇없이 나번득이는 놈은 아닙니다. 간혹, 나도 괜시리 어깨를 들썩거릴 때도 있긴 합니다만 그건 순전히 우리 삼촌 때문이랍니다. 왜냐구요? 글쎄, 우리 삼촌은 말예요, 그게 정확히 어떻게 되는 건지는 모르지만, 시인이라구요. 그래서 그러는지는 모르겠지만요, 암튼 우리 삼촌은요, 뒷간처럼 퀴퀴하고 쥐새끼들이 심심찮게 들락거리는 2층 다락방에서도 매일같이 헐렁한 뱃가죽을

---

4) 드레 : 사람의 됨됨이.

5) 덧거리 : 사실보다 부풀려서 하는 말.

바닥에 대고 뭘 긁적거린다는 말씀이에요. 그게 그래서 시인이라는 모양예요.

　그런데 바로 어젯밤에 그 시인 삼촌한테 안심찮은[6] 일이 벌어진 것입니다. 웃잡아 밤 아홉 시 그쯤이었을 거예요. 날마다 이맘때면 우리 엄마 아빠가 집에 돌아오는 시간이었습니다. 삼촌은 여전히 쥐들이 들락거리는 다락방에 엎드려 무엇인가 열심히 갈겨대고 있는 모양이었습니다. 또 뻔히 시를 쓰고 있는 거겠지요. 나는 뚝발이[7]인 여동생 봉순이 그리고 움쩍거리기만 하면 늙다구리 냄새가 풀썩거리는 고비늙은 우리 할머니와 함께 텔레비전을 보고 있었습니다. 아마 아홉 시 뉴스 시간쯤이었나 봅니다. 뭐, 부동산 투기 확산, 물가 인상안 부결, 마약 밀매 조직 검거 그리고 고부간의 갈등 극심화 어쩌고 하는 자막이 TV 하단을 한 번 훑어가고 있었습니다. 사실 난 부결이니 고부니 하는 것들이 확실히 무엇인지조차도 모르지만 말씀예요.
　부엌문이 덜커덕 열리면서 —우리집은 그 흔한 철대문 하나도 없답니다— 엄마, 아빠의 날카로운 악다구니 소리가 겨끔내기[8]로다가 입 밖으로 터져 나왔습니다. 또 대두리[9]가 시작된 거죠 뭐.

　"씨발년아! 몇 놈의 수박통이나 꼬불쳤느냔 말야 엉?"
　"개놈새끼! 뭘, 꼽쳤단 말야 꼽치긴, 니놈 새키가 치부책에 잘못 달

---

6) 안심찮은 : 미안하고 딱한.
7) 뚝발이 : 절름발이
8) 겨끔내기 : 자꾸 번갈아 하기.
9) 대두리 : 큰 다툼.

앉쓰면, 잘못 달았겠지이!"

엄마의 욕 솜씨도 대단했습니다. 뭐, 더럽게 말본새도 없지만요. 한 두 번 싸움박질 해대는 것도 아니지만, 나는 엄마, 아빠의 욕지거리를 들으면 우렁이 속처럼 이상하게 속이 뒤틀렸습니다. 그건 그렇구요, 우리 엄마가 또 몇 손님의 수박통(머리통) 값을 슬쩍 해버린 모양이었습니다.

우리는 산동네의 시장통 어귀에 앉은뱅이 의자 두 개쯤 둘 만큼 비좁은 동네 이발소를 하고 있습니다. 그래서 별수 없이 우리 아빠는 이발사구요. 우리 엄마는 그곳의 면도사라구요. 그래서 동네 사람들이 나를 보면 '까까 아들놈 새끼!'라고 골려주기도 하고 은근슬쩍 시부저기로다가 '그놈 잘 생겼다'하고 쓰잘 데 없이 칭찬을 늘어놓으면서 케케묵은 과자 부스러기나 하나 툭 툭 던져주는 사람도 있지만 말예요. 모르긴 해도 그치들은 면도사 우리 엄마를 넘보는 동네 난봉꾼들이 분명할겁니다.

우리 엄마 아빠의 싸움짓거리는 한참이나 계속되고 있었습니다. 어느 사품10)엔가 부엌문 밖으로는 동네 모꼬지 패들로 가득 차버렸습니다. 우리 산동네 사람들은 시시껄렁한 이웃집 부부싸움이라도 있을라치면 금세 잔칫집으로 만들어 버리는 숙부드럽지 못한 존재들이란 말씀예요. 창피하지만요, 우리 동네 사람들은 번번이 싸움 말릴 생각일

10) 사품 : 어떤 일이 일어나는 기회나 틈.

랑 고스란히 머리통 밖으로 집어던져 버리고 글쎄 불난 집에 부채질한다는 격으로 되레 엄마 아빠의 싸움질에 갈붙이기[11] 십상이라는 말씀이올시다. 정말 웃기는 찐빵이 아니고 뭐겠냐구요.

"흐응, 지깟년 주제에 누구 남정네한테 눈을 흘겨. 허⋯."
"봉삼 아빠 어쩌구, 헛따 어젯밤에 그 꼬락서니 좀 보라구, 곤드레만드레 술태백이가 되가꼬, 그래 우리집 문을 덜크덕 열고 들오지 않겠수, 우리 삼식이 아빠가 딱히 처박혀 있었으니 망정이지 뭔 일 저지를 사람 같드라니깐요. 허엇⋯."

그리하여 우리 엄마 아빠의 싸움질은 거의 자정 때까지 사윌 기세도 없이 계속되었습니다. 그리고 으레 이어지는 싸움의 끝은 우리 삼촌과 우리 엄마와 우리 할머니에게로 돌아가는 거였습니다. 그땐 이미 부엌의 반찬통이며 사기그릇, 연탄집게 따위가 허공으로 날아가 버린 뒤였습니다. 그런데 다소 녹자해진 듯한 분위기는 이제 제법 심리전의 양상을 띠어 가더군요.
"그래, 되련님은 언제까지 이 골방에서 엎혀 지낼거냐구요? 예? 지발 이년 소원 풀이 좀 해줘요 이! 그래, 나이 삼십이 다 넘도록 골방에 처박혀 시를 쓰면 죽이 나와요, 밥이 나와요? 정말이지 동네 창피해서도 이제 더 두고는 못 보겠어요. 내 친구 년들이 날더러 뭐라 그러는지 아세요? 글쎄, 되련님 못 쫓아낸다고 날 등신이래요, 등신!"

---

11) 갈붙이다 : 이간질하다.

솔직히 말씀드려서 상급학교에 다니는 나도 잘 모르는 문학인가 뭔가를 고작 초등학교를 겨우 졸업한 우리 엄마가 무슨 재간으로 땅띔[12]을 하겠습니까마는, 난 우리 삼촌이 그렇게 안 돼 보일 수가 없었습니다. 우리 아빠는 삼촌 보기가 민망스러웠던지 헛기침을 줄창 캑캑 뱉어내며 나가버렸습니다. 뭐, 또, 떡하니 시장 중간통에 있는 평양 할멈 대포 집에나 갔을 게 뻔합니다.

그때 우리 삼촌은 정말 으바리 같이 바보가 되어버리는 거였습니다. 슬미운[13] 우리 엄마한테 한마디 대꾸도 해보지 못하고 한숨만 푹푹 뿜어내는데 우리 그 늙다리 할망구가 설상가상으로 그나마 산통 깨버린 것이었습니다.

"으이그! 이 웬수야! 나가 디져라. 나가 디져쁘러이. 으이그 이놈에 팔짜야. 이년이 웬수여 이년이 웬수우!…."

우리 늙다리 할망구는 삼촌의 가슴을 속 빈 강정처럼 찍어 내리면서 손 삿대질을 하며 자신을 책망하고 있었습니다. 그리고 그 고약스런 노린내를 머리 비듬처럼 털어내며 담배 한 개비를 곰방대에 찔러 박으면서 밖으로 나가버렸습니다. 그런데 그때 우리 시인 삼촌은 쥐새끼처럼 후두두 다락으로 기어 올라갔습니다. 그리고 무엇인가를 쫙쫙 찢어발기는 소리가 들렸고, 속 내장을 쥐어짜는 듯한 속울음을 터뜨리며 동그마니 책 보따리를 꾸려가지고 내려왔습니다. 난 순간, 눈앞이 아득해짐을 느꼈습니다. 시인 삼촌은 나와 뚝발이인 내 동생 봉순이를

---

12) 땅띔 : 땅에서 뜨는 것처럼 어떤 가능성.

13) 슬미운 : 싫고 미운.

그윽이 한 번 바라보고는 오갈 들린[14] 사람처럼 밖으로 나가 버린 거였습니다. 우리 엄마가 그때처럼 슬미운 적은 없었습니다.

　나는 밖으로 난 쪽창을 슬며시 열고서 어둠 속으로 사라져 가는 삼촌의 후줄근한 뒷모습을 먼빛으로나마 오래오래 바라다보고 있었습니다. 우리 시인 삼촌의 모습이 사라져버린 뒤에도 나는 그쪽을 뚫어져라 보고만 있었습니다. 삼촌 환영(幻影)이 거기 오래오래 남아 있을 것 같은 환상에 빠져들었던 거였습니다. 나는 우리 시인 삼촌의 사라짐과 동시에 내 가슴 속에서 꿈틀거리고 있었던 어떤 추억과 부푼 꿈들이 죽음처럼 빠져나가는 듯한 느낌이었습니다. 이를테면 나도 내년부턴 서서히 삼촌으로부터 시를 배워 볼 작정이었습니다. 또 그런 든직한 시인 삼촌이 내 곁에 있다는 것이 여간만 든든한 게 아니었구요. 더욱이는 그런 삼촌과 함께 거리를 걸을 때면 우리 삼촌을 흘깃거리며 쑥덕대곤 하는 동네 사람들한테 괜시리 어깨를 들썩거리곤 했는데, 그게 그렇게 사람 기분이 째지게 만들더라구요. 그런 우리 시인 삼촌이 어젯밤에 어디론가 훌쩍 떠나버렸습니다.

　삼촌이 없는 우리 집은 정말 생각만 하여도 기막힐 일이었습니다. 우리 시인 삼촌을 사람들이 왜 미워하는지 통 알 수가 없는 노릇이었습니다. 우리 엄마나 내가 아는 사람들은 늘상 우리 시인 삼촌이 두렁에 누운 소처럼 편하고 팔자 좋은 사람이라는 겁니다. 뭐 시 쓰는 일이 가만히 앉아서 놀고먹는 일이라나요? 참, 나, 그런 밤비에 자란 사람

_____

14) 오갈 들린 : 무서워 기운을 펴지 못하는.

들[15] 같으니라구요. 하기야 돈벌이에만 두 눈 시퍼렇게 뜨고 다니는 사람들이 우리 시인 삼촌의 숭고한 뜻을 어찌 이해할 수 있겠습니까? 그리고 그 뼈 깎는 듯 보이지 않는 고통을 우리 시장 동네 사람들이 어떻게 어림생각이라도 하겠습니까요.

여전히 바람도 없고 햇발도 비치지 않았습니다. 나는 그 기역자로 꺾어진 곳에서 한 모숨의 공기를 흐읍 하고 빨아들였습니다. 그렇지만 가슴이 답답하고 발걸음이 무겁다는 느낌은 마찬가지였습니다. 어젯밤의 일들이 너무도 생생히 새록새록 떠오른 거였습니다. 우리 시인 삼촌의 허기진 뒷모습을 떠올리면 등이 달아오를 지경이었습니다. 학교 아이들의 모습은 거의 보이지 않았습니다. 이따금씩 사슬돈[16]을 가지고 군입정을 하며 오락실 문 앞에서 어정거리는 넋 나간 아이들도 눈에 띄었지만요. 내 친구 봉팔이나 삼식이 같이 번질거리기 좋아하는 아이들도 벌써 산동네를 향해 일찌감치 가버린 모양이었습니다. 그렇다고 내가 이렇게 어정대다가는 안 될 것 같았습니다. 빨리 집에 가서 우리 시인 삼촌의 행방—뭐, 거의 안돌아 왔을 게 뻔하지만—에 대해서 뭘 좀 알아야 할 것만 같았습니다. 그런데 시쁜[17] 문젯거리가 하나 생겨 버렸습니다. 말주비[18]에 아기똥[19] 같은 사람으로 이름난 고추 방앗간의 들창코 영감탱이가 방앗간 앞의 도리암직한 난쟁이 의자에 떡하

---

15) 밤비에 자란 사람들 : 무능한 사람들.

16) 사슬돈 : 무엇으로 싸지 않은 동전

17) 시쁜 : 시시껄렁한

18) 말주비 : 툭하면 경우 따지는 까다로운 사람.

19) 아기똥 : 엉뚱한.

니 앉아 있질 않겠습니까? 내가 방과 후 산동네의 꼭대기 집으로 가기 위해서는 반드시 이 방앗간 앞을 지나야만 했었습니다. 그런데 나는 사실 이 들창코 영감탱이한테 커다란 잘못을 저지르고 말았습니다. 그 일이 벌써 사흘째가 되어 가고 있었습니다. 사흘간은 참 용케도 피해 다녔다고 생각하던 차에 지랄 같은 일이 닥쳐버린 것입니다. 하지만 나는 아직도 그때의 일을 생각하면 가슴 덜거칠기는 커녕 비 끝에 웃날 든 날씨처럼 상쾌했습니다.

낯짝 보자 이름 짓는다 했잖습니까? 글쎄, 그 영감탱이의 얼굴이 어찌나 되바라지게 생겨먹었는지 모른다니깐요. 간사한 사시랑이로 소문이 나있고요, 되잡아 흥인짓[20] 하는 영감탱이로 우리 시장 동네 언저리엔 파다하게 소문이 퍼져있던 영감탱이였던 것입니다. 고비늙은 것은 우리 할마씨 버금 가구요. 남의 일을 희짓기[21]는 동네에서 으뜸이었다, 이겁니다.

사흘 전, 꼭 이맘때 쯤 이었습니다. 방앗간 주변에 웬 모꼬지 패들이 장속을 이루고 있었습니다. 나는 여느 때처럼 반 친구 봉팔이 삼식이 등과 함께 제법 어른들이나 불러대는 한 물간 유행가 가사를 흥얼거리며 그곳을 지나다가 그 구경꾼들을 목격했습니다. 우리 친구들은 누가 먼저랄 것도 없이 에워싼 구경꾼들 틈을 비집고 들어갔습니다. 대추씨 같이 단단하게 생겨 먹은 나도 어떤 어른의 바짓가랑이 틈으로 삐

---

20) 되잡아 흥이다 : 잘 못한 놈이 도리어 떠들다.
21) 희짓기 : 남의 일을 방해하기.

죽 얼굴을 들이밀었습니다. 그리고 눈을 치떠서 구경거리를 찾아보았습니다. 그런데 호되게 놀란 사슴처럼 내 어깨가 우당탕 가라앉고 말았습니다. 그 구경가마리가 바로 우리 시인 삼촌이었던 것입니다. 세상에 그런 날벼락 같은 일이 또 어디 있겠습니까마는 나는 잠시 마음을 누그러뜨리고 다시 눈을 치켜세워 우리 시인 삼촌을 올려다보았습니다. 아니 눈꺼풀을 늘어뜨리고 내려다보았다고 해야 옳을 것 같습니다. 글쎄 우리 시인 삼촌이 그 방앗간 들창코 영감탱이한테 호된 치도구니를 맞고 있는 거였습니다. 우리 삼촌은 거의 넉장거리로 뻗어 있고, 삼촌의 배 위에 그 영감탱이가 경마를 하듯 올라앉아서 마구잡이로 주먹다짐을 해쌓는 거였습니다.

그러나 참 염병할이었습니다. 그 사람 좋은 우리 삼촌은 그저 한 치의 반항도 없이 야지러지도록 맞기만 하고 있었습니다. 뭐, 나중에 들은 바로는 우리 시인 삼촌은 원래가 누구한테 매를 맞는 거에는 이골이 나 있었대나 봅니다. 하긴 우리 삼촌이 아무리 약한 고삭부리라 해도 그따위 무말랭이 같은 들창코 영감탱이 하나 못 깔아 눕혔겠습니까? 우리 삼촌의 말인즉 누구의 잘잘못을 따지기 전에 윗사람에 대한 예의는 지켜야 한다는 거였어요. 그 정도 예의범절은 나도 아침조회 때 수없이 들어서 너끈히 알고 있지만요. 정말 그 상황에서 아무리 너울가지 좋게 받아들이려고 하여도 도대체가 그럴 수는 없는 노릇이었습니다.

우리 시인 삼촌은 형편없는 영감탱이의 손찌검조차도 예절로 받아들이고 있는 순해빠진 사람이었습니다. 그날의 사건은 불문곡직하고 그 영감탱이 잘못이었대나 봐요. 글쎄, 그 드레없는[22] 영감탱이가 우리 삼촌을 보고 말본새 없이 한마디 뱉었대나 봅니다.

"젊은 놈 새끼가 허구헌날 방안 퉁수가 되가꼬 어디다 쓸꼬이, 너도 참, 니 에미 속깨나 썩이겠구만이. 그 잘나빠진 시인가 뭔가는 뭣허러 쓰는게비, 뜨뜻한 밥 처묵고 그렇게 할 짓이 없을 까이. 쯔, 쯔, 싹수는 폴씨께 글러뻔겨이, 젊은 사람이 끙 끙 일을 해서 밥값을 해야지 밥값을…."

그 소갈머리 없는 영감탱이의 비아냥거림을 듣고 우리 시인 삼촌이 처음엔 대거릴 했대나 봐요. 아무리 예의도 좋고 범절도 좋지만 숭고한 시(詩)를 모독하는 영감탱이를 도저히 용납할 수 없었대나 봅니다. 그러나 막상 대거리를 하다 보니 우리 삼촌이 순식간에 천하의 무법자가 되어버리더라는 겁니다. 방앗간 근처 복덕방에서 또 몇 명의 마을 영감탱이들이 한꺼번에 몰려와 우리 시인 삼촌의 행동만 가지고 일제히 훈계를 놓더라는 거였습니다. 그리하여 우리 삼촌은 그 들창코 영감탱이한테 멱살을 잡혀 주었고, 그리하여 힘없이 땅에 눕혀져야 했으며, 치도구니를 맞게 되었다는 거였습니다.

나는 속눈물을 흘리면서 바드득 속니를 갈아댔습니다. 모꼬지 패들은 한참동안 눈요기에 열중하고 있었습니다. 그리고 얼마가 지나서 그 영감탱이들 중의 한 명이 삼촌으로부터 들창코 영감을 뜯어내자 모꼬지 패들은 바람처럼 흩어져버렸습니다. 우리 시인 삼촌은 자리에서 일어나 몸을 툴툴 털어내고 있었습니다. 나는 삼촌에게 다가갔습니다. 그리고 삼촌의 허리통에 매달려 엉엉 울어버렸습니다.

---

22) 드레없는 : 점잖지 않은.

삼촌과 나는 그 방앗간 앞을 지나고 있었습니다. 뒷심을 배경으로 시인 삼촌에 호된 주먹을 먹였던 들창코 영감탱이가 너벗너벗[23] 우리 쪽을 바라다보고 있었습니다. 나는 순간 속창자가 뒤틀렸습니다. 그래서 그 영감탱이를 뚫어지게 바라보았습니다. 영감탱이 또한 속눈을 뜨고 나를 노려보고 있었습니다. 그때였습니다. 나는 오른 주먹을 불끈 쥐었습니다. 그리고 왼손바닥을 활짝 펴서 그것으로 반원을 만들었습니다. 그런 다음 휘파람을 불며 그대로 오른 주먹을 반원 속으로 훑어내려 버렸습니다. 다시 말씀드려서 '엿 먹어라' 해버렸던 것입니다. 순간 영감탱이가 펄쩍 뛰었습니다. 모르긴 해도 그 영감탱이의 들창코가 하늘로 만세를 해버렸을 것입니다. 영감탱이가 잰걸음으로 쫓아왔습니다만 제까짓게 좌뜨고 날쌘 나를 어떻게 잡을 수 있었겠습니까? 그때 기분은 정말 통쾌했습니다. 그러나 우리 시인 삼촌은 여전히 사람좋은 얼굴로 내 행동을 나무랄 뿐이었습니다. 참 염병할이었습니다.

그런 말주비 같은 들창코 영감탱이가 저 방앗간 앞에 앉아 틀림없이 나를 노리고 있을 겁니다. 글쎄, 전날만 해도 친구들한테 '까까 아들놈 새끼 오드냐?' 이렇게 물었다잖아요. 하지만 어림없어요. 나는 원래가 좌뜬 놈이니깐 말예요.

나는 기세 꺾이지 않은 표정으로 씩씩하게 그 앞을 지나야겠다고 생각했습니다. 또 그래야만 우리 시인 삼촌의 체면이 설 것 같았습니다.

---

23) 너벗너벗 : 아주 의젓하게

나는 잰걸음[24]으로 발탄 강아지같이 분주히 걷기 시작했습니다. 여전히 들창코 영감탱이는 시치미를 뚝 떼고서 딴청을 피우고 있었습니다. 이제는 되었구나 싶을 만큼 왔을 때였습니다. '요놈새끼!' 하는 소리가 첫밭에 나를 제압했습니다. 나는 다소 긴장도 되었으나 발걸음을 늦춰 주지는 않았습니다. 그런데 이건 또 무슨 날벼락 같은 일이란 말입니까? 나는 그만 긴장된 나머지 움푹 파인 허방을 내딛어버린 거였습니다. 그리고 나도 모르게 모로 쓰러져버렸습니다. 피가 흐르는지 입 속이 달콤하더라구요. 그런데 그 들창코 영감탱이가 기회는 요때다 하고 달라붙은 거였습니다. 나는 물에 빠진 생쥐 꼴처럼 영감탱이한테 손목을 잡혀버린 거였습니다.

그러나 나는 좌뜬 놈이라고 그랬잖아요? 우리 시임 삼촌이 당했던 수모를 생각하면 아직도 오슬오슬 닭살이 돋아 오르더라구요. 영감탱이는 다짜고짜 내 멱살을 잡아 쥐었습니다. 나는 영감탱이와 마주 서 있어야 한다고 생각했죠. 그리고 한동안 영감탱이가 하는 대로 내버려둘 작정이었어요. 영감탱이는 나를 방앗간 안으로 끌고 들어가서 닦달을 할 심사였든가 봅니다.

들창코 영감탱이가 내 멱살을 바짝 추슬러 세우고서 방앗간 쪽으로 첫발을 내딛으려는 순간이었습니다. 나는 은근히 노리고 있던 영감탱이의 사타구니를 죽을 힘 다해 한바탕 내질러버린 거였습니다. 영감탱이의 들창코가 하늘을 향해 시원스레 만세를 부르면서 내 멱살을 잡은 손목이 스르르 풀어졌습니다. 그리고 영감탱이는 아파 죽겠다는 식으로 그 자리에 눌러 앉아버렸습니다. 참으로 통쾌했습니다. 나는 휘파

---

24) 잰 걸음 : 날쌘 걸음.

람을 실실 불면서 방앗간 앞을 빠져나왔습니다. 그리고 영감탱이를 휙한번 훑어보았습니다. 영감탱인 여전히 아파죽겠다는 표정으로 내 쪽을 물끄러미 바라보고 있었습니다. 영감탱이의 눈초리는 분명 나를 원망하는 눈초리였습니다. 그러나 그런 건 내가 상관할 바 아니었습니다. 나는 요번에야말로 왼 주먹을 불끈 쥐고 오른손바닥을 펴서 반원을 만들어 다시 왼 주먹을 서서히 훑어 내려갔습니다. 다시 말해 요번엔 왼 주먹으로 오지게 엿을 먹여 버렸습니다. 그적에서야 우리 시인 삼촌이 당한 수모에 대해 얼추 대갚음을 했구나 싶었습니다. 나는 한껏 가벼워진 마음으로 시구절을 중얼거리며 너덜겅한 고바윗 길을 거슬러 올라가기 시작했습니다.

고지대의 질척한 길/설핏한 어깨 추켜세우며/질퍽질퍽 걷는다
비좁은 거리 위에/출퇴근이 맞부딪는/별쭝맞은 세상/우습다….

우리 시인 삼촌은 정말 굉장히 훌륭한 시인이었나 봐요. 글쎄, 삼촌은 말예요. 산동네 사람들에 대해서는 시화(詩化)시켜놓지 않은 게 없다니깐요. 사실 '시화'니 뭐니 하는 것도 모두가 우리 시인 삼촌한테서 귀동냥을 한 거지만 위 시는 내 친구 삼식이 아빠에 관해서 쓴건데요, 글쎄 삼식이 아빠가 뭔지 아세요? 아침엔 퇴근하구요, 저녁나절에 출근을 하는 청소부 아저씨지 뭐예요. 흐히힉….

나는 산동네의 허리를 감아 올라갈 때까지 시인 삼촌의 시 구절들을 여럿 떠올렸습니다. 그러나 뭐니 뭐니 해도 이 시 구절만큼은 정말 잊을 수가 없었습니다. 언젠가 국어 시간이었습니다. 우리 선생님께서 반

아이들에게 아는 시 구절 하나씩 암송해보라는 거였어요. 뭐, 다른 학생들은 영변에 약산 진달래가 어쩌고 저쩌고, 산에 산에 피는 꽃이 어쩌고 저쩌고 하는 시들을 암송하였지만, 나는 시인 삼촌의 조카답게 의젓한 태도로 우리 삼촌의 철학적인 시 구절을 암송해 버렸습니다.

부서짐 속에는 새로운 출발이 있지/고지대의 설핏한 길을 가로지르며/독백처럼 지껄이노라/파스칼에 반항하면서도/내 빈약한 옆구리엔 늘 팡세가 있었지/이상과 현실로 괴로워했던 끝없는 항해….

어깨너머로 외워 둔 우리 시인 삼촌의 시 구를 떠듬떠듬 외우기는 했습니다만 글쎄, 우리 반 아이들은 거의 환상적이었대나 봐요. 뭐, 담임 선생님께서도 화들짝 놀랐으니깐요. 하기야 반 아이들이 시 구의 내용이야 알 수 있었겠습니까? 어림없는 일이죠. 다만 내가 예상했던 대로 적중해 버린거라구요. 파스칼, 팡세, 이상, 현실…. 이러저러한 어휘들이 반 아이들을 환상적으로 몰고 갔던 거라구요. 아직도 우리 반 아이들은 그따위 어휘들을 소위 '고급언어'라고들 합니다. 사실 그것 때문에 나도 약삭빠르게 이 시구를 외워둔 거지만 말예요. 그런 일이 있고 난 이후 우리 반에서 가장 예쁜 여자애가 은근슬쩍 나한테 접근을 하더라구요. 그래서 이 시 구를 잊으래야 잊을 수가 없었습니다.

우리 시인 삼촌의 시 구처럼 산동네의 길이란 매우 질척하기 그지없었습니다. 그러나 삼촌의 시 구를 떠올리며 빙글빙글 돌아 올라가는 그 길이 그다지 힘들게 느껴지지는 않았습니다. 다른 때 같으면 산동네의 허리 근처에도 당도하지 못해서 허위적거리면서 숨을 할딱거렸을 텐데 오늘은 돋을볕[25]도 진종일 보이지 않았습니다. 그래서인지 나는 조금 우울한 기분을 떨쳐버릴 수가 없었지요.

산동네의 어깨뼈 근처에서 휴우 하고 한번 숨을 들 몰아쉬며 눈앞에 그림처럼 들어오는 낡고 추레한 드새 집들을 물끄러미 내려다보았습니다. 빛바랜 드새 지붕 위에는 파릇한 이끼 꽃들이 산동네 아이들처럼 야지랑스럽게[26] 웃고 있었습니다. 그적에서야 나는 막혔던 숨통이 확 트이는 것 같았습니다. 때는 거의 저녁나절이었습니다. 배에서 꼬르륵 소리가 사이사이 배꼽을 통해 흘러나왔습니다. 다른 날 같으면 오후 수업을 했댔자 꼭대기 집에 저춤저춤 당도할 때쯤 해야 겨우 썰썰한 느낌이 들고, 똑 한 번 정도 꼬르륵 소리가 가는 실개천 흐르듯 들려 올 뿐이었습니다.

우리 집의 한쪽 귀퉁이가 보이기 시작했습니다. 그렇지만 아직도 한참은 걸어 올라가야 한다구요. 찔끔찔끔한 물발처럼 뭉그적거리며 공동수도를 지났습니다. 파란 페인트가 칠해진 간이 공중변소도 지났습니다. 아직도 건빵이 잘 팔린다는, 그래서 건빵이 눈에 확 띄게 진열되어 있는 매부리코 영감님의 구멍가게도 지났습니다. 꾀죄한 봉팔네 누렁이가 헉헉거리며 홀레를 붙고 있는 삼식이집 앞 골목도 지났습니다. 그리고 한쪽 귀퉁이가 작년부터 반이나 주저앉은, 어디까지가 진실인지는 모르지만 자신도 원래 미친 시인이었다가 급기야 박수무당이 되어버렸다는 총각 보살네를 지나자 바로 우리 집이었습니다.

---

25) 돋을볕 : 아침에 솟아오르는 볕.
26) 야지랑스럽게 : 능청맞고 천진스럽게.

우리 집 앞에 당도하자 까닭모를 공허감이 내 가슴을 옥죄이기 시작했습니다. 시인 삼촌에 대한 간절한 그리움이 그런 감정으로 빠져들도록 하고 있었나 봅니다. 나는 긴 호흡을 한 번 하여 공허한 마음을 눅자쳤습니다[27]. 그리고 손끝에 서늘한 감촉을 느끼며 아빠의 발길질로 형편없이 욱어 들어간, 겉의 윗면만 양철 판으로 입혀진 낡은 판자대문을 열치고 첫발을 부엌으로 들이밀었습니다. 그러나 역시나였습니다. 여전히 시인 삼촌의 기척은 없었습니다. 다락 쪽에선 부스럭거리는 삼촌의 기척대신 스르륵 탕탕하는 쥐새끼들 소리만 요란했습니다. 늙다구리 할망구는 쪽 창문을 열어놓고 먼 하늘만 휑뎅그레히 올려다보고 있었습니다. 뚝발이인 동생 봉순이는 다리 하나를 요상하게 비비꽈 가지고 앉아 연필심에 거푸 침을 묻혀가며 속셈 공부를 하고 있었습니다. 정말 김 팍 새는 일이었습니다. 이런걸 보고 죽을 맛이라고 한다면 내가 입방정을 떨고 있는 것일까요?

　우리 시인 삼촌은 도대체가 말이 없었습니다. 언젠가 내가 그것을 따져 물었을 때 삼촌은 정말 미친 사람처럼 뱅시레 웃으며 '말을 함부로 뱉어서는 안 된다. 그리고 말의 힘보다는 글의 힘이 위대하다. 말은 뱉어낼수록 천박해지지만, 글이란 쓰고 또 다듬어 쓸수록 옥돌[玉石]처럼 고와지는 것이다.' 글쎄, 이렇게 말하며 틀거지를 세웠습니다. 그땐 정말, 늦가을 귀신 씨 나락 까먹는 소리처럼 들리더라구요. 어디 그것뿐인 줄 아세요? 이제 정말 본격적으로 우리 집안 얘기를 해야 될 것만 같습니다.

---

27) 눅자치다 : 위로하다.

내 나이 두 살 적, 그러니까 내가 뚝발이 봉순이와 세 살 터울이니까 아마도 봉순이가 태어나기도 전이었나 봅니다. 우리 할머니 —당시엔 고비늙지는 않았었다— 는 큰댁으로부터 우리 집으로 거처를 옮겨 왔다고 합니다. 뭐, 엄마 아빠는 우리 할머니를 잘 모셔보겠다는 핑계를 내세웠던 셈이죠. 하지만 말예요. 그건 생판 거짓부렁임이 삼일천하에 드러나 버린 거였습니다.

우리 집에서 괴나리봇짐을 풀자마자 우리 할머니는 일순간에 식모로 돌변해 버렸던 것입니다. 이런 천하에 기막힌 일이 어디 또 있겠습니까마는 우리 할머니는 그래도 자식이 잘 살아야 한다고 입버릇처럼 되뇌이며 허드렛일에서부터 끙끙 일을 하기 시작했더라는 말씀예요. 이 봉삼이 뒤치다꺼리서부터 갖은 집안 살림을 도맡아 해왔다는 말씀이올시다.

그러기를 횟수로 십수 년, 소생이 어언 상급반 학생이 되도록 식모 아닌 식모 노릇을 해왔습니다. 그러니까 우리 시인 삼촌은 그때 할머니와 함께 우리 집에 묻어 들어온 셈이지요. 그때부터 삼촌은 문학 병인가 뭔가를 심하게 앓고 있었대나 봅니다. 내 나이 여덟 살, 내가 초등학교에 갓 입학했을 무렵부터 우리 집에서는 소위 집안싸움이라는 것이 시작됐습니다. 그러니까 그 말썽 많은 고부(姑婦)인가 뭔가 하는 싸움말예요. 요즘에도 간혹 TV하단에 고부간의 갈등 어쩌고 하는 자막이 지나가곤 하는데 모르긴 해도 그걸 말하는 모양입니다. 싸움의 진행은 이러했습니다.

"으이그 이 할망구야. 곰방대를 아주 물고 살어라 살어! 황천길을 갈라고 환장을 했는지 인자 쪼지기(김치) 담글 줄도 모르고오, 아 눈뜨고 당달봉사 돼 뿌렀냐아, 이 할망구가, 웬 빨래 땟자국이 우악스럽게도 많다냐 엉! 허구헌날 술타령이나 늘어놓고 대관절 할망구가 요즘 허는 게 뭐야 뭐여 엉…."

말본새 없는 걸 보면 뻔히 우리 엄마 아니겠습니까? 우리 엄마 말본새 없는 것은 내 친구 봉팔이도 알고 삼식이도 익히 알고 있는 사실입니다. 그러면 우리 할머니는 기가 막혀서 펄쩍 뛰면서도 싫다는 내색을 하지는 못하고 다직해야 한마디만 내뱉을 뿐이었습니다. 왜 그러는 줄 아세요? 언젠가 한 번 우리 할머니가 엄마 말 뒤 끝에 대거리를 했다가 부엌 수채통에 머리를 처박힌 일이 있었습니다.

"오냐, 이 시에미 한테 잘 한다 잘해, 인자 애새끼들 다 거둬놓고, 느그덜 날로 살 것 같응께에 시에밀 쫓아 낼려고오. 오, 참말로 효부 나왔다이, 효부나왔어잉."

그따위 힘없는 목소리로 이렇게 말하는 것이 고작이었습니다. 나는 그럴 때마다 울화가 치밀어 올랐으나 또 그랬다간 나도 여지없이 수채통으로 머리가 곤두박질칠 것이 뻔한 일이었습니다.

"으휴 저 백수건달! 도련님은 무신 얼어 죽을 도련님! 흥, 시인 좋아하시네에, 그까짓 시가 밥 멕여 주냐, 엉?…."

우리 엄마는 여전히 쥐들 곁에서 부스럭거리고 있는 다락방의 시인 삼촌을 향해 손 삿대질을 하며 판무식자로서 할 수 있는 상스런 욕지거리를 모두 뱉어내는 거였습니다. 그런데 우리 엄마는 어디에서 그렇게 듣도 보지도 못한 욕부렁을 배웠을까 그게 신기하더라구요. 아마 이발소에서 날품팔이 노동자꾼들한테나 주워 삼킨 모양입니다. 그러면 나는 또 울화통이 터진다는 말씀예요. 요번엔 우리 엄마의 지랄 같은 말본새와 교양머리 없는 행동 짓거리에서 울화통 터지는 게 아니구요. 우리 시인 삼촌의 으바리 같은 태도에서 더욱 속이 끓어 오르더라구요. 내 생각 같아선 우리 시인 삼촌이 말입니다. 무식한 우리 엄마가 잔뜩 혼곤해지도록 한번 죽을 힘 다해 후려 갈겨버렸으면 속이 후련하겠더라는 말씀예요. 사실 말이 나왔으니 말입니다만 우리 시인 삼촌이 아무리 책상 퇴물이기로소니 그까짓 여자 하나 못 때려눕히겠냔 말씀입니다. 그런데 우리 시인 삼촌은 속으로 꾹꾹 눌러 삼키는지 어쩌는지 다락방이 꺼지는 듯한 한숨만 푹푹 뿜어내고 있었습니다. 참, 염병할 놈에 세상 같더라는 말씀이에요.

내가 상급학교 학생이 되면서 우리 집안싸움은 횟수가 무장 늘어났고, 더욱 심각해지는 양상을 띠어 갔습니다. 아무 일도 아닌 것을 가지고 시부저기로 툭 툭 말 빤치를 날려서 급기야는 황소바람[28] 같이 냉랭한 싸움이 되어버리는 거였습니다. 그런데 나는 늦게서야 그런 싸움질이 우리 시인 삼촌을 집에서 내쫓기 위한 술책임을 깨달했습니다. 그런 엄마 아빠의 약삭빠른 소갈머리를 우리 시인 삼촌이 눈치채지 못했겠어요? 우리 삼촌은 보이지 않는 것에서도 보이는 것을 찾아낼 수 있는 시인이란 말씀입니다. 뭐, 귀동냥으로 수없이 들어서 알지만요. 삼촌은 미친 사람처럼 그렇게 씨부렁거렸으니까요. '무'에서 '유'를 창조하는 미친 시인이여! 이렇게 말입니다. 나도 '무'가 '없음'을 뜻하고 '유'가 '있음'을 뜻한다는 사실을 기본 상식으로 알고 있다는 말씀입니다. 물론 '창조'는 우리 학교 특별활동 '과학반'의 표어이니까 두말하면 군

---

28) 황소바람 : 좁은 틈으로 들어오는 센 바람.

소리밖에 되지 않는단 말씀이에요. 그건 그렇다 치구요.

참으로 놀라운 일이었습니다. 우리 시인 삼촌이 집을 나간 이후, 엄마 아빠의 싸움질은 봄눈 슬 듯 훌쩍 사라지고, 늙다구리 할머니와 엄마의 싸움만이 가물에 콩 나듯 했을 뿐입니다. 우리 시인 삼촌은 결코 돌아오지 않았습니다. 우리 삼촌의 행방을 아는 사람은 아무도 없었습니다. 늙다구리 할머니만이 울적한 얼굴로 쪽창 너머의 하늘을 하염없이 바라보고 있을 뿐이었습니다.

우리 엄마 아빠는 뭣이 그리도 좋은지 — 간혹 나는 엄마가 없는 곳에서 깊은 한숨을 몰아쉬며 슬픈 표정을 짓곤 하는 아빠의 모습을 보기는 했다 — 밤마다 키득키득 웃어대고, 어쩔 때는 까르르 숨넘어가는 소리를 유감없이 뱉어내어 나로 하여금 정나미 떨어지도록 했습니다.

내가 연만했더라면, 또한 부모와 자식이라는 굴레를 짊어지지만 않았더라면 우리 엄마 아빠는 아마 한쪽 어깨가 으스러지도록 내게 값비싼 물매를 맞았을 것입니다. 그나저나 우리 시인 삼촌이 보고 싶어 미칠 노릇이었습니다. 삼촌은 허울 좋게도 꿈속에서조차 한 번도 모습을 보이지 않았습니다.

그러던 어느 날, 나는 꿈을 꾸고 말았습니다. 우리 시인 삼촌이 활짝 웃는 낯으로 집으로 돌아오는 꿈이었습니다. 꿈속에서 나는 얼마나 감격스러운 포옹을 해버렸던지 오줌을 찔끔 해버리고 말았습니다. 아침에 눈을 뜨니 아랫도리가 축축하긴 했지만 쪽창으로 쏟아져 들어오는 햇발이 너무도 눈부셨습니다. 도시새 한 마리 날아오지 않던 전깃줄

위엔 떼 까치들이 맑은 목소리로 노래하고 있었습니다. 까작 까작 까자작….

나도 뛸 듯이 기뻤습니다. 아침 까치 소리는 반가운 소식이 올 조짐이고, 저녁 까마귀 소리는 슬픈 소식이 올 조짐이라고 언젠가 우리 늙다구리 할머니가 얘기했던 터였습니다. 열에 아홉은 우리 시인 삼촌이 꼭 돌아올 것이라고 굳게 믿고 있었습니다. 아침 등교길은 언제나 봉팔이, 봉구, 삼식이 등과 함께 했지만 그날은 아니었습니다. 괜스레 가슴이 쿵쾅거리고 하여 일찌감치 집을 나섰던 것입니다. 줄달음에 삼식이 집과 매부리코 영감네 구멍가게를 지나 간이 공중변소 앞을 지나고 있었습니다. 나는 공중변소 문짝에 검정색 색연필로 더럽게 그려놓은 낙서 같은 것들조차도 사랑스러웠습니다. ㄱㄴㅁ1235처럼 유치원 아이들 짓인 듯한 어설픈 실력도 눈에 띄었습니다. 3×1=3, 1+1=2하고 비교적 쉬운 속셈을 자랑삼아 적어 놓은 저학년 아이들의 솜씨도 보였습니다. 그런데 총각보살+삼식엄마=? 하는 식의 다소 고학년들의 장난인 듯한 의미심장한 낙서를 지우지 않는 이유를 나는 아직도 모를 것 같습니다. 나는 은근히 저 공중변소 낙서판에 '봉삼이 시인삼촌 오다'하고 써놓고 싶은 충동을 느꼈으나 그건 정말 우리 시인 삼촌에게 실례 막심한 일 같아서 그냥 지나치고 말았습니다.

그날 학교 수업은 소귀에 경 읽기 식으로 머리에 들어오지 않았습니다. 학교 수업을 마친 나는 거듬거듬 책가방을 챙겨들고 교문을 나섰습니다. 하늘은 회청색이었습니다. 회청색 위로 전깃줄이 어지럽게 매달려 있었습니다. 가벼운 바람에 전깃줄에 걸린 비닐 조각들이 스지직 스지직 울고 있었습니다. 그러나 도시새 따위는 한 마리도 앉아 있지 않았습니다. 나는 다소 달뜬 기분을 가누지 못하고 선걸음에 언틀먼틀한 골목들을 빠져나와 들창코 영감네 방앗간도 운 좋게 지나쳤습니다. 나는 걸음을 낮춰 산동네의 허리를 감아 올라 이윽고 간이 공중변소 앞까지 와서 걸음을 멈췄습니다. 휴우 하고 한숨을 내뿜으며 빛바랜 화장실 문짝을 쳐다보았습니다. 순간, 내 몸이 허청거렸습니다. 화장실의 낙서판에는 처음 본 낙서 말이 고압적으로 날 노려보고 있는 것이었습니다. '봉삼이 삼촌 미쳐버렸다.'

누가 갈겨 놓았는지는 모를 일이지만 낙서하기 좋아하는 짓궂은 동네 아이들 짓임에 틀림없는 일이었습니다. 그런데 우리 산동네 낙서의 경우 대개가 근거 없는 낙서는 없는 터였습니다. 이를테면 내가 학교에서 파하고 돌아오는 길에 보곤 했던 방앗간 집 문 앞의 낙서는 '삼식이 아빠 청소부'라고 사실대로 쓰여 있었습니다. 그리고 복덕방 영감쟁이네 뒷담벼락에는 '방앗간들창코영감'하고 쓰여 있었으며, 매부리코 영감네 가게 유리문에도 희미하게 '봉팔네 노랭이 흘레 박사'하고 사실적으로 쓰여 있었던 거였습니다. 그렇다면 이건 심상치않는 문제임에 틀림없습니다.

"개새끼들!"

나는 무심결에 그렇게 상스러운 욕지거리를 뱉어 내버렸습니다. 그리고 정신이 어릿거림을 느꼈습니다. 시인 삼촌의 근황에 대해서 가슴을 바잡으며 왜틀비틀 집 앞에 당도했습니다. 집에는 아무도 없었습니다. 봉순이의 모습도, 늙다구리 할머니의 모습도 보이지를 않았습니다. 정말 무슨 일이 벌어진 모양이었습니다.

나는 쥐들이 들락거리고 있는 다락방으로 올라가 보았습니다. 거기 뱃가죽을 바닥에 깔고 엎드려 무엇인가 긁적거리고 있는 시인 삼촌의 환영(幻影)이 보였습니다. 그러나 결국 돌아오는 것은 허탈감뿐이었습니다. 나는 잠시 다락방의 바닥에 등을 바짝 대고 누워 있었습니다. 그런데 무슨 내용인지도 모를 작은 글씨들이 나의 눈에 들어오는 것이었습니다. 글씨는 검정 싸인 펜으로 쓴 것이었고, 우리 동생 봉순이가 앉아 있어도 고개를 수그려야 할 만큼 낮은 천장의 여기저기에 깨알처럼 붙박여 있었습니다. 글씨는 거꾸로 매달려 떨어지지 않으려고 안간힘을 쓰고 있는 것도 같았으며, 방바닥을 내리깔아 보며 비웃고 있는 것도 같았습니다. 나는 천천히 상체를 일으켜 세워 복덕방 영감탱이가 신문을 바짝 눈 가까이에 가져가 보는 것처럼 바투 고개를 쳐들어 글귀를 살펴보았습니다. 그리곤 흠칫 놀라버렸습니다.

— 미친시인이노래한다미친시인이노래한다까마득한날광야에서옛시인이그랬던것처럼시인은떠나고시만남았다산메아리도떠나고어느미친시인이그수평에서목을놓아노래하고있다싸으랑했눈데모우두떠으나네모우두싸으랑해떠으나가으지마….

이런 글귀들이 천정을 가득 장식하고 있었습니다. 내가 학교에서 배웠던 띄어쓰기나 맞춤법의 규칙 따위는 깡그리 무시되고 있었습니다. 나는 그러한 글귀가 정확히 어떤 의미를 지니고 있는 건지 알 바 없었지만, 우리 시인 삼촌이 천장에 매달려 쉼 없이 노래를 부르고 있는 듯한 환상에 빠졌습니다. 삼촌의 얼굴이 한 겹 두 겹 세 겹씩 마구 내 앞에 나타나고 있었습니다. 어떤 얼굴은 해바라기처럼 활짝 웃고 있었으며, 또 어떤 얼굴은 빨간 선인장처럼 이글이글 타오르기도 했습니다. 그것은 분명히 환상이었습니다. 비록 환상이었지만 나는 시인 삼촌의 모습을 보게 되어 가을을 만난 기러기 떼처럼 기뻤습니다. 그런데 바로 그때였습니다. 환청 같기도 한 목소리가 나를 부르고 있었습니다.

"봉삼아! 봉삼아!….."

그 소리는 점점 나의 환상 속으로 파고들어 왔습니다. 그러자 삼촌의 얼굴이 이제 백합처럼 창백한 모습으로 변하여 어디론가 달아나고 있었습니다. 나는 시인 삼촌을 한참이나 뒤쫓은 것 같았습니다. 그런데 나를 부르는 소리가 더욱 뚜렷해지더라는 말씀입니다. 나는 환상에서 깨어나 다락방을 내려 왔습니다.

"봉삼아! 얼른 가봐라! 니네 삼촌 말야. 니네 삼촌이 이상해졌단 말야!"

시인 삼촌이 돌아오긴 한 모양이었습니다. 내 친구 삼식이가 평소보단 음전하게[29] 방문 앞에 서서 말했습니다. 그런데 정말 삼촌한테 문제가 생긴 모양이었습니다.

"느네 삼촌 미쳤대, 애들이 놀리고 지랄들야, 내가 쫓아버리긴 했지만 벌써 몰려들었을 거라구. 안 갈래?"

삼식이는 상전한테 눈비음 하듯[30] 얼쭝거렸습니다. 그러나 삼식이는 솔직히 볼 구경거리에 더 흥미 있는 것 같았습니다. 나는 눈물이 핑 돌았습니다. 간이 공중변소의 낙서가 현실로 돌아온 모양입니다. 갑자기 시인 삼촌의 모습이 눈앞에 밟혔습니다. 어령칙[31]한 일이었습니다. 동네 아이들의 구경 가마리가 되어 있을 시인 삼촌을 생각하니 괜스레

---

29) 음전하게 : 말이나 행동이 점잖고 고움.

30) 상전한테 눈비음 하듯 : 남의 눈에 잘 보이도록 꾸미는 짓.

31) 어령칙하다 : 기억이 분명하지 않다.

울화가 머리통 끝까지 치솟아 올랐습니다. 나는 머리칼들이 일제히 꼿꼿이 일어서는 느낌이었습니다. 홧김에 가방을 뒤져 끝 날이 예리한 공작칼 하나를 뒷주머니에 푹 찔러 박았습니다. 그리고 삼식이 녀석을 따라 삼촌을 찾아 나섰습니다.

　우리 시인 삼촌은 엄마 아빠의 이발소가 있는 골목 어귀를 지나고 있었습니다. 구경꾼들이 이만저만이 아니었습니다. 삼촌은 머리에 빨간 띠를 두르고 있었습니다. 그 띠의 둘레에 갖은 무색천들이 울레줄레 매달려 바람에 나풀거리고 있었습니다. 삼촌의 얼굴은 몹시 상해 있었습니다. 눈은 퀭하고 얼굴에 노인처럼 검버섯이 돋아 있었고요. 보기에 흉한 귀살쩍이며 가잠나룻이 엉성하게 돋아나 있었습니다. 나는 숨이 턱 막혔습니다. 삼촌은 헤실바실 웃으며 무슨 노래인가를 부르면서 골목골목을 싸질러 다녔습니다. 삼촌의 노래를 흉내 내며 산동네 아이들이 그 뒤를 따르고 있었습니다. 그 속에 할머니의 모습도 보였습니다. 할머니의 안쓰러운 그 표정은 도저히 글로써도 표현할 수가 없을 것 같습니다. 엄마 아빠의 이발소 앞을 지나는 시인 삼촌의 노랫소리가 더욱 커지고 있었습니다. 산동네 아이들의 목소리도 우렁찼습니다. 마치 무슨 축제가 열리고 있는 듯한 분위기였습니다. 이발소 문을 열고 엄마가 나오고 있었습니다. 아빠의 모습은 이발소 안에 보이지 않았습니다.

　싸으랑 했는데 모두 떠으나네
　씨인은 떠으나고 씨만 나음았네

＿＿＿＿＿＿＿＿＿＿＿＿＿＿＿

싸으랑 했는데 모두 떠으나네
씨인은 떠으나고 씨만 나음았네

＿＿＿＿＿＿＿＿＿＿＿＿＿＿＿

시인 삼촌이 선창을 하면 동네 아이들이 그 소리를 받았습니다. 그
런데 나는 그 노랫말이 다락방 천정에 깨알처럼 쓰여 있던 그 구절이라
는 것을 알았습니다. 다시 눈물이 핑 돌았습니다. 노랫소리가 골목을
울리고 공중으로 치솟았습니다. 구경꾼들이 정말 장속을 이루고 있었
습니다. 어떤 어른들은 혀를 쯧쯧 차면서 고개를 절레절레 흔들었습니
다. 그러나 산동네 아이들은 마냥 흥겨운 모양이었습니다. 하기야 판
무식한 마을 아주머니들도 볼만한 구경거리가 생겼다고 좋아 아우성
인데 아이들이야 여북하겠습니까?

시인 삼촌의 몰골을 보고, 또한 그 노랫소리가 재미있어선지 우리 엄
마는 키득 키득 웃고 있었습니다. 나는 정말 이젠 참을 수 없을 것 같
았습니다. 삼촌은 미쳐서 골목을 헤매고, 할머니는 기막히고 안쓰러워
그 뒤를 따르고 있는데 우리 엄마는 마을 아주머니들과 함께 웃고 있
었습니다. 나는 우적우적 엄마 곁으로 접근했습니다. 여전히 우리 엄마
는 마을 아짐씨들과 깔깔거리고 있었습니다.

나는 거의 이성을 잃어버렸습니다. 눈앞이 보이지 않을 정도였으니
까요. 뒷주머니의 조각칼을 확 빼들었습니다. 그리고 순간적으로 그
조각칼로 우리, 우리 엄마의 잘쏙한 허구리를 찔러 버렸습니다. 까무
러치는 엄마의 비명 소리를 뒤로 따돌리고 쏜살같이 이발소 골목을 달
려 내려왔습니다.

————————————

싸으랑 했는데 모두 떠으나네
씨인은 떠으나고 씨만 나음았네

————————————

　노랫소리는 계속하여 들리고 있었습니다. 우리 시인 삼촌을 떠올리면 가슴이 무너져 내리는 것 같았습니다. 몸이 부다듯해지면서[32] 후들거리기 시작했습니다. 나는 그냥 어디든지 달려야겠다고 생각했습니다. 그리고 삼식이네 누렁이처럼 이 골목 저 골목을 쏘질러 다녔습니다. 마치 내가 미쳐버렸다는 느낌이 들었습니다. 골목골목마다 산동네 아이들 짓인 듯한 낙서가 훈장처럼 큼직하게 자리 잡고 있었습니다.

　'봉삼이 시인 삼촌 미쳤다!'

　나는 어느새 울고 있었습니다. 그러나 절대로 소리를 내서 울지는 않았습니다. 속눈물만 흘리고 있을 뿐이었습니다. 남자가 눈물을 흘려서는 우리 시인 삼촌의 체면이 말이 아닐 것 같았습니다. 나는 삼촌처럼 정말 미쳐버리고 싶어졌습니다. 그래서 하늘을 올려다보며 실없이 웃어버렸습니다. 그 웃음 위로 전깃줄이 어지럽게 매달려 있었습니다. 그런데 어느 사품엔가 그 전깃줄 위로 도시새들이 부둥깃[33]을 털며 날아들고 있었습니다.

.... 끝

————————————

32) 부다듯하다 : 신열로 몸이 뜨겁다.

33) 부둥깃 : 어린 새의 깃털.

바람의 화신

작가노트

지난 1980년대 후반 우리 정부는 금융실명제를 실시할 것을 예고했다. 이전까지는 차명으로 은행 및 금융 거래를 할 수 있는 시대였다. 하지만 정부차원에서 금융실명제 실시를 위한 준비단이 발족 되었음에도 경제성장률 둔화, 국제수지 악화, 증시침체, 부동산 투기 극성 등의 경제위기론에 직면하게 되었다. 제6공화국이던 노태우 정권에서 이렇게 유보되었던 금융실명제는 김영삼 문민정부가 들어서면서 1993년 8월을 기해 대통령 긴급명령 형식을 빌려 전격적으로 실시되기에 이른다. 이 소설은 이런 사회적 상황 속에서 삼 십 대의 젊은 작가들이 금융실명제를 소재로 하는 작품집 〈금융실명제〉 출간에 의견을 모아 나도 역시 동참하게 되었다. 이 작품의 소재는 당시 실제 금융실명제 때문에 난처해진 정치집단의 기득권 세력이던 의원들의 차명재산 등이 많은 물의를 불러일으켰는데 이 작품은 바로 그 중심에 있던 모(某) 의원을 풍자하기 위해 쓰여진 작품이라 할 수 있다. 당시 국회 야당 의원의 보좌관을 친구로 두었던 덕에 국회의 자료를 손에 넣을 수가 있었고 그 자료를 토대로 이 작품을 집필하게 되었다. 금융실명제를 통한 혼란과 갈등이 많았지만 그런 것들을 이겨내고 걸어왔기에 오늘날 그나마 좀 더 투명한 경제활동을 하게 되지 않았을까. 이것이 대한민국을 있게 하는 국민성의 힘이라 자부한다.

정의는 강자가 자기의 권리와 이익을 옹호하기 위하여 있는 것이라고 주장하는 소피스트 트라스마코스의 말을 자세히 들여다보면, 이 세상을 살아가는데 불의가 정의보다 더 이롭다는 속뜻이 은연중 내포되어 있음을 알 수가 있다. 그러나 트라스마코스의 궤변에 반론을 제기하고 나선 소크라테스는 그의 국가론의 서권에서 이르기를 우리가 개인에 있어서의 정의보다 국가에 있어서의 정의를 밝힘이 마땅하다 하면서, 정의는 지혜와 용기와 절제가 그 법도를 지켜 조화를 잘 이룩하는 것이어야 한다고 했다. 그러나 연면히 이어온 역사의 질곡 속에서 그 정의는 번번이 외면당해 왔다. 비록 강 건너 나라를 두루 섭렵하지는 않더라도 국가의 지배층으로서의 애지자, 구태여 이런 고상한 어휘를 차용하지 아니하고 이른바 시정잡배라 함이 마땅할 것이지만, 이러한 애지자들이 지배층의 요처 요처에 마치 음부에 기생하는 기생충들처럼 포진하고 있어서 솔직히 그 기생충들의 배설물들 탓에 요즘 우리 사회의 곳곳에는 곰삭은 턱찌끼의 냄새들로 들끓고 있는 것이다. 이러한 시점에서 삼가 '바람의 화신'은 선량한 민초들의 가슴에 굽이쳐 오르는 질타의 목소리에 동참하여 신한국으로 가는 하나의 사북이 되고자 집필되었음을 밝히는 바이다.

K씨는 천천히 다홍빛 커튼을 열어젖히고 망원경을 집어 들었다. 창밖은 여전히 희부연 안개로 자욱했다. 그 안개의 너울에 밀려 아직 공원의 모습은 드러나지 않았다. 다른 날 같으면, 아침 산책을 하거나 공원의 허름한 나무 벤치에서 이마에 내려앉은 묵은 이슬을 쓰다듬으며 날밤을 새우고는 하던 사람들이 있을 법한 시간이었다.

그러나 안개는 한층 골을 깊게 만들어내면서 공원의 허리를 그러안 듯 휘감아들고 있었다. 그러한 까닭일까, K씨의 망원경의 원경(遠景) 속으로는 아직 한 사람의 모습도 딱히 들어오지 않았다.

K씨는 망원경을 거두고는 모양새 없이 흘러내린 코허리를 습관적으로 한 번 매만졌다. 들창을 열어 놓은 듯 눌러앉은 K씨의 콧날이 무슨 비사증[1]이 들었는지 붉은 땀구멍이 숭숭 붙어 있었다. 관상학에 의하면, K씨처럼 들창이 들린 코 종(種)은 무슨 숨길만한 비밀이 없을 만큼 정직하고 의리가 있다는 것이었다.

그러나 K씨의 경우 그 말은 개뿔이었다. K씨는 승리당의 재선 의원으로 국민들로부터 근면하고 정직하고 성실하다는 평을 받고 있었다. 그것은 돌이켜 보건데, 들창을 열어 놓은 그의 코 종도 적잖이 기여를 했을 것으로 보인다.

그러나 사실 K씨는 의원이 되자, 정작 의원으로서 손을 말아 쥐고 뛰어도 부족한 공사(公事)는 뒷전이고, 어찌된 심판인지 지난 선거 때 흘러나간 결코 적다 할 수 없는 선거자금이 곰곰 생각나 미칠 노릇이었다. 그리하여 그는 천천히 금배지의 위용(?)을 과시하기 시작한 것이었다.

---

1) 비사증 : 술에 중독되어 코가 붉어지는 증세.

그가 처음 손을 뻗친 것은 땅 투기였다. 그는 땅값이 상승하는 지역에 대한 정보를 사전에 입수하여 임야건 전답이건 그린벨트건 판잣집이건 대상과 지역을 가리지 않고 마구발방²⁾으로 사들였다. 세상 재미있는 것이 또 K씨의 부인이었다. K씨의 부인 S여인은 이제야말로 남편이 사람 구실을 하는 모양이라 들까불면서 함께 동참한 터수였다.

"여보, 우리 이번 기회를 절대 놓치지 맙시다. 언제 당신이 또 이런 기회를 잡겠수? 여보 힘내요 힘! 당신 말고도 어영부영하는 의원님들 많답니다. 자, 꿀물 좀 드세요, 내일은 아파트 장관 마누랄 만나기로 되어 있어요. 호호호…."

K씨는 부인의 위로에 더욱 용기백배하여 시정잡배들 이상으로 땅 투기에 열을 올렸다. 땅 투기로 불린 재산을 아삼하게 은닉하고 또 나이 어린 자식들에게 세습하기도 했다.

그는 이미 전문적인 땅 투기꾼들 못지않은 베테랑이 되어 있었다. 그의 기술(다른 투기 정치인들한테 은밀히 습득했다)은 이제 새로운 곳으로 눈을 돌렸다. 절대농지를 사기 위한 위장전입, 가족 또는 친지 따위의 명의를 이용한 사재기, 개발정보의 사전입수, 공직을 이용한 특혜불하, 화해 전 제소 형식의 위장 소송, 위장증여, 상속세 및 증여세 포탈을 위한 사전상속 등 고도의 지능적인 것들이었다.

K씨는 아프리카산 코뿔소 파이프를 뽐내듯 삐딱하게 빼어 물며 입가에 조심스런 웃음을 물었다.

'흥! 이 김 방석이가 그깟 금융실명제로 물러날 줄 알아? 재산공개 때도 감쪽같이 해냈는데, 허엇.'

---

2) 마구발방 : 함부로 하는 말이나 행동.

K씨는 망원경으로 다시 한번 눈을 바짝 들이댔다. 이제 안개가 여인네의 치맛자락처럼 걷혀들고 있었다.

"옳지, 나타났군!"

K씨는 탄성을 내지르면서 망원경의 원경 속에 잡힌 청년 하나를 천천히 살피고 있었다. 청년은 바로 K씨가 찾고 있는 다섯 사람 중의 한 사람이었다.

K씨는 느닷없이 발표된 금융실명제의 후유증으로 며칠째 골머리를 앓고 있었다. 그가 비실명으로 소유하고 있는 것은 은행증권이나 양도성 증서를 비롯 다섯 개의 예금통장이었다. 그러나 양도성 증서(CD)의 경우 다행히 흐름의 출처를 손쉽게 추적할 수 없는 검은 돈이어서 당장 별반 문제는 없을 것 같았고, 또한 이미 삼 개월의 만기 이전에 이문을 남기면서 '검은 내 아들아 잘 가거라.'하고 세상으로 뿌려버렸다. 문제는 다섯 개의 예금통장이었다. K씨는 조금 선견지명이 있어서 거액의 돈을 다섯 개의 계좌로 쪼개 세금 우대예금까지 들어 두었던 터였다. 이제 이 다섯 개의 계좌만 감쪽같이 현금으로 인출해 내면 그런대로 만사형통일 것이었다.

K씨는 망원경에서 잠시 시선을 거두고 엷은 웃음을 물었다.

"바로 저 놈이 첫 번째 목표물이다!"

K씨는 망원경에 잡힌 사내 녀석이 더없이 구미에 당겼다. 외모가 헐렁하고, 턱이 아래로 쭉 빨아 모르긴 해도 고양이 입가심조차 어려운 가난뱅이 사내놈이 분명할 것이기 때문이었다. 더욱이 그닥 별스런 힘도 못 쓸 것 같아서 K씨는 자신이 계획했던 대로 착오 없이 밀어붙일 수 있을 듯도 싶었다. K씨는 황급히 버저를 눌렀다.

"의원님! 찾아냈습니까?"

채신머리[3]없이 앞머리가 벗겨진 젊은 비서 녀석과 걸때 좋은 중년의 운전수가 분부만을 기다리고 있었던 듯 빠르게 2층의 나무계단을 걸어 내려오면서 동시에 물었다. 녀석들은 이미 K씨와는 은밀한 사이로 원님 덕에 나발 부는 축들이었다. K의원은 대답 대신 고개를 한 번 주억거렸다. 그리고 만족한 웃음을 물며 확인하듯 다시 망원경을 집어 들었다.

"좋아, 어서 서둘러 주시오!"

K씨는 망원경을 대머리 비서에게 건네주었다. 비서가 한 번 망원경을 눈에 바짝 갖다 붙이고 풀 잔디 위로 흘린 동전을 톺아 나가듯 공원 쪽을 천천히 훑어 내리고 있었다.

"분수대 뒤쪽 세 번째 백양목 아래죠?"

비서가 자신 있는 목소리로 물었다.

"맞았소!"

"작업복 차림에 풀이 죽은 모습입니다. 저놈 실업자가 분명해요!"

"흐…. 남 비선 정말 보는 눈이 있소. 어서 서두르시오!"

"예, 의원님!"

남 비서와 운전수 녀석이 코끝이 배꼽 밑에 와 닿도록 충성을 표했다. 솔직한 말로 K의원이 잘못되기라도 하는 날엔 녀석들도 옴짝달싹할 수 없이 끝장이 날 판국이었다.

녀석들은 미리 준비해 둔 차량의 가짜 번호판을 부착시킨 다음, 쏜살같이 공원을 향해 차를 몰았다. 검정색 승용차로 짙고 두꺼운 유리문이어서 밖에서 내부가 들여다보이지 않았다.

---

3) 채신머리 : 처신을 낮잡아 부르는 말.

승용차는 경사진 골목길을 휘돌아 순식간에 공원으로 향하는 5번 차도로 진입하고 있었다.

K씨와 남 비서, 운전수와 K씨의 처인 S여인이 밤새 금융실명제의 실시에 따른 다섯 개의 비실명계좌의 처리문제를 논의한 결과 공원을 배회하는 축들을 끌어들여 교묘히 이용하자는데 견해의 일치를 보았다. 더욱이 그들은 대상이 호락호락하지 않을 경우에는 강압적 수단을 쓰거나, K씨 차녀의 미모를 살려 미인계의 수법을 동원하자는 데까지 타락한 의견의 접근을 보았던 축들이었다.

그러나 K씨는 자신의 눈썰미에 의해 자신의 망원경에 걸려든 축들이라면 그닥 걱정할 일은 아닐 것이라고 생각했다. 어느 일간지의 경제란에 의하면 금융실명제가 실시되자, 혹여 자기 이름의 가명(假名) 구좌가 있을까 확인하러 온 얌체족들도 상당수에 이르고 있다고 하기 때문이다.

승용차가 공원 앞에 도착했다. 녀석들은 차를 공원의 한쪽 구석에 세워놓고 천천히 차 문을 열치고 나왔다. 안개가 이미 말끔히 걷혀 올라간 공원은 막바지 여름의 쨍한 햇발을 오롯이[4] 받아들이고 있었다. 햇발 아래로 가벼운 몸통 운동을 하거나 일없이 어정어정 어슬렁거리는 사람들이 무슨 광목천 화면 위의 활동사진처럼 선명하게 보였다.

남 비서는 재빨리 분수대 뒤쪽 세 번째 백양목 아래로 시선을 박았다. 거기 그늘진 백양목 아래 망원경의 원경 속으로 걸어 들어왔던 작업복 차림의 풀기 없는 사내가 망연히 앉아 무연스레[5] 하늘만 올려다

---

4) 오롯이 : 모자람 없이 온전히.
5) 무연스레 : 무심히.

보고 있었다. 남 비서는 다소 떨리기도 했으나, 발바닥의 장심에 힘을
모아 작업복을 향해 접근해 갔다.

남 비서가 바짝 가까이 다가갈 때까지 녀석의 시선은 변함없이 하늘
끝에 박혀 있었다. 남 비서는 운전수를 향해 눈짓으로 조금 거리를 두
면서 관찰해 줄 것을 넌지시 알렸다. 남 비서는 이윽고 주먹을 말아 쥐
면서 유들유들한 태도로 작업복에게 말을 걸었다.

"무슨 생각을 골똘히 하고 있소?"

"예?"

작업복이 일순 놀라는 눈치로 시선을 비서 쪽으로 돌렸다.

"당신이 누구신데 남한테 말참견을 하시요?"

"어허 형씨, 보아하니 무슨 고민거리가 있는 모양입니다?"

남 비서가 서서히 말문을 열어나갔다. 사람이 사람으로부터 호감을
얻으려면 뭐니 해도 대화가 이루어져야 한다는 사실을 오랜 비서 생활
의 경험으로 미루어 익히 알고 있던 때문이었다.

"당신이 무슨 박수무당[6]이라도 되쇼? 그리 남의 맘을 들여다보듯
하게…."

작업복은 여전히 비아냥을 던지는 투로 말을 흘렸다. 생각보다 그렇
게 탐탁치는 않은 것 같았다.

"어허, 너무 매정하게 굴지 마시오, 혹 이 몸이 형씨를 돕게 될지 어
찌 알겠소?"

남 비서는 넌지시 핵심의 허두를 꺼냈다. 작업복은 여전히 무표정한
얼굴이었다.

---

6) 박수무당 : 남자 무당을 일컬음.

"빈 말 마쇼! 머리 벗겨진 양반아…."

작업복은 별 실없는 놈 다 보겠다는 듯 자리에서 툴툴대며 일어섰다. 남 비서가 다급해졌다.

"형씨! 돈 벌고 싶지 않소? 앉아서 거저 말이요."

"이 머리 벗겨진 양반 보소, 세상에 앉아서 거저 돈 버는 일이 어디 있답쇼?"

작업복 바지가 정말 한심하다는 얼굴로 고개를 쳐들고 남 비서를 노려보았다.

"허, 형씨 금융실명제 아소?"

"이 양반아, 내가 그럼 그것도 모르는 판무식쟁이로 보이쇼?"

작업복이 되받아 물었다.

"아, 아니올시다. 형씨한테 당장 쉽게 돈을 벌 수 있는 방법을 제공해 주겠다 이거요."

"예?"

남 비서의 카랑한 말에 작업복 차림이 다소 관심을 보였다. 녀석의 눈에서 순간 불빛이 번득이는 것 같았다. 남 비서가 기세를 몰아 나갔다.

"형씨, 혹여 괜찮다면 나하고 얘기 좀 합시다."

남 비서가 작업복의 대답이 떨어지기도 전에 운전수 녀석을 향해 차를 이쪽으로 몰고 오라는 제스처를 보냈다. 승용차가 바짝 접근했다. 그러나 작업복은 믿기지 않는다는 표정이었다.

"걱정 마쇼, 일단 차에 오릅시다!"

남 비서는 운전수 녀석과 함께 주춤주춤 망설이고 있는 작업복을 잽싸게 차안으로 떠밀어 넣어버렸다. 그리고 굳게 차문을 닫고 액셀러레이터를 밟아 나가기 시작했다.

K의원은 그적에서야 안도의 한숨을 몰아쉬며 망원경에서 시선을 거두었다. 첫 번째 그가 지목했던 대상이 생각보다 쉽게 빨려 들어와 주었구나 생각하면서, 일이 이리만 풀려나가 준다면 이번 다섯 개의 가명 계좌의 돈을 현금으로 인출하는 것은 그다지 어려울 것 같지는 않았다.

K씨는 입가에 엷은 웃음을 베어 물며 금융실명제를 긴급명령까지 동원하여 느닷없이 발표해버린 YS를 한번 히죽이 비웃어 주었다.

"흐, 김 방석인 절대 죽지 않아!"

K의원은 만족한 듯 입방정을 떨고 있었다. 그는 아직도 치부(致富)하는데 자신의 권력이 살아 있다고 믿고 있었다. 그가 생각하는 한 그의 권력은 절대적이었다. 비록 문민정부 어쩌고 하며 일파만파로 개혁의 물결이 퍼지고는 있지만, 그가 국민의 대변자인 승리당의 한 의원인 바에야 권력이라는 것은 결코 자신을 떠날 수 없으리라 믿어 의심치 않았다. 그러나 그는 절대적 권력은 절대적으로 부패한다는 헌법학자 '엑톤'의 말을 결코 알지 못했다. 솔직히 그는 미국식 대통령제와 한국식 대통령제가 어떠한 차이점이 있는지도 모르거니와, 의원 아니 국민의 한 사람이라면 마땅히 알고 있어야 할 대통령의 긴급명령의 발동 요건과 효력 요건조차도 알지 못하고 있는 터수였다.

승용차가 도착했다. 남 비서와 운전수가 빠르게 차에서 내려 K의원 앞으로 걸어왔다. 남 비서가 나지막한 소리로 말했다.

"의원님, 분부대로 이행했습니다."

"수고했소, 근데 눈은 가리었소?"

K의원이 눌러앉은 코허리를 습관적으로 매만지면서 물었다.

"예, 의원님."

"좋소, 지금부턴 '의원님'이라는 호칭 사용치 마시오. 어쨌든 저 놈이 전혀 눈치 채지 못하게 해야 할 것이오!"

"네!"

남 비서가 대답 뒤에 반드시 따라다니고는 했던 '의원님'의 호칭을 생략하면서 짤막하게 대답했다.

"그럼, 지하실로 데리고 가서 교육시키시오!"

"네!"

"거절은 안합디까?"

"네, 그런데 백을 요구하고 있습니다."

남 비서는 난처한 얼굴로 K의원을 바라다보았다.

"뭐요? 백?"

K씨가 깜짝 놀라는 얼굴로 말꼬리를 치켜올렸다. 그에게 백만 원이라야 담뱃값에 다름 아니지만, 어쩐지 이런 일로 맹물 같은 녀석에게 백만 원을 줘야한다고 생각하니 기가 찰 노릇이었다.

"네!"

"오십만 주시오, 그리고 은행에서 감시 잘해야 합니다. 내 아들 녀석도 혹은 모르니 데리고 가시오, 저놈이 꼴에 그 현금을 쥐고 도망이라도 할까 두렵소!"

K씨는 정말 녀석이 도망이라도 쳐버린 것처럼 불안한 얼굴을 하고 있었다.

남 비서는 K의원의 아들 녀석까지 대동하고 집을 나섰다. 작업복 바지는 잔뜩 겁먹은 얼굴로 승용차의 뒷좌석에 웅크리고 있었다. 승용차는 쏜살같이 골목을 빠져나갔다. 남 비서가 작업복의 가린 눈을 풀어

주었다.

"수고 했소."

남 비서가 조금은 미안하다는 표정을 지으며 작업복에게 말했다. 작업복 녀석은 가린 눈을 풀어 주어도 눈을 그대로 감고 있었다. 느닷없이 굴러들어오는 거금 백만 원으로 무엇을 해야 할 것인가를 생각하고 있는지도 모를 일이었다. 작업복 녀석이 이제 해야 할 일은 K씨의 거래 은행에 가서 다섯 계좌 중의 하나를 녀석의 실명(實名)으로 바꾸고, 자금출처 조사를 받지 않는 최고 한도의 현금을 인출해 내는 일이었다. 그런 일이라면 정말 맥주 마시고 오줌 빨리 싸대기보다 더 손쉬운 일일 터였다. 남 비서는 제발 이번 실명제 사태만 무사히 넘겨주기를 바라면서 여전히 눈을 지그시 감고 입가에 웃음인지 곤혹인지 모를 엷은 실주름을 잡고 있는 녀석을 향해 작은 소리로 한번 빈정거렸다.

"작업복, 오늘 당신 호박을 넝쿨째 잡은 거야!"

승용차가 대로로 들어섰다. 걸때 큰 운전수 녀석이 콧노래를 부르며 액셀러레이터를 밟았다. K의원의 아들 녀석은 작업복을 연방 째려보면서 이런 개뼈다귀 같은 놈한테 한 푼도 안 줄 무슨 좋은 방법이 없을까 생각 중이었다.

K의원은 아프리카산 코뿔소 파이프를 멋으로 삐딱하게 빼어 물고 두 번째 대상자를 노리면서 망원경의 원근 조리개로 계속 거리 조정을 하고 있었다.

공원은 쏟아져 내리는 땡볕의 열기로 후끈 달아올라 있었다. 기운 없는 노인네들은 나무 그늘에 깔개를 깔고 앉아 무슨 잡담들을 나누거나 벤치에 휴지처럼 드러누웠고, 혈기 좋은 축들은 배드민턴을 치거나 몸들을 크게 흔들며 운동을 하고 있었다.

K씨는 망원경에서 그만 시선을 거두고 여의치 않은 듯 고개를 한번 갸웃거렸다. 그럴 것이 이맘쯤이면 살롱이나 카페의 작부(酌婦)[7]들이 공원의 벤치에 나란히 앉아 밤새 젖어든 축축한 영혼들을 햇빛에 말리고 있어야 할 시간인 때문이었다.

K씨는 다시 망원경의 대안렌즈로 시선을 가져갔다. 그런데 바로 그때 요란하게 전화벨이 울렸다.

찌릉 찌릉!

K씨는 어떤 좋지 않은 예감으로 송수화기를 집어 들었다.

"나 승리당의 김 방석 의원이외다!"

K씨가 짐짓 위엄 있는 목소리로 번데기처럼 주름을 잡았다. 그는 '승리당'과 '의원'의 발음에 특히 악센트를 주고 있었다.

"의, 의원님…."

저쪽의 목소리가 남자답지 않게 떨렸다.

"무, 무슨 일이요 남 비서?"

K의원은 역시 불길한 예감으로 다그치듯 물었다.

"아이고 의원님!"

"아, 어서 말을 해봐요!"

"작업복 새끼가 혀, 현금을 갖고 고스란히 튀었어요!"

"머, 머쇼? 아, 그래 내가 아, 압력을 넣어라 안합디까, 셋이서 그따위 작업복 하나 못 꺾었소?"

K의원의 얼굴이 벌겋게 상기되어 있었다. 그의 관자놀이[8] 끝이 파르

---

7) 작부 : 술집에서 손님을 접대하며 술을 따르는 여자.

8) 관자놀이 : 귀의 위쪽 눈의 옆쪽으로 음식 씹을 때 움직이는 곳.

르 떨렸다.

"글쎄, 작업복 새끼가 처억 하니 청원경찰을 부르더란 말예요."

"청원경찰? 그, 그래서?"

"그러더니 우리들을 가리키면서 그러는 거예요, 처, 청원경찰님! 이놈들한테 시, 신변의 위협을 느낍니다. 제발 내가 저쪽 건너 차도에 갈 때까지 이, 이놈들을 좀 붙잡아 두쇼, 이러고선 그냥 튀어 버렸어요, 의원님."

남 비서의 목소리가 여전히 떨렸다.

"돌아와요, 작업복 그놈 나중에 추적해서 잡아들이면 되잖소!"

K 의원은 작업복쯤 추적해 잡아들이는 일쯤이야 당장이라도 할 수 있다는 듯 제법 자신 있는 어조로 말했다.

"아이고 의, 의원님 그게 문제가 아녀요. 작업복 새끼가 글쎄 죽어라 일해도 평생 집 하나 못 마련한 세상이라고 한탄하면서 이, 이참에 이 일로 백만 원 받으면 실컷 한번 즐겨나 보고 뒈지겠다 했어요!"

남 비서가 거푸 숨을 몰아쉬면서 나불거리고 있었다.

"머셔?"

K의원의 표정이 일순 돌미륵처럼 굳어지면서 송수화기를 힘없이 떨궈버렸다.

"아이고 내 돈, 아이고 내 돈!"

"의, 의원님, 의원님!"

수화기의 가는 구멍을 통해 남 비서의 목소리가 애타게 의원님을 부르짖고 있었다.

그 때, S여인이 몸치장을 요란스레 마치고 현관문을 나서면서 말했다.

"여보, 힘내요 힘. 그까짓 돈 몇 푼 갖고 승리당 의원 체면이 거 뭐에요, 나 잠깐 다녀오리다."

K씨가 풀죽은 목소리로 S여인에게 물었다.

"대체 그리 단장을 하고 어딜 가려는 거요?"

"당신도 참, 다른 의원님들이 몸 사리고 쉬고 있는 비수기 때 진짜 건(件)을 올려야 하는 거유!"

S여인이 물빛 선글라스를 걸치면서 짱짱하게 말을 뱉어냈다.

"내가 누구요? 이 김 방석의 마누라 괜히 있는 거 아니외다. 그럼 나 가리다. 공평동 박 변호살 만나기로 했어요!"

"박 변호사?"

"왜, 있잖아요, 가라 소송(訴訟) 전문 변호사!"

"아하, 근데 또 그 시덥잖은 위장소송이요?"

K의원이 실망하는 눈초리로 물었다.

"여보!"

S여인이 K씨를 향해 눈을 한 번 찡긋거렸다.

"이번엔 큰 구찌 걸렸소!"

"어허, 당신 수단은 암튼 알아줘야 한다니까!"

S여인의 등 뒤에다가 대고 K씨가 만족한 웃음을 흘렸다. S여인이 현관문을 쾅! 하고 닫았다. 그러자 현관문 앞에 걸려 있는 조롱 속에서 구관조가 부리를 놀렸다.

"안녕히 가세요."

카나리아종의 리자드 라는 앵무새였다.

K의원은 공원의 분수대 쪽을 망원경으로 살피고 있었다. 망원경의 원경 속으로 가는 물줄기가 뿌옇게 솟아올랐다가 머리를 풀어헤치듯 아래로 흘러내렸다.

분수대 가녘으로 데이트를 즐기는 아베크족[9]들이 팔짱을 낀 채 열을 식히고 있었다. 그들 틈에 유난히 돋보이는 한 여자가 끼어 있었다. K 의원의 망원경은 그 여자한테서 멈췄다.

"좋아! 두 번째 목표물이다."

K씨는 이번에야말로 아주 좋은 예감을 느끼면서 황급히 남 비서를 호출했다.

"남 비서, 나요!"

"예, 의원님."

"당장 이쪽으로 오시오."

"지금 돌아가는 중입니다."

"여자 하날 발견했소!"

"네?"

"공원 말이요, 이번엔 내 딸년을 시켜 그 여잘 설득해야겠소!"

"알겠습니다. 의원님!"

남 비서 일행이 창졸간 도착했다. 녀석들은 작업복한테 당한 낭패감에 코를 한자쯤 빠뜨리고 있었다.

"의, 의원님 면목 없습니다!"

"허허, 남 비서 힘내요 힘. 그 녀석 내일이라도 잡아들이면 될 게 아니요. 지까짓 게 하루 사이에 그 많은 돈을 어떻게 축내겠소? 자, 망원경 받아요!"

"예, 의원님!"

K의원의 뜻밖의 태도에 남 비서는 엉거주춤 망원경을 받아들었다.

---

9) 아베크족 : 짝을 지어 다니는 젊은 남녀를 불경스럽게 일컫는 말.

그리고는 황송한 마음으로 공원 쪽을 살펴나갔다.

"분수대 가녘을 보시요!"

"네, 의원님!"

남 비서는 망원경의 한끝을 분수대 쪽으로 치켜올렸다.

"미니스커트를 찾아보시오."

"네, 의원님, 보입니다. 빨간 미니스커트!"

"맞소."

"흰 블라우스에 깔끔한 단발이 무척 어울립니다, 의원님."

"그 여잘 잘 설득해 보시오, 내 딸년하고 같이 해봐요, 이번에는. "

"네, 의원님!"

남 비서는 K씨의 차녀(次女) 수빈 양과 함께 공원으로 차를 몰아 나갔다. 공원에는 많은 사람들로 들끓었다. 공원의 분수대 가녘으로 젊은 축들이 오합지졸로 서서 하늘 허리에서 고개를 젖뜨리며 부서져 내리는 물의 입자들을 눅눅히 쳐다보고들 있었다. 분수대 위쪽 해의 반대편 하늘에 완만히 휘어진 무지개 다발이 그림처럼 하나 걸려있었다.

"수빈 씨, 성공을 빕니다!"

"염려마세요, 남 비서님!"

K씨의 차녀 수빈이 역시 몸매를 뽐내며 미니스커트를 향해 걸어 나갔다. 수빈이 분수대 가녘으로 걸어가자 젊은 축들이 수빈을 흘깃거렸다. 수빈의 외모도 수려한 편에 속했지만, 사람들의 눈을 끄는 것은 그녀의 기다란 석죽빛[10]의 귀걸이였다. 그녀가 한걸음 옮길 때마다 시큼한 쇳소리가 귀고리를 타고 흘러내렸기 때문이었다. 아프리카 사막에

---

10) 석죽 빛 : 패랭이꽃처럼 붉은 빛.

서 주로 볼 수 있는 낙타의 갈비뼈를 그곳 원주민이 정교하게 깎아서 만든 것이라 했다.

수빈이 빨간 미니스커트가 있는 곳으로 바짝 접근했다. 미니스커트가 한번 수빈을 흘깃거렸다. 미니스커트가 수빈을 바라보는 시선이 그리 곱지 않았다. 그러나 수빈은 부드러운 태도로 미니스커트에게 말을 걸었다.

"미니스커트가 퍽 어울리는데요?"

미니스커트는 수빈의 당돌한 태도에 놀라면서 주춤 물러섰다. 수빈이 속으로 한 번 비웃어 주면서 한 발짝 다가섰다. 시큼한 금속성의 소리가 귀밑으로 흘러내리고 있었다.

"왜 그래요?"

미니스커트가 칼칼하게 쏘았다.

"얘기 좀 할까요. 우리?"

수빈이 진지한 태도로 제의했다.

"네?"

미니스커트가 어이없다는 듯 톤을 높였다.

"당신, 레즈비언[11]이야?"

"하하하!"

수빈이 채신머리없이 까르르 웃었다. 분수대 가녘의 젊은 축들이 수빈 쪽으로 시선을 쏟고 있었다.

"아가씨, 돈 벌고 싶지 않아요?"

"네?"

---

11) 레즈비언 : 여성 동성애자.

미니스커트가 정말 알 수 없는 여자라는 듯 수빈을 멀거니 바라다보았다. 그러면서도 돈 어쩌고 하는 말에 귀가 솔깃하기는 하는 모양으로 입맛을 한 번 다시면서 물었다.

"… 무슨 뜻예요?"

"네, 잠깐 저쪽으로 가서 얘기합시다."

수빈은 사람들을 의식하면서 먼저 앞서 저쪽으로 걸어 나갔다. 미니스커트가 수빈을 주춤주춤 따르고 있었다. 수빈은 마음속으로 성공이다 소리 지르면서 승용차에 대기하고 있는 남 비서를 향해 손을 넌지시 치켜들어 주었다.

"솔직히 말씀드릴게요, 사실 제 아버지가 금융실명제로 시달리고 있어요."

수빈은 노골적으로 말을 꺼냈다. 사람들이 자꾸 이쪽을 주시하고 있었다.

"아버진 신분이 밝혀지면 곤란한 사람입니다. 그래 그러는데 아버지의 가명계좌에서 실명 확인을 하고 현금을 찾아줄 사람을 찾고 있습니다. 물론 사례는 톡톡히 하겠고요. 그 일을 아가씨가 좀 해주지 않겠어요?"

"그, 글쎄."

미니스커트가 대답을 못하고 머뭇거렸다.

"아가씨, 이런 기회 두 번 오지 않아요!"

수빈이 미니스커트의 마음을 움직여보려고 넌지시 정곡을 찔렀다.

"조, 좋아요. 하겠어요!"

미니스커트가 잠시 뜸을 들이고 나서 무슨 큰일을 결심한 것처럼 자르듯이 말했다.

남 비서는 미니스커트를 승용차에 태우고 공원을 빠져나왔다. 승용차가 공원을 나와 5번 도로로 질주해들기 시작하면서 카폰이 울렸다. 남 비서가 재빨리 폰을 받았다.

"남 비섭니다!"

"나요, 내 말 잘 들으시오 남 비서."

"네, 네."

남 비서는 대답 뒤에 존경스럽게 붙여야 하는 '의원님'의 호칭을 눈치 빠르게 생략하면서 고개를 주억거렸다.[12] 그러한 까닭은 미니스커트를 염두에 둔 때문이었다.

"좀 전에 실명자의 현금인출에 관한 국세청 통보 기준의 상한선이 상향 조정되었소."

K의원이 만족한 어조로 말했다. 그럴 것이 삼십 세 이상이 오천만 원, 사십 세 이상은 일 억 원까지 자금출처 조사를 하지 않기로 정부의 공식 입장이 발표됐기 때문이었다.

"그거 잘 되었군요."

남 비서는 말의 뒷맛이 개운치 않았다. 말의 끝에 으레 붙어 나와야 하는 '의원님'이라는 그 되다 만 호칭이 입 밖으로 기어 나오지 못하고, 입안에서만 빙빙 돌은 탓에 그 기운이 뻗쳐 입천장이며 목젖이 간질간질하기 때문이었다.

"그래 이야긴데, 남 비서, 적어도 서른 살 이상의 대상을 찾아야 할 것 같소."

"네, 아, 알겠습니다."

---

12) 주억거리다 : 천천히 음미하듯 끄덕이는 모양.

남 비서가 미니스커트를 슬쩍 흘깃거리며 말했다. 그럴 것이 이 미니 스커트는 아무리 생각해도 서른 살의 나이일 것 같지 않았다.

"지금부턴 남 비서가 직접 대상을 물색하시오. 네 명이요, 네 명!"

K의원이 자르듯이 말을 끝내고는 전화를 끊어버렸다.

"네, 알겠습니다."

남 비서는 이미 끊긴 폰에다가 대고 예의를 갖춰 또릿하게 말해주었 다. 남 비서가 미니스커트에게 물었다.

"아가씨, 무슨 띠요?"

"네?"

미니스커트가 얼른 알아차리지 못하고 되받아 물었다.

"아, 육갑 짚어 나가는 거 말이요."

남 비서가 손마디를 건성건성 짚어 나가면서 소, 돼지, 닭 따위를 읊 었다.

"용띠예요."

미니스커트가 별 시덥잖은 놈 다 보겠다는 투로 입술을 비꼬며 비쩍 거렸다.

"그럼, 열여덟이 맞소?"

"맞아요."

미니스커트가 시무룩이 대답했다. 여자는 나이보다 훨씬 성숙해 보 였다. 그럴 것이 민틋한 그 장미의 둔덕이 눈에 띄게 관능적[13]이었고, 얼굴의 윤곽이며 전신의 몸매가 조각을 빚어 놓은 듯 선명했기 때문이 었다.

_____

13) 관능적 : 성적인 욕망이나 감각을 자극하는 것.

남 비서는 운전수에게 승용차를 멈추게 했다. 그리고 미니스커트를 향해 야박스럽게 말했다.

"내려주시오, 나이가 너무 어려서 곤란하오!"

"흥, 용꿈 한 번 잘 꿨다 싶더니, 별 시덥잖은 인간들 다 보겠네!"

미니스커트는 콧방귀와 함께 침을 섞어 주절거리면서 차에서 내렸다. 남 비서 일행은 승용차를 돌려 다시 공원을 향해 나아가고 있었다.

K의원은 자금출처조사 한도액을 상향 조정한 당국에 심심한 감사를 표하면서 다소 여유 있는 모습으로 소파에 앉아 있었다. 그는 입때껏 신정부가 들어와 추진한 신한국 창조의 일들이 자신한텐 한 줄금의 여우비만도 이로운 부분이 없었다고 믿어 왔으나, 이번 일은 정말로 승리당의 전 의원이 일동 기립박수를 보낼 만큼 잘했구나 싶어 입가에 가늘게 웃음을 물었다.

남 비서가 돌아온 것은 오후 늦은 시간이었다.

"의원님! 네 명 모두 대령했습니다!"

K의원은 남 비서의 말에 문득 놀랐다. 네 명을 불과 몇 시간 만에 포섭하다니….

"수고했소, 어떤 축들이요?"

K의원이 의아스레 물었다. 그는 한쪽 손으로 망원경을, 또 한쪽 손으로는 코뿔소 파이프를 매만지고 있었다.

"네, 삼십대 후반쯤 되는 사람들입니다!"

"그런대로 괜찮소. 그래, 그 축들 혹하지들 않습디까?"

K의원이 못 가진 자의 설움을 비웃기라도 하듯 경망스럽게 물었다.

"이를 말입니까 의원님, 제가 그 축들한테 상당히 어려운 조건을 내

세웠습니다."

"어려운 조건, 그게 무슨 말이오 남 비서?"

K의원이 코뿔소 파이프를 멋으로 입에 물었다.

"네, 작업복 같은 사태에 대비한 것입니다."

"아 그렇소? 그, 그게 뭐요, 대체?"

K의원의 얼굴에 갑자기 생기가 돌았다.

"네, 저들이 현금을 인출하여 우리에게 무사히 전해지기 위해서 생각해낸 것입니다. 바로 저들의 직계 가족들 중의 한 명을 이곳에 담보로 맡겨두는 것이죠."

남 비서는 자신이 고안해 낸 이런 아이디어가 생각할수록 완벽한 방법이라고 느끼는 것인지 연방 어깨를 우쭐대고 있었다.

"아하, 정말 좋은 아이디어요, 근데 저것들이 그걸 감수한답디까?"

"물론입니다, 의원님. 아예 현장에서 입다짐 받은 축들로만 대령했으니까요."

"잘했소, 남 비서. 돈에 미치긴 저것들이나 우리들이나 모두 진배없어요. 안 그렇소, 남 비서?"

K의원은 자신들이 그처럼 날뛰는 것이 그닥 죄스러울 것도 낯부끄러울 것도 없다는 투로 말했는데, 그의 말에는 이미 남 비서로부터 동의를 얻어버린 듯한 기운이 묻어나 있었다. 그리고 그건 사실이었다.

"맞습니다. 의원님!"

남 비서가 맞장구질을 보내며 동의를 표했다.

"근데, 저놈들이 어떤 축들인지 거 되게 궁금해져요 남 비서."

"의원님도 참 아, 어련히 말씀 드리지 않겠어요."

남 비서가 한층 흥에 오른 K씨의 흥을 더욱 북돋워 주었다.

"허허, 그래 어서 말해 보시오!"

"네, 의원님."

K씨는 남 비서로 하여금 한 모숨의 숨 돌릴 틈도 주지 않고 서둘러 말했다.

"보험회사 다니는 주부가 있습니다."

"응, 보험회사, 그것들도 평생 큰 돈 만지기 어려울 것이요."

"이를 말입니까?"

남 비서가 잠시 숨을 몰아쉬었다.

"다음은 여 전도삽니다!"

"여전도사? 허 그 작자는 뭐 큰 돈 받아 교회 헌금할 모양이군!"

"아, 아닙니다. 그 반댑니다."

"그 반대요?"

K씨가 순간 턱을 치켜들며 의아스레 물었다.

"그 전도사는 입때껏 교회에 헌금한 돈이 그리 아까울 수가 없어 어떻게든 그만한 돈을 보상받고 싶다는 겁니다."

"어허, 고~얀 전도사 같으니, 그래 나머지 둘은 어떤 축들이요?"

K씨가 그 전도사야말로 천벌 받아 마땅하다는 어투로 물었다.

"네, 부도를 낸 중소기업 사장입니다."

"응, 그 자야말로 큰돈이 필요하겠소."

순간, K의원과 남 비서의 표정이 숙연해졌다. 중소기업 사장의 부도에 자신들이 일조했을지도 모른다는 자책감 때문인지도 몰랐다.

"그리고 마지막 한 명은 노총각 시인입니다."

남 비서가 숙연한 표정을 그대로 지니면서 말했다.

"뭐요? 시, 시인?"

"네, 의원님."

"이보오, 남 비서!"

K의원의 얼굴빛이 순간 굳어졌다.

"그놈은 거 위험한 작자 아니오?"

"염려 마십시오, 그 시인은 이미 시 한 구절 못 쓰는 폐물 시인인 모양입니다. 글쎄 서른여덟 살 퍼먹은 녀석이 마누라 하나 꿰차지 못했다합니다."

"응, 하지만 그놈들은 본래가 영혼으로 사는 놈들이니 특히 신경을써줘요, 남 비서!"

"물론입니다. 의원님은 맘 편히 계십시오. 그 시인 녀석은 환갑 넘은모친을 모시고 있는 모양인데 입때껏 그 모친한테 타박께나 맞은 모양입니다. 거, 나이 마흔이 다 되도록 돈 한 푼 벌어오지 못했다는 군요,그 시인 녀석, 이번 기회에 그 시 나부랭이의 비생산성에 대한 화풀이를 단단히 하려는 모양입니다."

"어허, 듣고 보니 남 비서 말이 옳을 것도 같소. 그럼, 어서 저 작자들의 담보물들을 불러들이게 하시오!"

K의원이 한 번 여유 낙낙하게 웃었다.

"네, 의원님. 그건 우리가 굳이 서두르지 않아도 저 작자들 스스로알아서 할 것입니다."

남 비서는 까닭모를 충만감으로 들떠 있었다. 동이 밝으면 실명 확인을 하고 현금인출을 도와줄 전사들이 있는 지하실을 향해 남 비서는의젓하게 발걸음을 옮겼다.

다음 날이었다. K의원은 아침 일찍부터 서두르고 있었다. 그는 먼저 견고한 철제 금고를 사들이고 현금을 맞을 제반 준비를 하고 있었다. 그날따라, S여인을 비롯 모든 가족들은 무슨 잔치라도 하는 양 신바람이 올라 있었다. 새장 속의 카나리아 리자드 마저 청청히 노래하고 있는 것이었다.

"남 비서, 서두릅시다!"

"네, 의원님"

"어째, 지하실 작자들 별 일 없소?"

"네, 담보물들도 별 탈 없습니다."

"옳지, 근데 그 시인 녀석이 난 자꾸 맘에 걸려요, 남 비서."

"의원님도 참, 제가 어제 밤새 그 작자 어머니하고 얘길 나눴습니다. 뭐, 일체 염려하지 않으셔도 될 겁니다."

"하여튼 남 비서만 믿겠소."

"네, 의원님! 그럼, 지금부터 한 사람씩 은행으로 보내겠습니다."

"잘해요, 남 비서."

K의원은 자못 떨리는 얼굴로 견고한 철제 금고를 바라다보았다.

이제 현금이 그 곳에 가득 채워진다면 그 금고는 K씨 일당에게는 신주 단지보다 더 고귀한 보물이 될 것임에 틀림없었다. K씨는 YS의 금융실명제도 자신 앞에서는 형편없이 무릎을 꿇고 마는구나 생각하면서 이태리제 소파에 지그시 등을 기대었다.

그런데 바로 그때였다. 지하실 쪽에서 무슨 고함소리가 새어 나왔다. K씨는 황급히 일어나 지하실 쪽으로 향했다. S여인과 수빈 양이 벌써 지하실의 입구에서 안쪽을 엿듣고 있었다.

"여보, 무, 무슨 일이요?"

K씨가 조급히 물었다.

"저 시인 녀석이 길래 일을 잡쳐 놓고 있어요. 여보! 이 판국에 이렇게 보고만 있을 거예요?"

"아, 아니, 그 시인 녀석이 뭘 어쩐다는 거요?"

K씨는 순간 확 지하실 문을 열쳤다. 그때 시인의 눈이 번쩍 빛났다.

"이 정치 강도 새끼!"

시인이 손을 불끈 말아 쥐며 K씨를 향해 소리쳤다.

"아니, 이 자식이!"

남 비서가 시인의 가슴을 한 번 후려 차버렸다. 시인이 힘없이 무너져 내렸다.

"흐, 날 죽여도 좋다. 하지만 네놈들의 그 거대한 힘으로 내 영혼까지 짓밟으려 들지 마. 이 강도 같은 놈들아! 뭐, 내가 시인이라는 이름으로 여기 이렇게 있으니 까짓 더러운 놈들의 더러운 돈이나 한 닢 바라고 온 줄 알아? 난, 진작부터 김 방석 네놈이 정치 도둑놈인 줄 알고 있었다, 임마!"

퍽!

걸때 큰 운전수 녀석이 시인의 가슴을 한 번 찍어 내리자, 시인이 앞으로 푹 고꾸라졌다. 시인의 어머니가 자식을 붙들어 안으면서 K의원을 한 번 날카롭게 노려보았다.

"높으신 양반이면 높으신 양반답게 행동하시오!"

노인은 그렇게 따끔히 쏘아주고 시인 아들의 등을 쓸어내리면서 말을 이어나갔다.

"그러면 그렇지. 자, 장하구나, 내 아들아! 네가 시인이라는 이름으로 세상을 살아갈 적에, 이 어민 널 원망도 많이 했구나. 하지만 이 어미는 너에 그 숭고한 뜻을 잘 알고 있다. 아, 아무렴 네가 그까짓 검은 돈에 눈이 멀리는 없지, 네 아버지 살아생전 이 말씀 하셨는지라, 나라가 망하려면 백만장자가 천이라도 망하지만, 나라가 흥하려면 초가삼간에 청빈한 선비 하나라도 흥 하느니라, 했구나!"

시인 어머니 태도는 진지했다. 그녀는 마치 이렇게 나가다간 머지않아 나라가 망하고 말리라는 표정이었다.

시인 어머니의 그 고아한 인품에 여전도사 등은 낯을 붉히며 고개를 떨궈버렸다. 재물을 탐내 나이 어린 자식들을 담보로 제공한 자신들의 행위가 문득 말할 수 없이 낯부끄럽기 때문이었다. 여전도사가 자신의 행위를 변명하듯 나불거렸다.

"제가 이곳에 오게 된 것은 순전히 하늘의 뜻이었어요. 하나님이 내게 당신들을 위해 이런 말씀을 전하라 하셨어요. 내가 해(日)아래서 큰 폐단 되는 것을 보았나니, 곧 소유자가 재물을 자기에게 해(害) 되도록 지키는 것이라. 그 재물이 재난으로 인하여 패(敗)하나니, 비록 아들은 낳았으나 그 손에 아무것도 없느니라. 저가 모태에서 벌거벗고 나왔은즉 그 나온 대로 돌아가고, 수고하여 얻은 것을 아무것도 손에 가지고 가지 못하리니 이것도 폐단(弊端)이라. 어떻게 왔든지 그대로 가리니 바람을 잡으려는 수고가 저에게 무엇이 유익하랴…."

여전도사는 어느새 설교조가 되어 있었다. 한 번 꺼낸 전도사의 말은 결코 끝나줄 것 같지가 않았다. K씨는 그런 예감과 더불어 마치 치부가 드러났을 때의 그 당혹한 얼굴로 버럭 고함을 질렀다.

"입들 닥쳐요! 여기가 무슨 당신네들 강연장인 줄 아시오? 당신네들 아직 배들이 덜 고픈 모양인데, 내에 뱃가죽이 아주 달라붙도록 해주지!"

K씨는 아랫입술을 지그시 깨물며 빠르게 머리를 굴렸다. 상황이 이

지경에 이르렀으니, 이제 저들이 세상으로 나가게 되면 무슨 일이 일어나리라는 것은 불을 보듯 분명한 일이었다. K씨는 문득 그간 자신이 인두겁[14]을 쓰고 축재한 많은 재산들이 어디론가 빠져나가버리는 불행한 환상에 빠져들었다.

"이봐, 남 비서!"

K씨는 고함을 치듯 남 비서를 불렀다.

"… 이 작자들 당분간 감금시켜요!"

"보험회사 직원이랑 중소기업 사장은 어떻게 할깝쇼?"

"한물에 휩쓸려 밤새 오염이 되었을테니 한꺼번에 감금시켜요! 내 직접 입맛에 맞는 놈을 물색해야겠소."

K씨는 힘없는 전사들이 지켜보는 가운데 그 승리당 의원으로서의 거드름을 부리면서 너벗너벗 지하실을 빠져나왔다.

그는 또다시 아프리카산 코뿔소 파이프를 삐딱하게 빼물고 다홍빛의 커튼을 열어젖혔다. 그리고 천천히 망원경을 집어 공원을 조망하고 있었다. 마치 그가 거대한 물신주의[15]의 한 화신이듯이….

.... 끝

---

14) 인두겁 : 사람의 탈이나 겉모양.

15) 물신주의 : 사람이 오직 상품이나 돈을 숭배하는 현상.

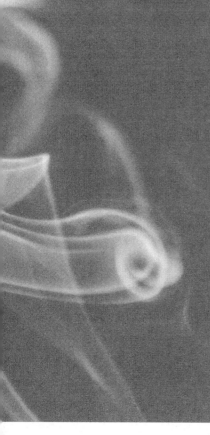

성역(聖域)

작품의 제목에서 보듯이 조계종이나 명동성당은 우리 종교의 핵심 '성역'으로서 이런 장소에는 그 어떤 공권력의 투입도 사실 불가능한 법이다. 이런 성역으로 인식되어 왔기 때문에 지난 1990년대 초반 파업을 하거나 정부를 향한 데모를 하는 세력은 공권력이 진입할 수 없는 마지막 보류이던 조계종이나 명동성당으로 피신한 경우가 여러 차례 있었다. 나는 당시 불교 소설을 저명한 불교지에 연재 중이어서 조계종 교단과 관계를 맺고 있었는데 조계종 불교대학에서 불교학에 대한 수업에 참여하기도 하였고, 불교 청년단체의 야외체험인 사찰체험에서 백팔 배를 하며 마음을 정화하기도 하였다. 내가 조계종을 취재 중에 농성 집단이 여럿 조계종 경내에 들어와서 투쟁을 하곤 했다. 명동성당을 무대로 투쟁을 하던 팀들도 있었는데, 나는 그 새벽부터 그 무리에 함께 있었다. 나는 이들과 어떤 이데올로기나 사상 등을 함께 하지는 않았지만, 이들의 고통을 작가로서 들어야 한다는 일종의 사명감 같은 것을 느끼고 있었다. 훗날 시사 저널의 편집장, 편집주간 등을 맡아 십여 년 기자의 길을 걷기도 했지만, 당시 명동성당을 취재하는 기자들 틈에 섞여 이들이 노동자로서의 권리를 쟁취하기 위해 공권력에 저항하는 모습을 동트는 새벽부터 지켜보았다. 이 소설은 내가 당시 겪고 체험한 실제의 상황을 작품화한 것으로 노동 악법 등에 대한 투쟁, 해고자 노동자들의 투쟁의 의미와 당시의 모습 등을 담담히 음미해 볼 수 있는 작품이다. 전태일 문학상 최종 후보에 오르기도 했던 이 작품은 나의 아픈 역사를 보듬고 있다. 이것이 우리들이 걸어온 삶에의 역사라고 생각한다.

"어이 재붕이, 제발 성질 좀 죽여랑께. 우리 상대는 저것들이 아니란 거 자네도 잘 알잖나 말이여."

이발사 최 씨의 언성이 버럭 높아졌으나 재붕은 기다란 각목을 바투 꼬나 잡고 퉁퉁 불은 얼굴을 하고 있었다. 누구든지 앞에 나타나면 각목을 휘둘러버릴 기세였다. 열나흘 여쯤 농성을 벌이면서 최 씨의 생각으론 재붕이 성질만 무작하게[1] 변해버린 것 같았다.

"시방 누굴 엿 맥이려구 작당들 했단 말씀요. 요즘 가만 보니께 쩌어 그 저 청년학생들꺼정 사람 복창을 찢어 발기구 있잖능가라우."

재붕의 아랫입술이 파르르 떨리는 게 보였다. 최 씨는 여적 목구멍에 걸려있던 울음덩어리를 꾸욱꾸욱 눌러 담았다. 사층 철탑서 투신, 이미 딴 세상에 가 있는 재붕이 마누라 장례식 때부터 쏟지 못하고 눌러둔 울음이었다. 대책위원장을 맡고 있는 그마저 울음을 쏟으면 여기 널부러진 B-3 철거지역 주민들은 벼랑에 몰린 거나 마찬가질 것이다. 이제 지칠 대로 지쳤고, 관계 당국조차 그들의 이 같은 항의에 성의를 다해 귀 기울이지 않았다. 최 씨는 재붕의 찌그럭거리는 말끝에 입을 다물어버렸다.

최 씨 일행이 처음 조계사 경내에 여장을 풀었을 때에 당국은 어느 정도 그들의 항의농성에 관심을 보이는 것 같았으나, 전해투니 불청년이니, 최 씨 등으로선 얼른 이해할 수도 없는 단체가 우후죽순 몰려 들어온 이후에는 당국의 관심 밖에 놓이고 말았다. 들리는 말로는 명동성당에서 장기농성을 벌이다가 공권력에 밀려 이쪽으로 농성장을 옮겨

---

1) 무작하게 : 무지하고 우악하게.

왔다고 하였다. 그들의 이동과 함께 대치병력의 규모도 늘어났고, 지금은 서로 간에 예리한 신경전이 계속되고 있었다.

"어허, 이러지 마랑께. 재붕이 자네 오늘 어째 이렁가. 자네 마누랄 생각혀서라두 이러믄 안되네. 자네꺼정 세상 뜨면 새끼들언, 새끼들언 어찌 되겄어. 제발 재붕이 자네 이러지 말소."

양복쟁이 박 씨가 재붕을 와락 덥쳐 안으며 뿌질뿌질 말을 흘렸다. 재붕이 병 나팔을 만들어 술을 벌컥벌컥 들이켜고 있었다. 그리고 재붕의 다른 쪽 손에는 신나를 듬뿍 담은 사홉들이 병이 들려져 있었던 것이다.

"기표 성님, 염려 말씨요. 내가 죽긴 왜 죽습니까? 내는 울 마누라 웬수 갚기 전엔 절대 안디져라우. 울 마누라가 누구 땜시 투신을 했간디요?"

재붕이 애써 태연스레 말하려 하였으나 그의 목소리는 마악 떨어진 촛농처럼 젖어 있었다. 최 씨 일행이 신문지를 누덕누덕 깔고 앉은 뒤쪽에는 불자들의 소원성취를 염원하는 단이 마련되어 있었는데 거기 불자들이 남기고 간 굵은 양초마다 생명의 너울거림 같은 불꽃이 야울야울 피어오르고 있었다. 높이 이십여 미터 넘어 보이는 회화나무[2]가 대웅전 앞에 웅장한 그림자를 만들어놓고 있었다. 회화나무 나뭇잎 틈새로 달빛이 고즈넉이 새어드는 게 보였다. 최 씨 일행은 달빛에 언뜻언뜻 얼굴을 드러내면서 앉아 자울자울 졸거나 이미 기력이 떨어진 사람들은 코를 곯았다.

최 씨와 박 씨가 겨우 재붕을 진정시켜 자리에 앉혔다. 조계사 경내

---

2) 회화나무 : 여름에 나비모양의 노랑꽃을 한가득 피우는 나무로 상서로운 나무로 여김.

는 마치 어떤 리듬을 타고 있는 듯이 보였다. 얼마간 잠잠해지나 싶으면 한쪽 구석에서 구호가 터져 나왔고, 기세를 더해 여기저기서 함성과 민중가요가 덧보태져 수떨스러운[3] 분위기에 휘말려 들었다. 조계사 젊은 스님들과 가사장삼[4]을 두른 나이든 스님들이 염려스런 낯빛으로 농성자들 사이를 살피고 다니는 게 보였다.

"아무래두 재붕이 자네 무신 일 저질러 뿔 것 같은 디 그 신나병 이리 주소. 넘 흉내만 내자고 준비헝거 아닌가. 우리 중 누가 희생허구 타협을 이룬다믄 그까짓 타협 필요 없네. 자네 마누라 희생했으믄 됐제."

최 씨가 재붕의 손에 들려있는 신나병을 나꿔챘다. 그러나 재붕은 야물딱지게 신나병을 부여잡고 있었다. 당국에 겁만 주자고 준비했던 신나병이었으나 마누라까지 잃은 재붕의 손에 들어갔으니 어떤 결과를 불러일으킬지 모르는 일이었다.

"염려 놓시랑께라우. 내가 먼 일얼 저지른다고 그러했사요. 내넌 울 마누라 웬수 못 갚으면 인저 눈 못 감응께요. 워매저 씨팔놈덜, 여그가 워디라고 화톳불얼 피워울리구 저런다냐 저."

재붕이 말하면서 벌떡 몸을 일으켜 세웠다. 손에는 어느새 길쭉한 각목이 다시 들려져 있었다. 이틀 전에 범종루 앞에 자리를 깔고 앉은 대여섯 놈의 건장한 사내들이 장작불을 놓고 있는 게 보였다. 그 사내들의 팔뚝에는 섬뜩한 문신이 박혀 있었는데 전과자들 같았다. 조계사 측에서도 사내들을 은근히 경계하며 동태를 살피는 눈치였다. 최 씨

---

3) 수떨스러운 : 어수선하고 떠들썩한 분위기.

4) 가사장삼 : 스님들이 기도할 때 입는 옷으로 안쪽에는 장삼, 바깥에 드리우는 것이 가사.

등도 사내들을 곱잖은 시각으로 눈여겨보고 있었다.

"정말 몹쓸 사람들이구먼. 저 사람덜 정신이 똑바루 배킨 사람들이 아니여, 조거이 뭔 추태냔 말여이."

최 씨가 입을 달싹거렸다.

"이두 성님, 아무래두 내가 저긋들 한테 다녀와서 쓸랑갑소. 저게 우릴 엿맥이는 짓거리가 아니구 뭐겠습니꺼. 제 놈들이 무신 바람잡이를 하고 있는 중 모르제만, 하는 행태덜이 증말 수상쩍구만이라."

재붕이 우벅주벅 걸어 나갔다. 최 씨와 박 씨가 재붕의 뒤를 황급히 따라갔다. 저 사내들이 경내로 들어와 농성할 기미를 비치기 시작했을 때부터 최 씨 일행의 마음은 편치 못했다. 아무리 봐도 이런데 와서 농성할 사람 같아 보이질 않았다. 누군가의 입에서는 당국에서 구사대[5]를 사서 경내에 집어넣었는지도 모른다는 염려스런 말도 빠져나왔다. 그러나 자세히 보면 뭔가 제들의 목소리를 내고 있다는 느꺼운 느낌도 들었다. 교도소의 실상을 적은 벽보도 범종루 계단에 붙여놓고, 전과자도 사람 대접받는 문민정부 어쩌고 하는 구호도 간간이 그들 쪽에서 터져 나왔던 것이다.

최 씨와 박 씨가 불교대학 지하 강의실과 연결된 계단 앞에서 재붕을 겨우 붙들었다. 계단 저 너머로 올빼미 같이 눈을 씀벅거리고 있는 전경들의 모습이 보였다. 전경들은 진압무장 복장으로 조계사로 통하는 세 군데 출입구를 모두 통제하고 있었다. 전해투 일행이 농성하고 있는 대웅전 동편 마당 저쪽과 불청년 단체가 농성 벌이고 있는 총무

---

5) 구사대 : 회사측에서 노조운동을 막기 위해 만든 조직.

원 앞뜰의 서편 해탈문[6] 너머에는 적어도 일개 중대의 병력이 집결되어 있었다.

"재붕이 자네 이러믄 안되네. 우리가 아무려믄 조따위 전과자 놈들 하구 같이 행동혀야 쓰겠나 말여. 가뜩이나 바깥에서 우리 보넌 시선들두 좋지 않는 마당이 아닌감."

박 씨가 자꾸만 아래로 처지는 눈꺼풀을 추슬러 올리면서 끌탕을 하고 나섰다. 사내들이 피워 올린 화톳불의 기운이 울렁울렁 최 씨가 섰는 데까지 끼쳐왔다. 스님 하나가 지하 강의실 쪽에서 화급히 올라와 사내들 있는 데로 달려가고 있었다.

"저런 씨팔눔덜 우리 체면에 똥칠을 해두 분수가 있지. 조것들이 무신 심뽀로 우리 옆 짝에 농성판을 깔았능가 모르겠어. 영삼이 관심 밖에 물러앉은 엉세판에 저따위 개수작들얼 떨믄 우리넨 워쩌게 사람들얼 보겄냐 말이여. 우리가 여그 언제까정 눌러앉아 있을 수도 없는 일이구."

재붕의 입에서 덥거친 말 부스러기가 계속 흘러나왔다. 재붕이도 제 깐엔 바깥사람들의 눈에 비칠 자신들의 모습을 염려하는 눈치였다. 서민들의 눈 밖에 나면 여적 생존권 보장을 위한 힘겨웠던 투쟁이 한낱 치기로밖에 여겨지지 않을 것이었다.

농성자들이 우루루 범종루 앞으로 몰려들었다. 화톳불의 기세는 불꽃놀이 할 때 만들어지는 불꽃같은 불티를 피워 올리며 괄하게 달아올랐다. 스님들이 욕설 비스름한 소리를 입에 담아 우물거리며 그쪽으로 달리듯이 뛰어가는 게 보였다. 최 씨 등은 재붕이를 가까스로 진정시

---

6) 해탈문 : 사찰 입구나 후원에 난 깨달음을 의미하는 문으로 처음 만나는 일주문, 끝에 만나는 불이문.

켜 제들의 농성지로 돌아왔다. 재붕이 분에 못이겨 뒤로 벌러덩 드러누웠다. 최 씨와 박 씨가 재붕의 곁으로 천천히 등을 눕혔다. 그들은 말없이 회화나무 사이로 뚫린 하늘만 멀뚱히 바라보고 있었다.

저쪽에선 화톳불의 기세가 검은 연기를 남기며 죽어들기 시작했다. 사람들이 바케츠로 물을 퍼다가 불살 속으로 끼얹는 게 보였다. 매캐한 냄새가 최 씨네 쪽으로 날아왔다. 자울자울 졸던 B-3 지역 농성자들이 코를 킁킁거리며 씰룩거리면서 퍼뜩 정신들을 차리고 있었다.

"젠장, 난 또 뭐라구. 개 같은 새끼들."

"저런 검정새치[7]들 같으니... 저것들이 길래 일얼 저지를 셈이랑께. 야이, 개샅만두 못헌 시러베자식들아."

차가운 기운에 몸을 움츠리면서도 다들 한마디씩 거들었다. 최 씨 일행에게 전과자들은 이미 눈에 가시같은 존재가 되어 있었다. 일행의 많은 수가 전과자들의 농성에 빈축거리고 나섰다. 당국의 사주를 받고 조계사 경내에 진을 치고 있음에 분명하다며 뭇입들을 모았다. 전과자들이 어제 새벽 어스름에 경내를 빠져나가 근처 청운장 모텔로 들어가더라는 소문도 나돌았다. 청운장 모텔 언저리에는 전경들이 만두소처럼 빼곡히 들어차 있었다.

철거지역 농성자 중 사내 몇이서 찌뿌데데한 몸을 비틀면서 일어나 상황을 조망하려고 경내를 기웃거리기 시작했다. 세 군데의 출입구를 봉쇄한 전경들이 경내로 투입될 조짐은 아직 보이지 않았다. 저간에 일간신문들이 명동성당에 병력을 투입한 당국의 조처를 무례한 처사로 규정하는 보도를 하고 있었다. 명동성당은 험난했던 군사독재 시대에

---

7) 검정새치 : 같은 편인 체하면서 남의 염탐꾼 노릇을 하는 이를 빗대어 이르는 말.

도 사회적으로 공인된 성역이라는 도덕적 역할을 다해 왔다고 강조하고 있었다. 사제단[8]에서도 정부의 순리적인 대화를 접고 물리력을 행사하는 행위에 대해서 인간 존엄성과 종교의 사회적 역할 박탈이라는 공동의견을 수렴했다. 그리고 이것은 정치, 경제, 문화적 후퇴의 사슬로 연결될 것이며, 이의 책임은 당연히 정부에 있을 것이라는 지적도 하고 있었다. 이 같은 정황으로 미루어 당국은 결코 조계사 경내에 공권력을 투여하지 않을 것이라고 시위자들은 믿고 있었다.

"미제를 축출하자!"

불청년 단체가 집결해 있는 총무원 앞마당에서 구호 소리가 터져 나왔다. 최 씨 일행의 신경을 거슬리는 구호였다. 총무원 앞마당의 시위자들은 연일 조국 통일, 민족해방 등에 관한 내용의 구호를 외쳐댔다. 반제니 반파쇼[9]니 최 씨 일행들로서는 쉬이 이해할 수 없는 것들도 있었다.

"우리는 미제의 식민지다!"

"미제를 축출하고 조국 통일 앞당기자!"

대웅전 모서리에 걸린 풍경소리가 불청년들의 구호 소리에 딸강딸강 묻어 들리고 있었다. 그쪽에서는 최 씨 일행의 귀에 거슬리는 구호 소리를 쉼 없이 더욱 세차게 뽑아 올리고 있었다.

"배부른 소리 허구 있네 쓰발. 우리넨 당장 등 붙일 방 한 칸 없는 끈 떨어진 뒤웅박 신세란 말이여."

"같은 세상에 살구, 같은 투쟁하믄서 이렇게 신세들이 다를 끄나. 재

---

8) 사제단 : 주교나 신부의 단체.

9) 반제 반파쇼 : 반제는 미 제국주의에 반항, 반파쇼는 파시즘에 저항.

붕아, 참말루 우리넨 조것들 입장허군 한 치 건너 열 치로구면."

　최 씨 일행은 당장 살아갈 일이 막막했다. 그런데 저쪽에서는 연신 미제축출이며 조국 통일 따위의 속 좋은 소리만 늘어놓고 있었다. 한쪽에서는 의식주마저 해결하지 못해 발등에 당장 불이 떨어졌는데도 말이다. 그러므로 최 씨 일행이 저들을 마뜩찮게 여기는 것은 당연한 일이었다.

　"기표 성님 말씀 백번 옳구만이라우. 인제보니께 우리가 싸울 놈들이 바로 저놈들인갑습니다. 저 짝에 거 뭐시냐 전해투라는 놈들두 우리네허군 입장 만판으루다 다르구만이우. 그래두 조것들은 문자깨나 배워서 한땐 좋은 직장에서 일했던 놈들인가 봅디다. 해고자 복직 투쟁위원회라나 뭐라나."

　재붕이 누운 채 나뭇잎 새로 드러난 희뿌연 하늘을 올려다보면서 신세타령을 늘어놓았다. 하늘에는 이즈러져드는 반달이 설핏한[10] 모습으로 박혀 있었는데 여린 달빛이 밤새도록 나뭇잎 위로 미끄러져 내렸다. 재붕의 말은 결코 그르지 않았다. 재붕은 중학 문턱에 발을 들여놓은 게 학식의 전부였다. 아버지를 여의고, 설상가상으로 어머니마저 같은 해에 여의고 말았던 것이다. 학교를 그만두고 서울로 올라와서 이집 저집 떠돌아다녔다. 그리고 결국 중국집 주방장 기술을 익히게 되었다. 허리띠 졸라매고 한 잎 두 잎 모아 겨우 두 해 전에 시유지에 제 가게를 마련했던 것인데 졸지에 철거를 당하고 말았던 것이다. 이발사 최 씨나 양복쟁이 박 씨나 할 것 없이 대개 비슷한 수준에 엇비슷한 삶을 살아온 사람들이었다.

_____

10) 설핏한 : 해가 져서 밝은 빛이 약한.

"참말 저 달빛 한번 좋다."

이발사 최 씨가 빤히 열린 나뭇가지 새로 엷게 스며드는 달빛을 쳐다보며 말했다. 이미 둥근달에서 반쯤 제 살을 깎아먹은 뒤였으나 나무숲 아래서 바라다 보이는 달빛은 청아하게도 아름다웠다.

"오늘이 몇일이라?"

최 씨 옆에 나란히 누운 양복쟁이 박 씨가 혼잣말처럼 물었다. 누군가 누운 채로 힘없이 이십일, 하고 대답했다. 범종루 쪽에서 제들끼리 어근버근 다투는 소리가 들렸다. 그쪽에선 여전히 불씨 꺼져드는 냄새가 올라오고 있었다. 아까 상황을 읽으러 갔던 B-3 철거민 몇이서 이쪽으로 걸어와 자리에 아무렇게나 눌러앉고 있었다.

"젠장, 모두덜 잘살아 보것다구 눈들이 뒤집혔어. 자기만 잘 살믄 그냥 그만인게여. 우리네 같은 인생은 어딜 가나 따라지란 말이여."

"이러다가 우리만 재수없이 붙잡혀 가능 거 아닐란가? 쩌그 조것들이 당최 무신 꿍꿍이 속을 먹고 있는 중 모르겠단 말이여."

최 씨네 일행이 비절거렸다. 조계사 경내에 모여들어 제각각 자기 목소리를 세우는 단체를 비웃는 것이었다. 그리고 언제라도 덮칠 듯 도전적인 태도로 출입구를 가로막고 있는 전경들을 야슬거리고 있었다. 최 씨 등은 일행의 말끝에 입을 다물어버렸다. 어떤 말로도 그들을 위로할 수가 없을 것 같아서였다. 박 씨는 무례함을 달래듯 손마디를 짚어 나갔다. 주위가 순간적으로 적막 속에 빠져들고 있었다.

"인제 본께 오늘이 음력 스무사흘 조금[11]이구먼."

박 씨가 손을 짚어 나가면서 불쑥 말했다. 저쪽에서 다시 술렁거리기

---

11) 조금 : 조수 간만의 차가 가장 적은 때.

시작하고 있었다. 최 씨는 재봉이 담배를 뿍뿍 빨아대는 소리를 들으며 박 씨에게 고개를 돌렸다. 박 씨의 수척한 얼굴이 회벽의 밝음 안에서 희미하게 모습을 드러냈다. 최 씨는 저도 모르게 빠져나오려는 한숨을 꾸욱꾸욱 욱여 담았다. 노동악법 철폐하라, 라는 구호가 대웅전 동편 마당에서 물결을 타듯 일어섰으나 B-3 철거민들은 입들을 꾸욱 다물어버렸다. 이제 지칠 대로 지쳐서 떡심마저 풀려버린[12] 상태였다. 사태를 관망하고 돌아왔던 사내들도 앉은 자리에서 곧장 뒤로 누워버렸다.

"무슨 생각하는 감, 기표?"

최 씨가 돌렸던 고개를 바로 세우면서 객쩍게 물었다. 박 씨가 어슴푸레함 속으로 우수가 깃든 얼굴을 반쯤 일으켜 세우면서 툭시발처럼 대답했다.

"고향 앞바다 생각."

조계사 경내가 잠시 정적에 빠졌다. 어디 쪽에선가 노스님의 독경 소리가 이자목탁 소리와 같이 들려오고 있었다.

"으흠, 좋구먼."

최 씨가 꾸민 듯 하지 않은 목소리로 앞에 감탄조의 말을 매달고 나왔다. 박 씨로부터 바다 얘기를 들으면 최 씨는 언제나 마음이 푸근해졌다. 최 씨의 고향은 지리산 굽이굽이 자락들에 가려 하늘조차 마음 놓고 올려다볼 수가 없는 심산유곡[13] 같은 데였다. 마을민들 살이야 말해 무엇 할까. 그런 탓에 앞뒤로 덮인 고향 마을을 떠올리면 우선 답

---

12) 떡심 풀리다 : 실망하여 맥이 빠지다.

13) 심산유곡 : 깊은 산 속의 으슥한 골짜기.

답함부터 가슴을 누르고 들어왔던 것이다.

"이맘땐 등대 끝에 반달이 걸려 있을 거라. 조금날엔 영락 반달이 떠오르니깐 말야. 음력 여드레와 스무사흘. 우리는 바닷가 제방에 앉아 까르륵대는 파도 소릴 듣곤 했지. 바다 사람들언 둥근달보담 이지러든 반달을 더 좋아하던구먼."

박 씨가 눈을 초롱초롱 뜨며 말했다. 바다 얘기를 시작하면 박 씨는 까닭 없이 생기가 도는 것 같았다. 동네에서도 술판 같은 데서 박 씨는 결코 바다 얘기하는 것을 빼먹지 않았다. 바다에 뼈를 묻겠다는 결심을 한두 번 했던 것도 아닌데 바다 살이야 한길 물 보듯 뻔한 터에 그만 뭍으로 찾아 들었던 것이다. 이제 고향 바다가 그리워도 얼굴 빼쭉 들이밀 수 없는 처지가 되고 말았다. 저쪽에서 다시 부다듯한 열기가 시작되고 있었다.

"반달이 오르는 조금날엔 조수간만의 차가 가장 적어 파도가 점잖은 때문입니다."

누군가 최 씨네가 드러누운 데로 걸어오면서 끼어들었다. 말씨부터가 첫밧에 최 씨 일행들과는 다른 느낌을 풍겼다. 최 씨와 박 씨가 자리에서 불끈 일어섰다. 재붕이는 이내 곯아 떨어져버렸으며 궁색하게 눈만을 붙이고 있었던 사내들이 윗몸을 일으키고 있었다.

"누, 누군디 넘에 구역을 기웃거린당가?"

최 씨가 경계하는 투로 말했다. 철거민들 이외의 사람들이 최 씨네 한텐 매우 부담스런 존재가 되어 있었다. 특히 범종루 쪽에서 농성 벌이고 있는 전과자들을 최 씨 등은 눈여겨 살펴오고 있는 터이었다.

"아, 인사가 늦었습니다. 우리는 저쪽에서 연좌농성을 하고 있는 전해투에서 나왔습니다."

두 명의 낯선 사내 중, 중키에 밤색 야상을 껴입은 삼십 줄의 사내가 대웅전 동편 마당을 가리키면서 정중히 말했다. 그쪽에선 여전히 노동 악법 철폐 어쩌고 하며 최 씨 일행의 신경을 거스르는 구호 소리가 터져 나오고 있었다. 최 씨네 일행이 너덜너덜 누워있는 데에서 누군가 잠꼬대하는 소리가 짤막하게 고개를 쳐들다가 모습을 감췄다.

(어어, 무서라. 시상이 무서봐.)

"그란디요?"

박 씨가 시비조로 말끝을 치켜올렸다. 최 씨는 자신이 철거민대책위원장직을 맡고 있으므로 되도록 불상사가 일어나지 않도록 박 씨의 옆구리를 슬쩍 찔렀다. 괜히 빳빳이 나가지 말게, 하는 의미담긴 제스처였다. 박 씨의 대퉁맞은 말투에 눈 깜짝할 사이에 최 씨네 일행이 낯선 외부 사람을 에워싸 버렸다. 박 씨의 표정은 얼음장처럼 차갑게 굳어 있었다.

"우리는 여러분들과 같은 동집니다. 여러분들은 우리한테 상당한 이질감을 가지고 있는 모양인데 절대 그러하지 않습니다. 지금 저희들도 생계가 막연하기는 마찬가집니다. 들어서 아시겠지만 우리는 전해투, 다시 말해 전국 구속 수배, 해고 노동자 원상회복 투쟁위원회 소속입니다. 저는 전해투 후원회 사업국에 있고, 여기 이분이 바로 전해투 집행 위원장입니다."

밤색 야상이 키 크고 깡마른 사십 줄의 사내를 소개했다. 집행위원장이라는 사내가 차양(遮陽)달린 모자를 벗어 내면서 꾸벅 허리를 숙여 최 씨 일행에게 예의를 갖추고 있었다.

"이거 인사가 늦었습니다. 저는 집행위원장직을 맡고 있는 양두식이라는 사람올시다. 저희들이 어떻든 여러분들 눈에 거슬렸다면 용서를 해주십사는 말씀 부탁드리겠습니다. 말했다시피 저희들은 여러분과 같은 투쟁 동집니다. 저는 고등학교서 과학을 가르치는 선생이었수다. 하지만, 이태 전에 직장을 잃고 여적 이런 떠돌이 신셀 면치 못하고 있는 상황입니다. 그리고 여기 이 사람도 동남식품 검사과장으로 있다가 부당하게 해고된 사람올시다. 우린 여러분들과 같은 입장에 놓인 투쟁 동지들이란 걸 꼭 기억해 주셨으면 감사하겠습니다."

집행위원장은 다시 꾸벅 허리를 숙여 예의를 보이며 모자를 눌러썼다. 그리고 갑자기 최 씨 일행에게 손을 불쑥불쑥 내밀어 악수를 청하기 시작했다. 최 씨 일행은 저도모르게 이들의 행동에 빨려들어 손을 덥석덥석 잡혀주었다. 말을 듣고 보니 최 씨의 생각에도 이들이 그다지 나빠 보이지는 않았다. 말마따나 같은 입장에 놓인 투쟁동지들이라는 말이 맞는 것도 같았다. 이들도 지금 직장을 잃어 당장의 생계가 막연한 노릇이 아닌가 말이다. 그러나 최 씨 일행들이 모두 최 씨와 같은 생각을 하고 있는 것은 아니었다.

"젠장, 그래두 당신네들은 행복하우다. 전해투니 전노협이니 그럴싸한 단체에들 소속되어 있으니깐 말이우. 우리넨 그저 단체니 뭐니두 없는 하빠리 신세란 말입니다. 그러니 당국에서두 이제 찬밥 취급 해버리는 거 아닙니꺼?"

"복술이 자네 말 똑 맞구먼 말여. 우리넨 언제 흑싸리 신세 한번 면해 볼끄나아. 그나저나이 투쟁동지들이라믄서 그 따우 구호는 어찌서 외대 싸느냐 말여. 당장 발등에 불 떨어졌는줄 빤 알믄서 대관절 미제니 통일이니 노동 악법이다 허능 것들이 무신 소용이냔 말이여."

최 씨 일행 중 누군가 마음에 품어두었던 말을 속닥거리자 여기저기

서 괴덕스럽게[14] 수군덕대기 시작했다. 최 씨가 잠시 목소리를 세워 수
떨스러운 분위기를 가라앉혔다. 어느결에 재붕이도 누웠던 몸을 일으
켜 세워 일행들 틈에 끼어 판세를 관망하고 있었다. 여차직하면 재붕
은 마구잡이로 신나를 뒤집어쓰고 적들에게 항의할 기세였다.

"여러분들은 아직도 뭔가 오해를 하고 계시는 모양인데 그 점에 대
해서는 제가 말씀 올리겠습니다." 하고 밤색 야상이 달아오른 분위기
를 눅이려고 애쓰면서 자차분한 태도로 말하기 시작했다. 범종루 쪽에
서 배를 움켜쥐고 꺽 꺽 꺽 웃어젖히는 소리가 들려오자 누군가 어금니
를 눌러 씹었다.

"저런 개새끼들."

"먼저 여러분들이나 저희들이나 똑같이 노동자라는 사실을 말씀 드
리겠습니다. 지금 우리는 노동자로서 부당한 대우를 받고 있는 것입니
다. 우리는 노동자로서 마땅히 누려야 할 권리라는 것이 있는데 이런
우리들의 권리가 완전히 무시되고 있다 뭐 이런 말씀입니다. 우리의 당
연한 권리 주장에도 불구하고 정부는 탄압의 고삐를 결코 늦추지 않고
있습니다. 그런데 그 탄압의 근거가 바로 노동 악법 때문인 것입니다,
여러분."

밤색 야상이 잠시 말을 멈추고 최 씨 일행의 표정을 하나하나 톺아[15]
나가기 시작했다. 최 씨 일행은 알 듯 말 듯한 사내의 말에 고개를 끄
덕이거나 아니면, 턱을 쳐들고 경청하는 자세를 취했다. 전해투, 라는
집단에 대해 내내 부정적인 시각을 가지고 있었던 사람들도 마른 혀끝

---

14) 괴덕스럽게 : 실없고 수선스럽게.

15) 톺아 : 모래알을 찾듯 꼼꼼히 살피는 것.

에 담배 하나씩을 피워 물며 잠자코 듣고만 있었다. 경내의 다른 데서는 시위 구호가 화들짝 터져 나오고 있었다.

"제길, 우리 같은 무지렁이들이 노동악법이 뭔지나 알겠남. 그러구 그따우 법 어쩌구 하는 소린 우리네겐 중뿔난 염불 소리나 한가지란 말여. 그딴 소린 무슨 노조 어쩌구 하는 식견들 앞에서나 제격이라. 기표 성님, 이놈 말이 틀렸시꺄?"

재붕이 뭔가 잘못 먹어 가슴이 눌린 듯한 표정을 지으면서 말했다. 박 씨가 재붕의 어깨를 다독이며 진정시켰다. 최 씨 일행들은 한참 알아듣지 못할 소리들로 재잘대더니 이내 잠잠해졌다. 최 씨는 밤색 야상의 말을 되도록 새겨들으려고 애쓰는 중이었다.

"어이 재붕이. 그만하게. 말씀 계속 듣겠습니다."

"제 말씀 잘 들어 보십시오. 옆 사업장에서 파업이 이루어질 때에 어깨 한번 두드려주면 제3자 개입금지법 위반죄로 잡아들입니다. 파업이 시작되기 전에 힘내라고 말 한번 하면 업무방해 공무죄요 파업을 개시하면 직권중재 위반죄로 수배를 내립니다. 어디 그뿐인 줄 아십니까? 법에 규정된 만큼만 일하겠다면 태업이라는 이름의 죄명까지 둘러씌웁니다. 얼마 전 마창노련 의장이 쟁의중인 대신실업의 창원공단에 가서 기금과 라면을 전달한 것만으로 구속되어 버렸습니다. 그리고 포항지역 민주노조협의회 간사가 지역내 파업장을 방문해 노조 간부한테, 수고하십니다. 파업은 축제하듯이 해야 지치지 않아요, 했다 해서 구속되어버린 현실입니다. 소위 우리는 같은 노동자끼리도 마음 놓고 도움 줄 수 없는 불우한 세상에 살고 있다 이 말씀입니다."

밤색 야상이 처음 자차분히 말을 시작한 것과는 달리 제풀에 열이 올라 아래턱을 쩍쩍 벌렸다. 최 씨 일행은 뭔가 이해할 것 같다는 뜻으로 고개들을 거푸 끄덕거렸다.

"그렇구먼. 허니께 우리가 지원요청을 했는디두 뭐시냐 거 가타부타 없이 팔짱만 끼고들 있었나벼."

박 씨가 최 씨를 일별하면서 입을 호무라치며 말했다. B-3 철거민 대책위원회에서 지역 내 대학의 총학생회 측에 생존권 투쟁을 위한 대정부 투쟁이라는 기치를 내걸고 지원을 의뢰했던 사실을 일컫는 것이었다. 그러나 학생회 측에서는 아무런 회답도 없었다. 최 씨가 직접 학생회로 찾아가도 보았지만 여름 빈활대[16]가 조직돼 방학 동안 철거지역 주민들을 측면 지원하게 될 거라는 애매한 말만을 들었을 뿐이었다. 최 씨네 입장으로선 결코 방학 때까지 이끌려가서는 안 되는 일이었던 것이다.

"여러분, 이런 일련의 일들이 바로 노동 악법에서 비롯되고 있는 겁니다. 이런 악법들이 철폐되지 않으니까 우리 노동자의 권리가 근본적으로 무시되고 있는 거 아닙니까? 여러분도 잘 아시다시피 전교조를 불법화 시켜 탄압을 가한 것도 이런 악법 때문이었습니다. 참교육의 기치를 내걸고 교원과 국민의 지지로 결성된 노조가 바로 전교조였습니다. 정부는 이른바 쟁의 움직임이 보이는 사업장을 방위산업체로 지정, 불법 파업이라는 명목으로 노동자 파업을 사전에 봉쇄하고 있는 것입니다. 이런 불법 조항들은 소위 헌법재판소에서도 헌법 불합치 판정을 내린 바 있습니다."

최 씨 일행이 스님 공염불하듯 입들을 놀렸다. 경내에 울려나던 스님의 독경 소리가 어느 결에 멎어 있었다.

---

16) 빈활대 : 빈민을 돕는 활동 연대.

"어느 늠이 그따위 법을 만들었을 꼬오."

"나랏님들 해논 일이 어디 사개 어긋나지 않은 때가 있었을라구. 꺼생이17)만두 못한 것들. 위에 앉은 놈들은 죄에 우리네겐 돌담 배 불룩한 존재들이란 말이여."

어둑한 하늘에 유성이 사선을 그으며 미끄러지고 있었다. 반달은 여전히 회화나무 가지에 고즈넉이 걸려 있었다.

"군사정권이 만들어낸 업적입니다."

"그럼 그렇제. 업적 좋구먼."

누군가 저쪽에서 전해투 집행위원장의 말을 끊으며 비절거렸다. 사내의 비절거리는 말끝에 여기저기에서 된 발음의 욕설이 불거져 나왔다. 그리고 하나같이 세상이 바뀌었는데 그따위 낡아빠진 법을 왜 당장 뜯어고치지 못하는 거냐며 시쁘장스런 표정을 지었다.

"여러분, 바로 그 점이 중요한 대목입니다. 지금은 말로만 문민정부지 달라진 것은 아무 것도 없습니다. 우리 노동자들은 어쩌면 오, 육공화국 때보다 더한 핍박을 받고 있는지도 모릅니다. 일례로 말씀드리면, 김영삼 대통령은 구십 삼 년 대선 당시 오, 육공 해고 노동자 복직을 공약으로 내걸었습니다. 그런데 이인제 노동부 장관 재직 시 정부가 복직 약속을 실제로 지키지 않아 우리는 전해투를 결성했던 것입니다. 웃기는 노릇은 구십 사 년 말까지 외려 해고를 군사정권과는 달리 적극적 탄압수단으로 이용하고 있다 이겁니다. 회사 측 부당 노동행위에 대한 노동자들의 저항을 복무질서 위반 등의 명목으로 해고 사유를 적극적으로 만들어내는 사례가 많습니다. 그리고 공공부문 의보의 경

---

17) 꺼생이 : 거위의 방언.

우 복직 판결이 떨어진 다음 날, 바로 재해고 시켜버렸습니다. 이것은 복직시킬 의사가 전혀 없다는 의사표시가 아니고 뭐겠습니까? 또한 김 대통령은 노동자 투쟁을 엄단하겠다며 탄압 일변도의 발언을 서슴잖 았습니다. 이에 우리는 새로운 결의를 하게 된 것입니다. 여러분도 당 장 일자리를 잃고 이렇게 쓴 고생들 하고 있잖습니까?"

전해투 집행위원장이라는 양두식 씨의 말에 최 씨 일행의 태반은 무 슨 애긴지 이제 알겠다는 태도로 고개들을 주억거렸다. 그리고 자기네 들끼리 알아듣지 못할 소리들로 주절대고들 있었다.

"여러분, 우리는 지금 뭉치지 않으면 안 됩니다. 요 며칠 동안 여러 면에서 삐걱거리는 데가 많았습니다. 이제부턴 진정한 투쟁 동지로 받 아 주십시오. 구호 문제는 너무 염려하지 마십시오. 구호가 어떤 내용 이든지간 궁극적으로는 같은 결과를 가져오게 된다고 생각합니다. 지 금이 우리의 주장을 관철시킬 수 있는 절호의 기회입니다. 육 이칠 지방 선거가 일주일 뒤로 닥아왔잖습니까?"

최 씨 일행은 다시 술렁거리기 시작했다. 그러잖아도 며칠 동안 분분 히 말들이 많았다. 지자체의 역사적 사실을 목전에 두고 조계사 시위 농성자들을 진보 진영에서 활용하면 좋은 선전시기가 될 거라고들 했 다. 그런가 하면 한편에서는 정부에서 시위농성자들을 이용하게 될 거 라는 말들도 있었다. 어떻든지 간에 시위농성자들 입장에선 해로울 게 없다는 얘기였다. 최 씨 일행들로선 대체 저들이 어떤 식으로 농성자 들을 이용하게 되는지 알지도 못했을 뿐만 아니라 아직 저들의 접근이 있는 것도 아니었다.

"금명간 이른바 헤게모니[18]라고 하는 재야단체 지도층 인사들이 여기에 들를 것입니다. 그때, 여러분들의 주장을 그분들께 반드시 인식시키십시오. 사실, 우리가 한목소리로 여기서 아무리 떠들어봐야 소용없는 일입니다. 정작 행세깨나 하고 귀담아들어야 할 위인들은 따로 있으니깐 말입니다. 어디, 방송사에서조차 요 며칠 꼬빼기나 비칩디까? 그저 어디서 농성합네 하면 마지못해 사진이나 박아가면 그뿐이죠. 기사라고 나오는 것들은 또 어떻습디까? 이건 무슨 뇌물을 뒤집어썼는지 하나같이 시위농성자들 비꼬는 것들이란 말입니다. 그러니 시민들마저 우리네들 곱게 볼 리가 없을 밖에요."

집행위원장의 말은 갈수록 열기를 더하며 계속 이어졌다. 어느새 최 씨네 일행들은 양두식 씨의 달변에 빠져들고 있었다. 최 씨로서도 저도 모르게 양두식 씨의 달변에 흠뻑 빠져들었다. 들어보니 버릴 데가 하나도 없는 말이었다. 열나흘 여쯤 여기 조계사에서 시위농성을 벌여오고 있지만 당국에서 나왔다는 위인이 한번 훑어보고 갔을 뿐 여타의 관심도 없었던 것이다. 방송사에서도 사진을 찍고 인터뷰를 하고 하며 뭔가 되어가는 모양이라고 생각했지만 정작 드러내기 식의 취재에 지나지 않았다. 알고 보니 기사의 내용도 시위농성자들을 빈축거리는 성향이 짙었던 것이다.

"재야단첸들 무슨 힘이 있겠어. 즈이네들두 당하는 판국에 완전 뿔뺀 쇠상[19] 아니냔 말이여. 그놈들두 그렇지. 여적 들떠 보도 않았던 것들이 선거 앞두구서 하필 설치느냐구. 날궂이에 나막신 찾는 것두 분

---

18) 헤게모니 : 집단, 단체를 이끌어갈 만한 권력이나 지위.

19) 뿔 뺀 쇠상 : 뿔을 뺀 소의 형상이니 지위는 있어도 세력은 없다.

수가 있는 거 아니냔 말여이. 좆같은 새끼들. 모두 필요 없어. 우리가 목숨 받쳐 투쟁허는 일밖에 없단 말이여. 까짓거 이래저래 한번 죽기는 마찬가지 아녀."

뒤쪽에서 삼십 줄의 사내가 퉁을 던졌다. 최 씨도 그 사내의 말이 그르지 않다고 생각했다. 재야단체가 진심으로 시위농성자들을 위하여 마음을 지녔기 때문이라면 시기적으로 문제가 있을 것이다. 6.27선거가 끝난 뒤까지 지켜보면 빤히 알 수 있을 거라고 최 씨는 생각하고 있었다.

"어이, 거그 선상님 말씀 무찌르지 말어. 인저본께 우리넨 하나밖에 모르구 있었구먼. 참말루 시위투쟁을 헐라믄 여기 이 선상님덜 하구 같이 혀야 쓰겠다는 생각이 드는구먼. 당최 여그서 뻐팅기구 있다혀서 해결될 일이 아니잖는감. 내가 알기루두 노동자간 거 뭐시냐, 응 그렇제, 연대하여 농성을 하든지 가투[20]를 하든지 하든 기본목적 달성이 쉬울 것으루 보는디. 시방 혜게 뭐닌가 허는 사회운동자들이 우리한테 올라구 허는것두 다아 여그 조계사 경내에 농성자들이 운집해 있는 힘 때문이 아니구 뭐겠는감 말이여이."

허름한 차림에 유난히 이마가 불거진 오십 줄의 사내가 깐엔 시위투쟁에 일가견 있는 듯한 언어를 섞어가며 입을 달싹거렸다. 회화나무 새로 쏟아지는 달빛과 아직 야울거리며 타들어가고 있는 소원성취 양촛불 기운에 힘입어 최 씨가 들여다보니 대학에 다니는 운동권 아들을 두었다고 자랑을 일삼던 페인트공 정씨였다. 정씨는 아들한테 줍어 들었다면서 시위 투쟁자들 사이에 은밀히 사용되고 있는 제들과는 거리

---

20) 가투 : 자기들의 요구조건을 관철하기 위해 길거리에서 시위를 벌이는 일.

가 멀은 은어를 이제 자기네들도 투쟁을 하는 마당에 마땅히 알고 있어야 한다면서 우쭐대며 이렇게 말하고는 했었다.

─ 우린 모두 도빈, 다시 이야그 해서 도시빈민이다 이거여. 도빈이 투쟁할 상대는 그러니께 거 뭐시냐. 옳지. 러뷔지, 이를작시면 러시야 부르쥐야[21] 계급을 타도혀야 쓴다 이 말이여. 러뷔지가 구체적으루다 어떤 눔덜인 중은 모르제만, 볼짝시면 눈에 껄끄러운 눔덜이 바루 그 눔덜이라누먼.

─ 인제 먹을 거리두 동났으니 아무렴 보투조, 풀어 말해 보급투쟁조 럴 조직혀얄 모냥이여. 참말루 곰곰 생각혀 보니께 우습구면. 자식 같은 눔덜이 저렇게 바리케드를 치구 올빼미 삵괭이 노리듯 허구 있잖는 감. 군사정권 물러가구 살기 존 시상 열렸응께 마음껏 숨 쉬구 살랄 적 언제구, 저리 시퍼렇게 독기를 품구 우릴 노리구 있느냐 말이여. 참 말루다 워찌게 되먹은 심판인가 모르겠구면. 한 마디루 잘라서 기모여 기모. 기본모순이다, 이 말이여.

"거 정씨는 뒤로 빠지슈. 저것들 땜시 되는 일두 안된단 땐 언제구 넘노는 얘길 줏대없이 시부렁대느냐 말이요. 쩌그 저긋들언 계급적으 루다 우리네 허군 판이하게 다릏께 당최 상종 말라구 이바구 놀렸던 사람이 시방 무신 얼빠진 소릴 지껄이느냐 말이요."

삼십 줄의 사내가 여전히 소여물 씹은 표정으로 입을 열었다. 총무 원 앞마당과 대웅전 동편 마당에서 다시 시위 구호 소리가 터져 나왔 다. 범종루 쪽에서도 한차례 풀썩 구호가 솟구치다가 이내 신병훈련소 에서나 들을법한 개사 가요로 이어지고 있었다.

---

21) 부르주아지 : 마르크스 이후 현대의 자본가 계급으로 부르주아는 형용사형.

"이런 벽창호[22] 같은 사람. 선상님 말씸 들어 보믄서두 저러네. 이러나저러나 여그 모여든 사람들언 똑같이 당국헌테 억압받는 존재들이여. 허니께 인저는 서루 뻗서지만 말구스리 힘을 모돠야 않겄는감 말이여."

페인트공 정 씨의 말꼬리를 물고 여기저기서 입들을 놀릴 듯이 보였으나 최 씨가 먼저 소리를 날카롭게 세워 기선을 잡았다. 이러다간 걷잡을 수 없이 혼란스런 분위기에 휩싸여들 것만 같아서였다.

"거 잠 가만이들 있어요. 이바구[23] 쌈질이나 허자구 이짓 하는 거 아니니깐. 선상님 말씸 들으면 그래두 득되는 거이 있겄지. 당장 낼 일이 까마득한 마당에 뭔 수럴 써서라두 무신 돌파굴 열어야 쓸 거 아닌가."

최 씨의 노기 어린 말에 달뜬 분위기가 눅어들었다.[24] 최 씨 일행은 혀끝으로 마른 입술을 축이며 전해투 집행위원장을 바라보았다. 집행위원장이 착잡한 듯 한숨을 내뿜으며 입을 열었다.

"어쨌거나 저희들 때문에 심려를 끼쳐드려서 우선 죄송스럽습니다. 여러분들 입장 저는 충분히 이해할 수 있을 것 같습니다. 여러분들은 대개 저희들과 신분상의 차이를 느끼고 계신 것 같은데, 아까도 말했다시피 여러분이나 저희들이나 똑같은 노동자들이요. 여기서는 더욱이 투쟁 동지라는 사실을 분명히 말씀드리고 싶습니다. 듣자하니 전해투니 전노협이니 하는 그럴싸한 단체도 없는 하빠리 신세라며 한탄하는 분들이 여러분들 중에 많은 것 같습니다. 그래서 얘긴데 그런 문제라

---

22) 벽창호 : 고집이 세고 무뚝뚝한 사람.

23) 이바구 : 이야기의 방언.

24) 눅어들다 : 굳은 것이 부드럽게 되다.

면 이제 정말로 염려하실 필요가 없습니다."

집행위원장의 상기된 얼굴을 게슴츠레한 얼굴들로 올려다보고 있었다. 달도 깊은 시간에 이끌려 저만치 기울고 있었다.

"지금 이 나라에는 하나의 커다란 움직임이 일고 있습니다. 이제껏 전교조니 전노협이니 기업노조니 하는 기업별 노조는 물론 실업자, 퇴직자, 예비 및 임시 노동자들까지 가입할 수 있는 노조가 결성되고 있는 것입니다. 이름하여 민주노총이 그것입니다. 이 민주노총이 활성화되면 당국의 어떤 힘도 우리를 무너뜨리지 못할 겁니다. 지금 노조 및 대학을 비롯 각계, 각급에서 민노후라는 민주노총 후원회가 결성되어 활발하게 운동을 전개해 나가고 있습니다. 저희들도 사실은 민주노총 산하 구속, 수배, 해고 노동자 특별위원회에 지금 소속되어 있습니다. 올해는 반드시 민주노총 결성 원년을 이뤄내야 합니다. 때문에 여러분들도 우리와 같이 단결하지 않으면 안 되는 겁니다. 내일은 반월, 시화공단 노동자들도 이곳에 들어올 것입니다. 여러분들께서도 자꾸 비틀려고 하지만 말고 따뜻이 맞아주셨으면 감사하겠습니다. 지금 우리들에게 가장 시급한 문제는 바로 민주노총 결성이라는 사실을 기억해 주십시오. 그게 진작에 활성화되었다면 정부에서도 여러분들의 요구에 납득 할만한 성의를 보였을 거라고 저는 생각합니다. 그리고 노심초사로다 말씀드리는데 저기 범종루 앞에 있는 사내들과 되도록 마주치지 마십시오. 저희들도 저쪽 전과자들이 정말 농성할 목적으로 여기에 들어왔는지, 아니면 당국의 사주를 받고 은밀히 들어온 구사대 놈들인지 지금 눈여겨 살피고 있는 중이올시다. 그럼, 또 짬을 내서 들르도록 하겠습니다. 자, 우리 뜻을 같이한다는 의미에서 구호나 한번 함께 욉시다."

집행위원장이 말을 마치자마자 동행했던 중키의 밤색 야상이 민중 생존 압살하는 김영삼 정권 철거하라, 라는 구호를 선창했다. 그러자 최 씨네 일행이 엉거주춤한 표정들로 구호를 따라 외쳤다. 집행위원장의 말을 아직 이해하지 못해 어리벙벙하고 있는 최 씨 네가 여전히 마음에 걸렸던지 밤색 야상은 부러 최 씨 네가 외치고는 했던 구호를 선창하고 있었다. 그리고 마지막으로 자신들의 뜻을 완전히 되새겨두려는 듯이 마녀사냥 그만두고 민주노총 인정하라, 라는 최 씨 네겐 생경스런 구호를 선창했다. 최 씨 일행은 그게 정확히 무엇을 의미하는 줄도 모르지만 분위기에 휩싸여 크게 투쟁구호를 외치기 시작했다.

주위가 잠잠해지자 집행위원장은 건성으로 한번 모자를 눌러쓰면서 허리를 정중히 숙이며 황급히 돌아갈 채비를 서둘렀다. 백골단들이 오늘 밤새 경내에 침투할 거라는 소문은 어찌된 거냐고 누군가 물어오자 집행위원장은 떼던 걸음을 일순 멎으며 선거 앞두고 적어도 그런 불상사는 일어나지 않을 거라고 말하면서 황망히 회화나무 뒤로 뛰듯이 걸어 나갔다. 밤색 야상이 그림자처럼 집행위원장의 뒤를 따르고 있었다.

새벽이 가까이 오고 있었다. 경내는 거의 농성자들의 움직임도 없이 조용한 분위기가 계속되고 있었다. 이따금씩 잠을 이루지 못한 사람들은 삼삼오오 둘러앉아 아직 어둠을 품에 안고 있는 서녘 하늘을 물끄러미 올려다보며 소리 낮춰 도란거리고 있었다. 사찰 밖의 전경들도 자리에 주저앉아 꾸벅꾸벅 졸거나 하는지 나지막이 가라앉은 분위기였다. 최 씨네 일행들은 거개가 말뚝잠들을 자고 있었다. 그러나 최 씨와 박 씨와 재봉이는 회화나무 아래에 나란히 누워 눈을 씀벅거리고 있었다.

"참말루 우리 신세 한번 좋시다."

하며 재붕이 몸을 일으켜 세웠다. 잠꼬대하는 소리가 저쪽에서 들려왔다. 최 씨와 박 씨는 상체만 일으켜 세워 앉으면서 윗몸을 흔들어 찌뿌듯한 기운을 털털 털어냈다. 이발사 최 씨는 고개를 돌려 범종루 앞쪽을 바라보았다. 거기 아무렇게나 뒹구는 전과자들의 모습이 보였다. 저런 모습을 보면 전과자들이 결코 당국의 사주를 받은 구사대는 아닐 성싶었다. 그러나 번번이 엿 먹이는 저들의 행동은 의심을 받기에 무리가 없으리라.

"성님, 아까 그 선상님 말씀이 머시라요?"

재붕이 회화나무를 에워싸고 있는 여덟 개의 윤장대(輪藏臺)[25]를 심심파적으로 돌리며 삐걱거리는 소리를 만들어내면서 물었다. 윤장대는 원통형으로 되어 있는데 안쪽 둘레에 경문(經文)이 새겨져 있었다. 윤장대를 한번 돌리면 그 안에 새겨진 경을 외었을 때와 같은 효험을 본다는 의미를 띠고 있었다.

"글쎄, 민노총이라는 데는 우리 같은 실업자들두 가입 헐 수 있다는 얘기 같어. 뭐가 뭔지 잘은 모르겠지만, 나라에서두 섣불리 볼 수 없는 단체라잖는감."

최 씨가 웅숭그린 몸을 펼쳐 크게 기지개를 켜며 말했다. 양복쟁이 박 씨는 이해하겠다는 듯이 고개를 주억거리고 있었다. 대웅전 동편 너머에서 새벽을 달리는 승용차 소리가 떨리듯 가늘게 들려오고 있었다. 재붕은 최 씨의 말끝에 아래턱을 이빨자국이 나도록 힘을 주어 깨물었다. 그리고 한동안 아무도 입을 열지 않고 새벽이 오는 소리를 듣고 있었다.

---

25) 윤장대 : 불경을 적어 팔각형 책장에 넣고 기둥을 세워 궤를 돌리게 하는 책궤로 조계사 경내에 비치하여 한번 돌리면 경을 모두 읽은 효과가 있다고 함.

고요한 새벽이었다. 대웅전 저쪽에서 가사 장삼을 두른 스님 하나가 총총[26] 회화나무 앞으로 걸어왔다. 회화나무 앞에는 높낮이가 다른 탑신 세 개가 부처님처럼 서 있었다. 스님은 높이가 가장 높은 탑신 앞으로 다가와 정성들여 합장을 했다. 최 씨나 박 씨 등은 엉거주춤 윗몸을 일으켜 세웠다. 참으로 고요한 순간이었다. 이따금씩 새벽 여명을 흔들어 깨우는 농성자들의 잠꼬대 소리가 들려오고 있었다. 재붕이도 순간 엄숙한 느낌에 스님을 향해 손을 모두었다.

스님이 아주 작게 목탁을 두드리기 시작했다. 이자목탁[27] 소리와 동시에 부전스님의 도량석이 시작되고 있었다. 목탁 소리는 차츰 커지며 모든 중생들을 잠에서 깨우기 시작했다. 최 씨는 저도 모르게 엄숙함에 눌려 탑을 도는 스님의 뒤를 따라 돌기 시작했다. 박 씨가 그 뒤를 따랐다. 재붕이는 저만치서 담배를 피워 물고 있었다.

부전스님[28]의 도량석 목탁 소리에 농성자들이 여기저기서 분주히 일어나 움직거리고 있는 게 보였다. 최 씨가 탑돌이를 하면서 보니 범종루 쪽 전과자들도 몸에 묻어난 이슬을 털어내고 있었다. 뒤쪽 해탈문 앞에 자리한 농성자들은 늦어진 마음을 가다듬으려는 듯이 구호부터 외치기 시작했다. 예의 그 통일 어쩌고 하는 구호였던 것이다.

"젠쟝, 또 시작이구먼."

재붕이 입을 달싹거리며 담배를 휙 집어 던졌다. 경내가 새삼 소란스러워지며 활기를 되찾기 시작했다. 밖에서 대기하고 있던 전경들도 어

---

26) 총총 : 서둘러서 급히 떼는 걸음.

27) 이자목탁 : 아침을 깨우는 도량석을 돌 경우에 일자목탁에 비해 간격을 넓게 치는 목탁.

28) 부전스님 : 불전을 돌보고 각종 의식을 담당하는 스님.

느결에 전열을 가다듬어 사뭇 고압적인 자세로 안쪽 경내를 노려보고들 있었다. 진압 장비를 손보는지 가느다란 안개 입자 속에 금속성 소리가 시큼하게 묻어 들렸다.

"워매, 쩌그 조것들이 무슨 일을 벌일 셈이랑가?"

누군가 최 씨네 일행이 염려 담은 목소리로 말했다. 스님의 도량석 목탁소리가 혼탁음에 섞여 비교적 말갛게 들리고 있었다.

"방정맞은 말 집어치우게. 어저께 얘기 들었으면서 빙충맞은 소릴 지껄이구 있는감. 선거 앞두고 절대 완력을 쓰진 않을 거라구. 나같이 못난 놈 생각에두 똑 맞는 소리여. 위엣 것들이 선거 앞두고 국민 눈 밖에 날 행동헐 못난쟁이들은 아닝께."

"위엣 놈들 속을 워찌게 알 거여."

경내가 다시 수떨스러운 기운으로 달아올랐다. 최 씨는 아까부터 재붕이를 여수고 있었다. 재붕의 핏발선 눈에는 눈물이 고여 있으나 일촉즉발의 폭탄 같은 화기를 얼굴 가득히 머금고 있었던 것이다.

부전스님의 도량석 목탁 소리가 멎을 즈음 범종루 쪽에서 법고 소리가 들렸다. 그리고 이어 범종 소리가 맑게 원형의 파장을 만들며 퍼져 오르고 있었다. 약속처럼 여기저기서 함성과 구호, 민중가요가 터져 나왔다. 최 씨 일행도 목에 핏줄이 툭툭 튀어나오도록 시위 구호를 외치기 시작했다. 전과자들도 나름대로 펄쩍펄쩍 뛰며 구호를 외치고 있었다. 재붕의 입은 굳게 다물어져 있었는데 최 씨는 그의 손에 들려있는 신나 병을 염려 가득한 얼굴로 바라보고는 하였다.

범종 소리가 멎는 순간이었다. 최 씨는 문득 불길한 느낌이 들었다. 경내 바깥쪽이 아무래도 심상찮은 것 같았다. 시위자들 모두 그런 느낌을 받았던지 몸을 바짝 숙이며 각오들을 다지는 모양이었다.

"씨팔, 붙으려면 붙어봐."

최 씨 등 뒤에서 들리는 소리였다. 다른 사내들도 한마디씩 **뻣뻣한** 소리들을 덩달아서 뱉아내고 있었다. 최 씨는 부러 재붕이 옆으로 갔다. 그의 손에 들린 신나 병을 기회 봐서 낚아챌 생각이었다. 최 씨는 결코 전경들이 경내에 침투하지는 못하리라고 믿어 의심치 않았다. 그도 나름대로 들은 게 있었던 것이다.

최 씨는 일행들과 목청을 돋워 구호를 외치면서도 전과자들을 눈여겨보았다. 그의 앞전 생각이 그른지도 모른다는 생각이 들었다. 전과자들이 엿 먹이는 행동들을 몇 번 보이기는 했지만 지금 저들의 태도로 봐서는 사주를 받은 구사대 같아 보이지는 않았다. 저 펄쩍펄쩍 뛰며 구호를 외치는 사내들. 대체 저들의 고통은 무어란 말인가?

"워매, 이 무신 소리랑가!"

펑, 하는 소리 끝에 누군가 귀가 **뻑뻑하게** 소리쳤다. 전경들이 발포한 총성이 분명한 것 같았다. 최 씨는 순간 귀를 의심했다. 아무럼 저 놈들이 발포를 했을까. 미처 이런 의문을 수습하기도 전에 그러나 돌연한 상황이 눈앞에 전개되기 시작했다.

전경들이 불교대학 계단으로 물밀 듯이 올라오고 있는 게 아닌가? 그리고 이어서 따끔한 기운이 눈꺼풀을 눌렀다. 저들은 최류탄을 쏘며 진압 작전을 개시하고 있는 것이었다. 해탈문 앞에도 대웅전 동편 앞마당에도 회색빛 모습을 한 전경들이 자욱이 진압해 들고 있었다. 최 씨가 보니 이미 대세는 기울어 있었다. 여기저기서 악다구니를 쓰며 항의하고 있었지만 벌써 대개는 눈이 따가워 바닥에 눌러앉거나 몸을 의지할만한 데로 밀어 넣고 있는 게 보였던 것이다.

그러나 최 씨네 일행은 결코 숨어들지 않았다. 옷소매로 눈을 연신 닦아내면서도 끝까지 버틸 태도로 모두가 대열에서 이탈하지 않고 맞대매 할 자세로 허리까지 반쯤 단호히 숙이고 있었다. 최 씨도 전신의 힘을 끌어올려 고통을 참아가면서 죽음을 각오하고 있었다. 최 씨는 문득 전과자들 쪽을 바라보았다. 그리고 놀라지 않을 수가 없었다. 전과자들이 전경들과 섞여 최 씨네 쪽으로 접근해 오고 있는 것이었다. 얼핏 밀리는 상황인 것 같았지만 흐릿한 시야를 더듬어 살펴보니 그게 아니었다. 전과자들은 결코 전경들과 엎치락뒤치락하지 않고 이쪽으로 다가들고 있는 것이었다.

저들이 바로 코앞에 다가왔을 때에는 죽자고 각오를 다졌던 최 씨네 일행들도 대개 넙죽 바닥에 엎디어 버릴 수밖에 없었다. 저들이 죽어라 하는 몸짓으로 곤봉을 휘두르며 군홧발로 발길질을 해대고 있는 때문이었다. 조계사 경내가 뿌우연 화염에 휩싸인 느낌이 들었다. 저쪽으로는 벌써 머리에 손을 얹은 채 끌려가고 있는 시위자들의 모습도 보였다.

"이런 밥풀[29] 같은 새끼털. 느이눔덜이 일당받구 고용된 뿌락치[30]였구나이. 개새끼들. 워디 덤벼봐라."

분명히 재붕의 목소리였다. 아뿔사, 전과자들은 구사대가 분명했다. 이제보니 놈들이 완벽하게 연극을 했던 모양이었다. 박 씨는 저만치 히프를 하늘로 쳐들고 고래고래 소리치고 있고, 재붕은 뭔가 믿는 게 있다는 듯이 다리를 어깨넓이로 벌려 앙버티고 있었다. 최 씨는 쓰라린 눈시울을 훔쳐내며 재붕의 뒤에서 뿌우연 먼지를 바라보고 있었다. 최

---

29) 밥풀 : 밥풀로 종이를 붙이듯 하찮은 사람을 일컬음.

30) 프락치 : 러시아어로 원래는 파벌, 당쟁, 단체 등을 뜻하나 어떤 목적을 위해 신분 숨기고 활동하는 사람을 뜻함.

씨는 문득 재붕의 손에 들린 신나병을 쳐다보았다. 재붕이 당장 신나를 몸에 뿌리고 불을 붙여버릴 듯이 보였다. 전경들과 전과자들이 차츰 재붕과 거리를 좁혀왔다. 재붕은 여전히 버럭 소리를 지르며 펄쩍펄쩍 뛰고 있었다.

"이런 씨팔새끼들아! 멈춰, 멈춰! 더 이상 왔다믄 확 신나병을 뒤집어 써버릴팅게! 가까이 오지 말란 말이여!"

최류탄 터지는 소리가 펑, 하고 들렸고, 전경들은 겁먹지 않고 거리를 좁혀 들었다. 재붕과 전경들이 완전히 대치한 느낌을 주었다. 전과자 하나가 씩씩거리며 재붕의 옷자락을 붙들려고 애쓰는 게 뿌우연 연기 속에서 흐릿하게 보였다. 최 씨는 콜록거리며 재붕에게 다가갔다. 그러나 어느 순간엔가. 재붕이 신나를 온몸에 들이 부어버렸다. 그러자 전경들도 당황한 눈치였다.

"어이, 재붕이 이러믄 안되네! 이러믄 안돼!"

최 씨가 놀라 소리쳤다. 그러면서 바삭바삭 타드는 긴장감에 재붕에게 다가가기 시작했다. 그러나 잠시 뒤 예상치 못한 일이 벌어졌다. 최 씨는 우뚝 걸음을 멈추면서 뒤로 무르춤히 물러나고 말았다. 이것은 자신도 모른 본능적인 동작이었다. 재붕의 몸이 순식간에 화염에 불타오르기 시작했던 것이다. 진압병들도 순간 놀라 어쩔 줄 모르며 뒤로 몇 발짝 물러서고 있었다. 재붕의 몸은 완전히 불꽃이 되어 타들어 가기 시작했다. 최 씨는 한 발짝도 떼지 못하고 숨을 몰아쉬며 불꽃만 바라보고 있었다.

마누라 원수 갚기 전에 절대 안 죽는다고 버릇처럼 입을 놀렸던 재붕이의 몸이 붕 뜨는 듯하더니 폭삭 고꾸라졌다. 재붕의 몸이 새벽 여명 속에 심지가 되어 활활 타오르며 주위를 밝혔다.

재붕은 그 누구도 범접하지 못한 성역이 되어버린 느낌이었다. 최 씨의 눈에는 순간 부처의 자비로운 얼굴이 비쳐들었다. 그러면서 최 씨는 미친 사람처럼 주절거렸다. 재붕이가 죽었구만. 재붕이가 죽었어. 혼잣말을 끝내기도 전에 최 씨도 흐물흐물 쓰러지고 있었다. 그도 차츰 의식을 잃어가기 시작했다. 그의 몸도 시위투쟁을 하느라 가눌 수 없도록 지쳐 있었던 것이다. 재붕은 마누라를 보내고 꼭 열아흐레 만에 뒤를 따라갔다.

.... 끝

月下의 노인

작가에게 삶의 환경이란 것은 목숨과도 같이 중요한 영역이다. 특히 이야기를 만들어내는 소설가란 직업으로선 더욱 그렇다. 내가 전남 화순에서 중학을 마치고 유학한 것이 지난 1975년, 경기도 안성에서 고등학교를 다니다 서울로 올라온 것이 1977년, 그러니까 내 나이 열여덟 살부터 서울에서 살았다. 1970년대 초반부터 이농(離農)현상이 전국적으로 일어나서 우리도 그 대열에 합류했던 셈이다. 아버지를 다섯 살 때 여의고 어머니가 혼자 몸으로 5남매를 키우셨으니 버거웠을 것이다. 서울의 변두리 달동네에 짐을 풀고 쪽방 같은 것을 마련하여 모든 식구들이 비좁은 데서 살았다. 누나와 여동생, 두 형들은 모두 돈벌이하느라고 눈코 뜰 새 없이 바빴지만 나는 돈벌이는커녕 사회에 적응하지 못했다. 골방에 갇혀 있다가 답답하면 달동네를 미친 사람처럼 쏘다녔다. 이 소설의 배경은 내가 당시 살았던 달동네를 무대로 당시 이웃들과 내 눈에 비친 사회 부조리한 모습들을 품고 있다. 하루 자고 일어나면 어지러운 사건들이 마치 화수분처럼 일어났다. 싸움, 놀음, 강도, 절도, 사기… 이런 현기증 나는 삶들을 접하면서 나는 소설을 쓰고 싶었다. 내가 당시 처한 환경을 무대로 하늘의 은총이 내려지기를 바라는 마음에서 〈월하의 노인〉 같은 구세주가 강림해주기를 바라며 소설을 썼다. 나름대로 판타지적인 부분도 있고 소설의 주요 구성 요소인 암시, 갈등, 복선 등을 적절히 배치하려고 노력했던 작품이다.

어서 떠나라

잉태된 아이의 환영(幻影)이

세월의 강 위에 닻을 내리고 있다

그 아이가 세상의 빛을 보면

천상(天上)에서 푸른 피가 소낙비처럼 쏟아지리니

그 피는 타락과 부패와 죄악의 씨앗을 움트게 할 것이다

어서 가라

가서 잉태된 아이의 우거(寓居)1)를 없애라

생명 줄을 끊고, 푸른빛 피가

붉은 광장의 분수처럼 솟구쳐 오르면

그때 달빛 자락을 타고 하늘로 오르라

그리하여 땅에는 평화

하늘엔 영광이 있게 하라

_____

1) 우거 : 임시로 기거하는 곳.

I

　근자(近者)에 들어, 매스컴에서는 괴이한 노인의 출현에 대해 보도하고 있었다. 매스컴은 노인의 인상착의와 거동에 관해 조심스럽게 언급하면서 아직 이렇다 할 피해가 발생하지는 않았지만, 시민들은 그 괴(傀) 노인을 경계해야 할 것이라고 당부를 덧붙이고 있었다.

　달빛촌에 해가 이울고[2] 있었다. 해가 이울자 해안선의 모래톱처럼 펼쳐진 낡은 디새지붕 위로 상현달이 초연히 모습을 드러내기 시작했다. 그 상현 달빛은 교교(皎皎)[3]하지는 않았지만, 달빛촌 전역(全域)을 적나라하게 비추고 있었다. 흡사, 빈민굴을 연상케 하듯 낡고 추레한 달빛촌은 밤이 되면서 사람의 물결로 출렁거렸다.

　달빛촌은 도회지로부터 반 마장쯤 떨어진 변두리 마을이었다. 그곳의 문화, 오락 시설은 턱없이 부족했으나 시장통 우측에 서 있는 3층 건물의 조산소는 달빛촌이 얼마나 많은 사람들로 북적거리고 산아제한(産兒制限)에 대한 참여의식이 희박한지를 한눈에 알아차릴 수 있었다.

　그곳 주민들의 직업은 대개 일일 고용자들로서 공사판 잡부가 그중 많았고, 시장통 장사꾼들과 술집 작부(酌婦), 그리고 건달패들 등등이었다. 그런 만큼 그들은 한군데 정착하지 못하고 팔방으로 떠돌았으며

---

2) 이울다 : 시들어지다.

3) 교교 : 달빛이 밝은 모양.

자연히 달빛촌 같은 곳으로 옮겨 다닐 수밖에 없는 노릇이었다. 따라서 달빛촌사람들은 이웃에 어떤 축들이 살고, 간밤에 누구네가 이사를 오갔으며, 어떤 자가 죽어서 나갔는지조차도 알 수 없었다. 다만 흔적 없이 오고 떠나고 죽어가는 그네들의 삶 속에서 시름겨운 한숨과 함께 또 아글타글 하루하루를 살아가고 있을 따름이었다. 그런데 그처럼 지치고 무딘 달빛촌에 한 노인이 출현했다. 그 노인이 바로 요즈음 매스컴에서 떠들어대고 있는 괴(傀) 노인이었다.

"이 여자를 못 봤소?"

노인은 보도된 내용대로 삼베 통바지에 도포를 걸치고 있었다. 그는 성성한 백발을 허리 끝까지 길게 늘어뜨린 기이한 노인이었다. 그 노인의 눈에선 이따금씩 섬광 불빛이 일어 밤하늘로 향했다. 달빛촌사람들은 괴 노인의 물음에 대답 대신 고개를 가로저으며 경계하는 눈빛을 던지고 있었다.

"정말 이 여자를 모르겠소?"

급조된 노인의 손에는 전신이 그려진 기이한 몽타주 한 장이 들려져 있었다. 몽타주 속의 여자는 푸른 눈에 머리는 승려처럼 삭발을 했다. 또한 수족(手足)의 끝마디가 모두 잘려져 나갔으며 아이를 잉태한 것인지 하복부가 심히 불거져 보였다.

"모, 모르오."

사람들은 여전히 당황하면서 괴 노인의 곁을 서둘러 떠나고 있었다. 노인의 얼굴에는 차츰 그늘이 짙어갔다. 노인은 탄식하며 밤하늘을 쳐다보았다. 그러자 노인의 눈에서는 날카롭게 푸른 두 줄기의 빛이 광선처럼 발사되었다. 달빛촌사람들은 그 기이한 현상을 목격하고는 고개를 갸우뚱하며 걸음을 재촉하고 있었다.

어느새 노인의 정보를 입수한 경찰들은 순찰을 강화하고 있었다. 그들의 수 역시 그전보다 배로 늘어났다. 그들은 계속 노인의 뒤를 따르고 있었다. 달빛촌은 원래 뜨내기들의 왕래가 심한 곳이었다. 그래서 하루에도 크고 작은 사건들이 오뉴월 소낙비 내리듯 급작스럽고 빈번히 발생하고 있었다. 그리하여 하루에도 몇 차례씩 달빛촌의 군데군데에는 구경꾼들로 장속을 이루었다. 경찰들의 순찰이 하루 스물네 시간 내내 끊이지 않고 계속되고 있는 곳이었다. 노인의 출현 이후 경찰들은 매우 신경을 날카롭게 세우고 있었다. 순찰자들은 그 괴 노인으로부터 결코 시선을 떼지 않았으나 노인이 사람들에게 해를 끼친 것은 없었으므로 아직 노인의 거동을 주의 깊게 지켜보고 있을 따름이었다.

2

밤 열 시쯤이었다. 달빛촌의 시장통 입구가 떠들썩했다. 경찰들이 하나둘 들이닥치고 구경꾼들이 벌떼처럼 몰려들고 있었다. 구경꾼들 중엔 그 노인도 섞여 있었다. 그러나 사람들은 구경거리에 넋을 잃었던 모양으로 그 노인을 그다지 경계하지 않았다.

"개새끼 없애버리겠어!"

건달패들이었다. 그들은 피부색이 유독 검고 걸때[4]가 당당한 한 사내를 에워싸고 티격태격하는 중이었다. 그들 가운데 에워싸여 있는 걸

---

4) 걸 때 : 사람 몸체의 크기.

때 큰 사내의 관자놀이가 가볍게 떨리고 있었다.

"어디로 빼돌렸느냔 말이야?"

건달패거리들 중 몸피가 불은 사내였다.

"모른다!"

"개새끼, 죽고 싶다 이거지?"

"제발 죽여줘라! 이젠 야쿠자(건달) 생활도 지겹다!"

"흰수작5) 부리지마 새꺄! 그년을 어디로 빼돌렸어?"

깡마른 사내가 살품으로부터 예리한 구찌(匕首)하나를 꺼냈다. 경찰들은 그들의 싸움에 쉽사리 개입하지 않고 있었다. 대개 달빛촌의 건달들 싸움에서 경찰의 존재란 형식적인 것일 수밖에 없었다. 그곳 건달들은 경찰을 두려워하지도 않았으며 필요로 하지도 않았다. 그들이 필요로 하는 것은 상대방을 물리칠 수 있는 강한 힘과 넘치는 용기였다. 그리고 그들에게 있어서 최고의 영광이란 야쿠자 조직을 위해 최후의 순간을 맞이하는 것이었다.

'휘익!'하고 깡마른 사내가 구찌를 한번 허공에 휘두르며 걸때 큰 사내에게 접근하고 있었다. 주위는 이미 구경꾼들로 가득 차버렸다. 깡마른 사내의 칼이 다시 한번 허공에 반원을 그리던 바로 그 순간이었다.

"멈추시오!"

구경꾼들 가운데 섞여 있던 괴 노인이 결기에 찬 목소리를 뱉어내며 건달패들 앞에 나섰다. 노인은 깡마른 사내의 팔을 번개처럼 잽싸게 움켜잡고 있었다. 구경꾼들은 일순 당황하면서도 건달패들과 노인

---

5) 흰수작 : 허황되고 실속 없이 떠벌림.

의 대결을 기대하는 듯 자리를 떠나지 않았다. 구경꾼들의 눈에 노인의 행색이 범상해 보이지 않았기 때문이다.

"아니 이 영감탱이 또 뭐야?"

피부색이 검고 차돌처럼 단단하게 생긴 중키의 사내가 이맛살을 끌어내리며 이죽거렸다.

"칼을 치우시오! 보아하니 그 칼은 피를 부르는 것 같소! 칼로 승리하는 자는 결국 패배자요. 어서 그 칼을 치우시오!"

그러나 노인의 설득은 건달패들에게는 소귀에 경 읽기나 다를 바 없었다. 그들에겐 자신이 옳다고 생각하는 일이면 언제든 옳다고 믿는 고집스러움이 있었다. 그들은 그걸 가리켜 야쿠자의 의연성이라고 했다.

'휘익!'하고 깡마른 사내가 이번에는 노인을 향해 날렵하게 구찌를 휘둘렀다. 노인이 약간 움찔하자 건달패들이 비소(鼻笑)[6]를 터뜨렸다. 비웃음 뒤로 구경꾼들의 경악한 소리가 짤막하게 터져 나왔다.

"하 앗….."

그러나 노인은 턱수염을 쓸어내리며 한바탕 통쾌하게 웃었다.

"그래 날 어쩔 셈이오?"

노인의 태도에 건달패들은 다소 심드렁해졌으나 그치들은 여전히 엄벙덤벙 입을 놀렸다.

"이놈의 영감탱이가 정말 구찌 맛을 못 봤나?"

깡마른 사내가 노인의 안면(顏面)을 향해 눈 깜짝할 사이를 틈타 휙! 비수를 날려 보냈다. 그때였다. 노인은 자신을 향해 날아오는 비수를 잽싸게 낚아챘다. 노인의 솜씨는 마치 영화 속에 나타난 주인공이 악

---

6) 비소 : 빈정거리고 업신여기는 태도로 웃음.

당을 물리치듯 빼어났으며 이런 상황이 몹시 자연스럽게 보이고 있었다. 걸때가 큰 사내를 향해 휘두를 때보다 더욱 날렵하게 움직였다.

"하하하…."

노인은 다시 한번 통쾌한 웃음을 터뜨렸다. 그리고 메시지를 전하듯 위엄 있게 말했다.

"칼로 흥하는 자는 칼로 망하는 법. 칼을 함부로 사용하지 마시오! 그럼, 실례하겠소."

노인은 짤막한 기압 소리와 함께 낚아챈 예리한 비수를 공중으로 집어 던졌다. 비수는 얼마간 빛을 번뜩이며 밤하늘로 치솟아 오르더니 마침내 사위어가는 저녁놀처럼 어둠 속에 빨려들며 자취를 감추고 있었다.

노인은 달빛촌의 시장통을 초연히 걷고 있었다. 그러나 이따금씩 노인의 얼굴에는 어두운 그늘이 져서 깊은 수심에 싸여있는 느낌이었다. 여자를 찾아야 한다. 노인은 무대 뒤의 광대처럼 혼자 중얼거렸다.

"이 여자를 못 봤소?"

노인은 어깨를 축 늘어뜨리고 어기적어기적 걷고 있는 행인들에게 몇 번이고 그렇게 물어보았다. 그러나 행인들은 여전히 경계하는 눈빛과 함께 고개를 가로저었다. 노인의 행색이 아무래도 행인들에게 예사롭게 보이지는 않았다. 노인은 달빛촌의 조산소로 걸음을 재촉했다. 조산소는 그곳 달빛촌에서는 비교적 세련되고 우람한 건물이었다. 몇 해 전, 당국의 사회복지 정책 일환으로 기존의 건물에다 이 삼층을 더 올려 확장한 것인데 그래도 미흡하기는 아직도 마찬가지였다. 노인이 조산소의 정문을 들어설 때에도 몇몇의 산모(産母)들이 투덜대며 병원 문을 나서고 있었다.

"이 여자를 못 봤소?"

노인은 몽타주를 꺼내 근무자들에게 보이며 떨리는 듯한 목소리로 물었다.

"아, 아뇨."

그들은 놀람과 함께 경계하는 표정으로 고개를 가로저었다. 노인의 얼굴이 여전히 수심으로 가득 차 있었다.

"이 여자의 출산을 막아야 하오!"

노인이 당부하듯 말했다. 그러나 근무자들은 한마디의 대꾸도 하지 않았다. 그들은 그저 어이없다는 표정이었다. 노인은 심드렁히 조산소를 걸어 나왔다.

달빛촌의 거리거리는 다소 쓸쓸해져 있었으나 여전히 취객들의 고함 소리가 여기저기서 청각 신경을 울렸다. 호각을 불어대며 급히 뛰어가는 경찰들의 구두굽 소리가 말발굽 소리처럼 들려왔다. 달이 지고 서서히 햇발이 보이기 시작하면서 노인의 모습은 눈에 띄지 않았다. 노인은 달이 산마루를 넘어 자취를 감춘 어느 순간에 흔적도 없이 사라져 버렸다. 달빛촌의 사람들 중 낮 동안 괴 노인을 보았다는 사람은 아무도 없었다.

그러나 달빛촌의 추레한 골목 관절뼈들을 뚫고 노인에 관한 얘기가 사불급설[7]로 파다하게 퍼져나가고 있었다. 노인은 괴이하게 생긴 몽타주 한 장을 들고 다니면서 여자를 찾고 있으며 그 여자의 출산(出産)을 막아야 한다고 미치광이처럼 외고 다닌다는 소문이 입에서 입으로 전해지고 있는 것이었다.

---

7) 사불급설 : 네 마리 말이 끄는 수레도 사람의 혀에 미치지 못하니 말을 할 때 신중하란 뜻.

3

밤이 되고 달이 오르면서 노인은 또다시 모습을 드러냈다. 달빛촌의 시장통 우측이었다. 밤이면 언제나 고성방가가 끊이지 않고 하루에 꼭 한 번은 소동이 일어나는 달빛촌의 1번가였다. 허름하지만 그런대로 인간이 즐길 수 있는 것은 모두 갖춘 룸살롱을 비롯해 지하도박장, 밀실 카페, 여인숙, 선술집 따위가 즐비하게 늘어선 거리였다.

"저주받은 자들이 올 수 있는 곳이로군!"

노인은 중얼거리면서 삐걱거리는 나무계단을 천천히 밟아 내려갔다. 어느 지하도박장이었다. 강파리한 두 명의 사내가 도박장 입구에 서 있었다. 두 사람 모두 유별나게 키가 커보였다. 그들의 눈은 살기(殺氣)로 가득 차 있었다.

"아 아니 그 영감탱이 아냐?"

하고 칼자국의 얼굴이 투정을 부리듯 입을 열었다.

"여긴 뭐 하러 나타났수?"

"왜 내가 못 올 데를 왔소?"

노인은 미간을 좁히며 되물었다. 그의 목소리가 되우 걸기에 차 있었다. 그가 안으로 들어가려 하자 빨간 문신의 사내가 노인의 손회목을 덥석 움켜잡았다.

"여길 나가시오!"

노인이 어이없다는 듯 허, 하고 가는 숨을 내뱉으며 잡혔던 손회목을 자신의 앙가슴 쪽으로 힘껏 끌어당기자 빨간 문신의 사내가 힘없이 노인 쪽으로 쓰러졌다.

"미안하오, 젊은이! 나는 다만 이 여자를 찾고 있을 뿐이오!"

노인이 몽타주를 꺼내 두 사내 앞에 들이밀었다. 그때 도박장 안으로부터 싸움박질하는 소리가 들려 나왔고, 서너 명이 도박장으로 들어오는 것인지 기분 나쁜 나무계단 소리가 노인의 등 쪽에서 들리고 있었다. 칼자국의 사내가 몽타주를 보고 흠칫 놀라며 고개를 갸웃거렸다.

"가발을 썼을 수도 있소."

노인은 떠들썩한 도박장 안을 얼핏얼핏 살피며 사내에게 말했다. 칼자국의 사내가 노인의 손에서 몽타주를 받아들고 무엇인가 골똘히 생각하고 있었다. 빨간 문신은 살기(殺氣)를 띤 눈으로 노인의 어깨너머를 주시하고 있었다. 바로 그때였다. 둔탁하게 '퍽!' 하는 소리와 함께 괴 노인이 취한 듯 비틀거렸다. 노인은 곧 물매 맞은 시라소니처럼 바닥으로 허물어져 내렸다. 대여섯 명의 건장한 사내들이 통쾌한 얼굴로 노인을 내려다보고 있었다.

"없애버려!"

노인의 머리채를 끌고 두 명의 사내가 안으로 들어갔다. 도박장 안이 갑자기 조용해졌다.

"못된 영감탱이 같으니…."

어깨(두목)로 보이는 사내가 눈꼬리를 치켜세우며 혼잣말처럼 중얼거렸다. 그 사내는 뭔가 결심을 하듯 자르듯이 입을 열었다.

"가위를 가져와!"

"네 형님!"

일순 도박장 안이 태고(太古)처럼 고요해졌다. 사내들의 호흡도 멈추는 듯했다. 먼지 내려앉는 소리가 들리는 것도 같았다. 노인이 가볍게 꿈틀거렸다. 도박장 안이 긴장감으로 정지된 느낌이었다. 날카롭게 살점을 찢는 듯이 '싹 뚝!'하는 소리와 함께 노인의 머리칼이 순식간에 잘려나갔다. 허리 끝까지 늘어진 노인의 백발은 이제 목 언저리에서 찰랑거리고 있었다. 노인의 얼굴이 까닭 모르게 창백해졌다. 노인의 입술이 가늘게 떨리면서 혀가 타들고 있었다. 노인은 간신히 신음을 토하며 속으로 '그 여자'를 부르짖고 있었다.

노인이 한 가닥씩 의식을 회복하기 시작한 것은 그날 새벽녘이었다. 그는 온몸에 차가운 냉기와 짓누르는 통증을 느끼면서 눈을 떴다. 조붓한 골방이었다. 게슴츠레한 불빛이 비릿하고 퀴퀴한 냄새와 함께 노인의 얼굴로 떨어져 더께처럼 쌓이고 있었다.

"영감님, 정신이 좀 드십니까?"

젊은 사내의 목소리였다. 그 목소리가 노인의 귀에 낯설지 않았다.

"여기가 어디요?" 하고 물으며 노인은 천천히 상체를 일으켜 세웠다.

"영감님! 절 알아보시겠습니까?"

사내가 묻자 노인은 게슴츠레한 눈으로 사내를 쳐다보았다. 사내는 안도의 한숨을 뿜어내며 노인의 허리를 부축했다.

"젊은이 시장통 싸움판에서 봤던…?"

"마 맞습니다. 영감님! 이제 기억이 돌아오셨군요. 그땐 정말 고마웠습니다."

"처, 천만에요. 그런데 도대체 어찌된 영문이오?"

노인이 알 수 없다는 듯 의아한 얼굴로 물었다.

"지하도박장이 기억나십니까?"

"그렇소, 내가 도박장 정문에서 사내들과 실랑이 벌였던 일이 기억나오."

노인은 기억을 더듬어내듯 눈을 감았다. 걸때가 커 보였던 바로 이 사내가 건달패들 무리에 둘러싸여 위기에 처해 있었던 모습이 떠올랐다.

"노인께서 그치들한테 당하신 겁니다. 시장통에서 영감님께 당했던 대갚음을 한 거죠."

"어렴풋이 기억이 나는군!"

"그치들이 영감님의 머리를 자르고 비밀창고에 쳐넣었던 것입니다."

노인의 얼굴이 휴지조각처럼 일그러졌다. 노인은 고개를 좌우로 돌려 어깨를 내려다보았다. 순간 그의 입에서 경악하는 소리가 터져 나왔다.

"이, 이럴 수가…. 짐승 같은 놈들!"

노인은 참담한 표정이었다. 그는 자신의 부주의를 자조(自嘲)[8]하면서 세상에 내려오기 전에 받은 계(戒)를 떠올렸다.

─네게 내리는 초인적 힘은 너의 긴 머리와 푸른 눈과 손끝으로부터 나오는 것이니 머리채를 잡히거나 잘리지 말며 낮의 활동을 삼가며 누구에게든 손회목을 주어서는 안 될 것이라. 여기 몽타주가 있다. 이 여자가 바로 타락과 부패와 죄악의 온상이니라. 그럼, 어서 여자를 찾아 떠나라.

노인은 이를 앙다물었다. 앙다문 채로 몽타주와 그 사내들을 떠올렸다. 노인은 살품과 괴춤을 샅샅이 더듬었다. 그러나 몽타주는 손에 잡히지 않았다.

"아, 아니, 이거 정말 낭패로군!"

───────────

8) 자조 : 스스로 자기를 비웃음.

노인은 정말 곤혹스러운 표정이었다.

"뭐가 말씀입니까?"

"놈들이 여자의 몽타주를 가져갔소."

"여자의 몽타주요? 이 이거 말씀이신가요?"

젊은 사내는 안주머니에서 꾸깃꾸깃해진 종이 한 장을 꺼내 펼쳐보였다.

"아, 아니…."

노인이 놀라며 물었다.

"그게 왜 젊은이한테 있소?"

"지하도박장에서 놈들한테 빼앗은 거요."

"고 고맙소! 그런데 대체 젊은인 그자들과 어떤 관계요?"

노인이 의아한 눈빛으로 사내에게 물었다. 사내가 조금 뜸을 들이다가 대답했다.

"영감님! 용서하십쇼. 저도 그전엔 그치들과 한패거리였죠."

사내는 담배 하나를 꺼내 불을 붙였다. 그리고 계속해 나갔다.

"도박은 물론 마약밀수, 강도, 강간, 폭력, 살인 등, 온갖 죄악을 일삼은 야쿠자 조직이었죠, 저는 얼마 전까지 그 조직의 오야붕[9]이었습니다. 주먹 세계에서는 아직도 이 흑귀자(黑鬼子)하면 모르는 사람이 없죠."

사내의 말에 노인은 놀라면서도 고개를 끄덕이며 진지하게 듣고 있었다. 고개를 끄덕일 때 중간에서 잘려나간 노인의 기다란 머리가 불빛에 허허롭게 흔들렸다. 흑귀자의 말이 계속되고 있었다.

---

9) 오야붕 : 두목의 비표준어. 親(부모)에 책임의 뜻인 일본말 分이 합쳐진 말. 꼬붕은 부하.

"그런데 어느 날 홀연히 한 여자가 우리 조직에 들어왔소. 나부룩한 금발머리에 눈과 피부가 유난히 푸른빛을 띤 여자였죠. 그 여자는 손에 항상 검은 장갑을 착용하고 있었는데 우리는 그 여자를 '검은 장갑'이라 불렀소."

노인의 얼굴에 갑자기 생기가 돌았다. 노인은 자세를 고쳐 앉으면서 사내의 애기에 말시답을 한번 주고 있었다.

"검은 장갑이라…. 거 참 독특한 이름이오."

사내는 담배를 한 모금 길게 빨아들였다. 그리고 휴우 하고 천장 머리로 연기를 쏘아 올렸다. 연기가 구름 꽃처럼 푸슬푸슬 피어올랐다가 낮은 천정에 부딪혀 사방으로 흩어지고 있었다. 흑귀자란 사내가 말을 이어나갔다.

"그런데 내가 그 여자를 사랑하게 된 겁니다. 뭐 뭐랄까, 그녀에게서 대단한 매력을 느낀 거죠. 그 여자는 초인적인 힘을 지니고 있었습니다. 이를테면, 도박판에서 화투장이나 포커를 꿰뚫어 보는 것이라든가, 연약한 몸에서 나오는 막대한 힘, 언젠가는 우리 조직 중 세 명의 사내가 그녀의 한주먹에 넉장거리[10]가 되었던 적도 있었죠. 정확하게 그때부터 사랑을 느끼기 시작했습니다."

노인은 시선을 천정의 한 모서리에 고정시키고 있었다. 그리고 청각신경을 곤두세우고 사내의 애기를 경청하고 있었다. 사내는 오랜 옛 추억을 되짚어 나가듯이 간혹 지그시 눈까지 감아가며 입을 열었다.

"그 여자는 제 마음까지도 읽고 있었던 것 같습니다. 저는 그 여자를 진실로 사랑했습니다. 결국 그 여자는 저를 받아들였던 거예요. 우

---

10) 넉장거리 : 네 활개를 벌리고 뒤로 벌렁 나자빠지는 모양.

리는 뜨겁게 사랑했습니다. 그 후 그녀는 제 아이를 잉태하게 되었습니다. 그런데 영감님! 어느 날인가, 그녀는 갑자기 행방을 감춰버린 겁니다. 야쿠자 패들은 그때부터 저를 구박했죠. 뭐, 그 여자를 몰래 빼돌렸다는 겁니다."

노인의 얼굴에 묘한 감정의 물결이 일고 있었다. 노인은 시선을 여전히 천정에 고정시킨 채 어두운 목소리로 사내에게 물었다.

"그럼, 젊으닌 지금 그 여자가 어디 있다고 생각하오?"

"글쎄요. 출산 예정일도 가까울 텐데 모, 모를 일이죠. 애당초 그 여자에겐 비밀스러운 데가 너무 많았으니까요."

"무슨 비밀 말이요?" 하고 노인이 흑귀자에게 물었다. 노인은 선계에서 쫓겨나온 몽타주의 여자가 분명할 거라고 생각하면서 사내에게 물었던 것이다.

"그 여자는 철저하게 야행성이었습니다. 이상한 것은 제가 아직까지 그녀를 낮에는 한 번도 본 적이 없었다는 겁니다."

순간, 노인은 시선을 사내에게로 돌렸다. 노인의 눈빛이 푸른 광선처럼 빛나고 있었다. 노인은 흑귀자가 만난 바로 그녀가 자신이 찾고 있는 몽타주의 여자라고 믿고 있었다. 노인이 다그치듯 물었다.

"여자의 발가락을 보았소?"

사내는 고개를 저었다.

"손가락은 본 적이 있소?"

"아, 아뇨. 그녀는 언제나 검은 장갑을 착용하고 있었소. 우리가 사랑의 행위를 나눌 때조차도 병적으로 말입니다. 그런데 영감님! 왜 그런 걸 묻는 겁니까?"

노인은 약간 주저하다가 머뭇머뭇 대답했다.

"어쩌면 그 여자가 내가 찾고 있는 여자일지도 모른다는 생각이 들어서요."

노인의 대답에 흑귀자란 사내는 당혹스러움과 놀람을 감추지 못하면서 다소 볼멘소리[11]로 언성을 높여 묻고 있었다.

"네? 그럼, 이 몽타주의 주인공이 바로 그 여자라는 말씀이오?"

"꼭 그런 건 아니지만, 가능성을 배제할 수는 없을 것 같소."

"집어 치우시오 노인장! 생명을 구해줬더니 못하는 소리가 없소!"

사내는 창졸간[12] 자리에서 일어섰다. 일어선 채로 한번 노인을 노려보았다. 사내의 눈에서는 섬광 같은 불빛이 일고 있었다. 위기에서 구해주니 오히려 자신을 위기에 빠뜨리고 있다는 생각을 사내는 하고 있었다. 노인의 대꾸에 성이 차지 않는 투로 사내가 여전히 퉁명스럽게 물었다.

"노인의 정체는 대체 뭐요?"

"차츰 알게 될게요, 젊은이!"

노인의 대답은 망설임이 없었다. 노인의 말투는 역시 진중했다. 마치 뒤에 일어날 엄청난 일들을 예상이라도 하듯 또박또박 말을 했다. 흑귀자의 의문은 그래서 더욱 커질 수밖에 없었던 것이다.

"몽타주의 여자에 관해 말씀해 주시겠소?"

노인은 구겨진 몽타주를 사내 앞에 펼쳐들었다. 그런 다음 선을 긋듯 분명한 어조로 천천히 입을 열었다.

"젊은이, 이 여자는 이 세상 사람이 아니오!"

---

11) 볼멘소리 : 불만, 짜증으로 퉁명스럽게 하는 말투.

12) 창졸간 : 미처 피할 수 없을 정도로 급작스러운 사이.

"네에?" 하고 사내가 놀란 듯 물었다. 흑귀자의 눈 밑이 가늘게 떨리고 있었다. 노인의 말을 믿을 수 없다는 표정이었다.

"그럼, 밤 귀신이라도 된다는 말씀이오?"

"아니오. 이 여자는 바로 선계(仙界)에서 내려왔소."

"선계요? 하하하….."

노인의 거침없는 대답에 사내는 한바탕 호탕하게 웃고 나서 노인을 향해 야슬거렸다. 흑귀자의 웃음에서 노인의 농담을 받아줄 만한 여유란 찾아보기 어려웠다. 흑귀자의 말투가 퉁명스럽게 전등 밑에 툭 떨어지고 있었다.

"영감님께서 농(弄)[13]을 즐기시는군요."

사내의 말에 노인은 자리에서 불쑥 일어섰다. 전등 불빛 아래 펼쳐진 노인의 모습은 여전히 괴상한 모습이었다. 그러나 노인은 여전히 진지한 태도로 사내를 향해 입을 열었다.

"선계(仙界)에서 저주를 받았소. 이 여자는 원래 월국왕(月國王)의 시비(侍婢:시중드는 여자)였소만, 선계에서 그만 불륜을 저지른 거요. 그 죄악으로 월국왕의 저주를 받아 세상에 떨어진 거요. 그런데 그 죄악의 불씨가 무엇인지 알겠소?"

노인의 말을 흑귀자는 여전히 이해할 수 없다는 표정이었지만 노인의 진지한 태도에 다소 호기심을 갖기 시작했다. 사내가 노인을 향해 자르듯이 물었다.

"그게 뭡니까?"

흑귀자의 말투에는 노인의 말을 결코 믿을 수가 없다는 의심으로 가

---

13) 농 : 실없는 장난.

득 차 있었다. 노인의 진지한 말투와는 완전히 대조적이었다. 노인과 사내가 하나의 진실을 가지고 상반된 주장을 주고받고 하는 양상이었기 때문이다.

"그건 바로 후세에 관한 것이오. 그 여자가 아이를 잉태하고 그 아이가 세상의 빛을 보면 천상(天上)에서 푸른 피가 소낙비처럼 쏟아져 타락과 부패와 죄악의 씨앗을 움트게 하는 것이오."

노인의 말이 너무도 진지하고 표정에서 또한 거짓의 포자 냄새를 전혀 맡을 수가 없었기에 사내의 얼굴은 순간 백지장처럼 하얗게 굳어들었다. 그는 예리한 눈으로 노인을 한번 쏘아보았다.

"그럼, 영감님도 선계에서 내려온 거요?"

"그렇소, 젊은이! 당신의 여자가 내가 찾는 여자가 아니길 바라오. 그럼, 실례하겠소!"

노인은 무엇에 쫓기는 듯한 모습으로 황급히 밖으로 나갔다. 사내는 몹시 긴장된 얼굴로 노인의 뒤를 따르고 있었다. 그러나 달이 지는 어느 순간에 노인은 홀연히 자취를 감추어버렸다. 달빛촌의 습한 사타구니에 햇살이 밝아오면서 노인의 모습은 보이지 않았다. 흑귀자는 노인의 행방을 나름으로 열심히 수소문 해보았지만 낮에 달빛촌의 어디에서도 노인을 보았다는 사람은 만나지 못했다.

4

달빛촌에 이상한 소문이 나돌기 시작했다. 소문은 여름날 잔치 끝에 호열자 번지듯 순식간에 달빛촌의 전역을 잠식하고 있었다. 소문의 내용은 이러했다. 작일(昨日) 밤 10시경, 달빛촌의 조산소에서 푸른 눈에 금발의 여자가 갈매빛의 아이를 낳았는데, 금일(今日) 새벽 동틀 무렵, 아이를 버려두고 어디론가 사라져버렸다는 내용이었다. 이러한 소문이 단 하루 만에 달빛촌 전역에 퍼져나갔다.

근동의 한쪽 귀퉁이마저 소문으로 들썽거리기 시작하던 밤 10시경, 노인은 다시 홀연히 모습을 드러냈다. 노인은 거리의 사빗군(곱추)으로 부터 그 소문을 접한 뒤에 시장통 조산소 부근에서 그곳의 동태를 살피고 있었다. 노인을 보았던 사람들은 이제 노인의 짧아진 머리를 관심 있게 쳐다보았다. 그럴 때마다 노인은 거북살스러운 듯 마른기침을 컥컥 뱉어내거나 밤하늘에 그림처럼 매달려 있는 만월(滿月)을 덤덤히 바라보곤 하였다.

노인이 만월로부터 시선을 거두어 다시 시선을 조산소의 정문으로 보내고 있었다. 지하도박장에서 노인을 구출했던 '흑귀자'라는 사내가 잰걸음으로 조산소 정문을 들어서고 있었다. 노인은 흠칫 놀라며 황급히 흑귀자의 뒤를 따랐다.

"그렇군!" 하고 노인은 혼잣말로 중얼거렸다. "내가 찾는 여자가 바로 검은 장갑이로군!"

노인은 흑귀자의 뒤를 쫓아 만월의 달빛을 가로질렀다. 달빛이 조산소의 뜨락에 이내처럼 내려 쌓이고 있었다. 흑귀자는 조산소의 계단을 쏜살같이 오르고 있었다. 흑귀자는 2층으로 연결된 복도 계단에서 잠시 숨을 몰아쉬는 듯하더니, 다소 속도를 줄여 또박또박 걷고 있었다. 노인은 흑귀자의 뒤를 조심스럽게 따르고 있었다. 노인의 얼굴이 어떤 뜨거운 흥분으로 들썩거리는 것 같았다.

흑귀자는 2층 복도의 중간쯤에서 우뚝 걸음을 멈춰 섰다. 노인은 재빨리 어둑한 바람벽에 몸을 붙인 채 흑귀자를 살피고 있었다. 흑귀자는 밤도둑이 주위를 살피듯 빙 한번 살피고 나서 문을 열고 조산실로 들어가 버렸다. 노인은 천천히 조산실 입구 쪽으로 걸음을 옮겼다. 까닭 모를 설렘과 불안과 초조가 한꺼번에 엄습해 왔다.

"저 아이가 세상의 빛을 보면 이 땅 위에 저주가 내린다!"

노인은 혼잣말로 중얼거렸다.

"없애버려야 한다!"

노인은 문의 손잡이를 잡았다. 그것을 왼쪽으로 살며시 돌렸다. 안쪽에서 잠갔던 것인지 꿈쩍도 하지 않았다. 그런데 바로 그때였다.

"누, 누구시죠?"

하고 노인의 등 뒤에서 가느다란 여자의 목소리가 들렸다. 노인은 창졸간 당황하여 무의식적으로 고개를 돌렸다. 노인의 등 뒤로 흰색 가운을 걸친 소담스런 여자가 서 있었다. 머리에 캡을 두른 간호사였던 것이다. 그녀는 그 괴 노인을 알아차린 모양으로 부들[14]처럼 파르르 떨고 있었다. 노인은 문의 손잡이로부터 천천히 손을 뗐다. 그리고

---

14) 부들 : 늪이나 연못가에 자생하는 가늘고 기다란 풀.

목소리를 아주 낮춰 속삭이듯 간호사에게 말했다.

"저 아이는 저주의 씨앗이오. 아이를 죽여 없애야 하오!"

간호사의 낯빛이 칠색 팔색의 모습으로 변했다. 노인의 말을 듣고 입을 제대로 달싹거리지 못했다. 간호사가 문을 열고 조산실로 들어갔지만 노인은 그냥 호실 앞에서 방향을 틀어 복도 끝으로 걸어갔다. 그리하여 복도의 저쪽 끝에서 유심히 호실 쪽의 동태를 살피고 있었다.

노인이 살피고 있는 조산실 문이 조심스레 열렸다. 간호사가 산모로 보이는 여자를 부축하여 나오고 있었다. 여자는 간호사에게 몸을 내맡긴 채 뚝발이처럼 불안하게 걸음을 떼고 있었다. 그 여자는 특이하게도 검은 장갑을 착용하고 있었는데 그것은 속이 보일락 말락 할 정도로 얇은 실크 장갑이었다.

"틀림없군!"

노인은 혼잣말처럼 중얼거리며 입가에 엷은 웃음을 지었다. 간호사와 여자의 모습이 반대편 복도 너머로 사라져 버리자 노인은 잰걸음으로 다시 그 호실 쪽으로 걸었다. 그리고 곧 떨리는 손으로 문의 손잡이를 잡았다. 손잡이를 왼쪽으로 돌렸다. 찰칵, 하고 걸림쇠 돌아가는 소리가 들렸다. 조산실 문이 조심스레 열리고 있었다. 문은 안쪽의 상황을 쉽게 보여주지 않겠다는 듯 아주 천천히 움직였다. 조산실 안에서는 갓 태어난 듯해 보이는 아이가 요란하게 울고 있었다. 아이의 울음소리는 하나도 정겹지가 않고 까닭모를 긴장감이 묻어 있었다. 아이의 울음소리는 밤의 어둠을 펄럭이며 돌진하는 아귀(餓鬼)[15]의 울음소리 같기도 하였다. 노인의 표정에는 비장함이 묻어 있었다.

---

15) 아귀 : 탐욕, 질투로 죽어 아귀지옥에 가는 사람의 영혼.

"대단한 놈이로군! 저 아이를 동트기 전에 죽여 없애야 한다!"

노인은 속엣말로 소리치며 아이를 향해 힘껏 걸음을 떼고 있었다. 그런데 바로 그때 흑귀자가 기다렸다는 듯 노인을 맞았다.

"어서 오시오, 노인장!"

노인은 개의치 않고 울고 있는 아이에게로 성큼성큼 다가갔다. 아이의 피부 빛깔이 유난히 푸르러 보였다.

"틀림없군!"

노인은 속으로 중얼거렸다. 순간, 아이의 울음소리가 이승의 마지막을 준비하듯이 거짓말처럼 잠잠해졌다.

"젊은이, 미안하오! 하지만 세상을 위해선 어쩔 수 없소!"

노인은 아이의 얼굴을 그윽이 한번 내려다보았다. 아이가 배냇짓을 하는지 울음소리에 어울리지 않게 천사같이 한번 웃었다. 노인은 입술을 지그시 깨어 물었다. 흑귀자는 잔뜩 긴장된 표정으로 노인을 바라보고 있었다. 노인은 두 손을 천천히 아이의 목울대로 가져갔다. 아이가 방싯 웃었다. 바로 그때였다.

"하하하…."

노인의 등 뒤에서 흑귀자가 큰 소리로 웃었다. 치소(癡笑)[16]가 묻은 웃음이었다. 노인은 흑귀자의 태도에 아연 놀라며 아이의 목울대로 가져가던 손을 엉거주춤 멈췄다. 그리고는 흑귀자를 빤히 쳐다보았다.

"이 아이가 영감님이 찾고 있는 바로 그 아이라고 생각하오?"

"그럼 아니란 말이오? 난, 젊은이 여자가 바로 내가 찾고 있는 몽타주의 여자일 거라는 확신을 얻었소!"

---

16) 치소 : 무시하듯 빈정거리는 웃음.

"하하하…." 하고 흑귀자가 치소를 섞어 한바탕 웃었다. 바로 그때, 조산실 문이 열리고 아까 여기에서 나갔던 그 산모가 간호사와 함께 들어왔다. 산모는 여전히 간호사한테 몸을 의지하고 있었다. 산모의 눈과 피부가 유난히 푸르렀다. 머리는 나부룩한 금발이었다. 흑귀자가 산모를 향해 말했다.

"검은 장갑! 내가 말한 사람이 바로 이 노인장이오! 당신이 선계의 여자라고 착각을 하고 있는 모양이오."

산모는 흠칫 놀란 듯 순간적으로 입을 볼품없이 벌리고 있었다. 노인이 산모에게 심드렁히 물었다.

"사실을 말해주시겠소?"

"허웃…."

여자가 어이없다는 투로 이죽거렸다.

"… 선계라뇨? 무슨 해괴한 말씀인가요? 나는 선계가 어디 있는 줄도 모른다구요."

"그럼, 그 검은 장갑을 한번 벗어주시겠소?"

여자는 매우 자신감 있는 태도로 손에 착용하고 있던 얄따란 검은 장갑을 천천히 벗겨냈다. 그러나 노인이 보기에도 그녀의 손가락은 아무렇지도 않았다.

"이, 이럴 수가…."

노인의 입술이 파르르 떨렸다.

"… 도대체 그 검은 장갑은?"

여자는 캐비닛 위에 놓여 있는 은색의 물주전자를 집어 들어 몇 번 물을 들이켰다. 그리고 몹시 서먹한 태도로 입을 열었다.

"나는 도박꾼이예요. 도박꾼은 손끝의 감각이 생명이죠. 검은 장갑은 바로 손끝의 감각을 조금이라도 무디게 하고 싶지 않아서 착용한 거죠. 그리고 우리 같은 도박꾼들 원래가 지독한 야행성이죠."

노인은 계면쩍은 듯 머리를 한번 긁적거렸다. 흑귀자가 우쭐한 태도로 어깨를 추켜세웠다. 노인은 창 쪽으로 얼마간 시선을 주었다가 간호사를 향해 마치 동굴에서 소리가 울려날 때의 목소리로 말을 이었다.

"소문을 들었소. 손발의 끝마디가 잘려나간 여자가 이곳 조산소에서 아이를 낳았다는….."

노인의 말을 가로채며 간호사가 불쑥 끼어들었다.

"마, 맞아요! 그 여자가 이상해요. 어쩐지 외계인 같다는 느낌을 받았어요. 어제 새벽에도 어디론가 사라졌다가 저녁때 다시 나타났어요. 그런데 그 아이도 보통 아이들과는 다른 것 같아요! 푸른 눈에 살기(殺氣)를 띠고 마치 작은 악마처럼 보였어요. 특히 피부 색깔이 찐한 갈매빛을 띠고 있었어요! "

"틀림없는 것 같소! 자 다시 한번 이걸 보아주시오!"

노인은 샅품에서 몽타주를 꺼내 보여주면서 서두르듯 말을 이었다.

"이 여자가 바로 내가 찾는 여자요! 근데 그 여자는 지금 어디 있소?"

"위층에 있어요, 308호실!"

간호사는 긴장된 마음을 애써 누르면서 자르듯이 대답했다. 그런데 바로 그 순간 간호사와 흑귀자의 시선이 잠시 마주쳤다. 그들은 어떤 속내가 있는 것인지 눈치 채지 못하게 머리를 몇 번 주억거렸다. 노인은 그들 사이에 오가는 의미 모를 눈짓을 빠르게 읽었다.

"고, 고맙소! 젊은이의 득아(得兒)를 축하하오! 아이를 잘 기르시오!

그럼….”

　노인은 작별을 고하듯 흑귀자에게 격려와 당부를 동시에 하면서 도
포 자락을 펄럭이며 돌아서고 있었다. 노인은 조산실에서 황급히 걸어
나와 충간의 계단 아래 잠시 머뭇거렸다. 노인의 머리 위로 형광등 불
빛이 파랗게 쏟아지고 있었다. 노인은 긴장된 마음을 털어내기라도 하
듯 온몸을 한번 털어내고 빠르게 움직이기 시작했다.

　노인은 단숨에 3층으로 걸어 올라갔다. 조산소의 복도에는 낮은 포
복을 하듯 억눌린 긴장감이 엄습하고 있었다. 이따금씩 하얀 환자복을
입은 산모들이 기력 없는 모습으로 복도를 걸어 다니는 모습이 보였
다.

　308호실! 그렇게 써진 조산실 표지판 위에도 졸리는 불빛이 납작 엎
드려 있었다. 불빛 아래 걷는 노인의 모습은 마치 배경이 잘못 설정된
무릉도원의 동양화 같은 모습이었다. 급조된 손으로 노인은 308호실
문을 열쳤다.

　“꼼짝 마!”

　예상 밖이었다. 노인이 문을 열치고 308호 조산실 안으로 들어서는
순간, 조산실 안의 양쪽 귀퉁이에서 집총을 한 네 명의 경관들이 노인
을 향해 소리쳤다. 노인은 일순 놀랐으나 바로 자세를 가다듬고 조산
실 안쪽을 한번 훑어보았다.

　“아!”

　아이가 누워있는 쪽으로 시선을 던진 순간 노인은 저도 모르게 경악
하고 있었다. 침대 위에는 유독 푸른 빛 피부를 지닌 아이가 평화로이

잠들어 있었지만 어떤 이물스러움이[17] 사방을 에워싸 버리고 있었다. 그래서 노인은 저도 모르게 날카로운 소리를 토해낼 수밖에 없었던 것이다. 아이 곁으로 장갑을 낀 이국적으로 보이는 여자가 엉거주춤 앉아 있었는데 그녀는 이미 하얗게 질려 있었다. 노인이 경찰들을 향해 소리쳤다.

"그 총을 거두시오!"

경찰들 중 강파르게 생긴 사람이 단호히 입을 열었다.

"당신을 연행하겠소, 상부의 지시오!"

"흐읍…. 연행?"

노인이 경찰을 비웃으며 말했다. 노인의 잘려나간 단발머리 위에서 형광등 불빛이 위잉 위잉 슬픈 아기 울음 같은 소리로 울고 있었다.

"… 대체 죄명이 뭐요?"

"그건 모르오, 우린 상부의 지시에 따를 뿐이오! "

"상부의 지시? 으하하하…."

하고 노인은 통쾌히 웃어제쳤다. 노인은 오히려 그들을 설득하고자 했다. 네 명의 경찰관들 앞에서 노인은 전혀 주눅이 들지 않고 당당한 모습이었다. 노인의 말투는 어느새 훈계하는 식이었다. 노인의 목소리가 마치 수천 년을 기다렸다가 하산한 도인의 목소리처럼 쩌렁쩌렁하게 울렸다. 하늘에서 지상에 보내는 천년 세월의 감금에서 해제된 금기의 메시지처럼 경건하고 웅장한 소리였다.

"당신들은 배알이 없소? 벗으라면 벗고 죽으라면 죽을 텐가? 그래, 확실한 죄명도 없이 누굴 연행하겠다는 거야? 나를 심판할 자가 이 세

---

17) 이물스러움 : 성질이 음탕해 속을 헤아리기 어려움.

상에는 없다. 세상을 구하러 온 투사를 연행하다니 이게 대체 어느 나라 법이더냐? 가서 일러라. 나를 연행하려거든 선계로 오라고 해!"

노인은 다소 불콰해진[18] 얼굴로 아이를 향해 천천히 걸음을 옮겼다. 경찰이 노인을 저지했으나 노인은 눈꼬리를 날카롭게 치켜세우며 멈춤 없이 침대 쪽으로 발을 뗐다. 침대 위의 여자는 파랗게 질린 채 아이를 망연히 바라보고 있을 뿐이었다.

네 명의 경찰이 한꺼번에 노인을 저지했다. 노인의 앞을 가로막아 서며 일시에 뒤쪽으로 떠밀었다. 그러나 상황은 달라져 있었다. 노인이 두 손으로 경찰들을 세게 잡아 뿌리자 그들 중 둘은 순식간에 제자리에 쓰러졌고 나머지 둘은 취객처럼 비틀거리다가 가까스로 자세를 바로잡았다.

그들은 이제 노인에게 덤벼들 용기를 잃어버린 모양이었다. 그럴 것이, 노인의 눈에서 레이저 같은 푸른 광선이 흘러나왔기 때문이다. 또한 노인의 손끝에서 넷이서 감당하기 힘든 무시무시한 힘이 나온다는 사실을 경찰들은 이미 느끼고 있었다. 범상치 않은 괴 노인임을 단 한 번의 결투를 통해 알아차렸던 것이다. 노인은 손끝을 습관처럼 툴툴 털고 나서 마치 메시지를 전하듯 한마디 내뱉었다. 노인의 입에서 튀어나온 말은 어둠의 동굴 끝에 굴절 되어 메아리치는 소리처럼 웅장하고 엄숙하게 들리고 있었다.

"정의를 무너뜨릴 것은 이 세상에 아무것도 없다!"

노인은 성큼 아이에게로 다가갔다. 그리고 여자를 한번 꿰뚫어 보듯 쏘아보았다.

---

18) 불콰하다 : 술기운이 올라오거나 혈기가 돌아 불그레하다.

"회개하시오! 당신이 회개하지 않는 한 세상이 온전치 못할 것이요! 당신 아이의 몸에는 타락과 부패와 죄악의 피가 흐르고 있소! 나는 이 아이를 죽여야 하오! 그게 바로 내가 이 세상에 내려온 사명이오! 부디 용서를 바라겠소!"

여자는 노인의 말에 체념의 빛을 띠면서도 시선은 여전히 죽은 듯 잠들어 있는 아이의 얼굴에 박혀 있었다. 그녀의 눈이 짙은 갈매빛을 띠고 있었다. 네 명의 경찰들은 겁먹은 얼굴로 노인으로부터 얼마간 떨어져 있었다. 아이는 여전히 본능적인 잠에 빠져있었다. 아이의 피부 빛깔이 흡사 수심 깊은 강물처럼 푸르러 보였다.

노인은 심호흡을 한번 하고 나서 '죽여야 한다!'하고 마음속으로 중얼거렸다. 노인은 아이의 목으로 천천히 손을 가져갔다. 노인의 손마디가 가볍게 떨리고 있었다. 경찰들은 비겁한 모습으로 상대방의 얼굴을 흘긋거리고 있을 뿐으로 노인에게는 더이상 접근하지 못했다.

조산실 창문 너머로 달빛이 쏟아져 내리고 있었다. 만월(滿月)이었다. 308호실 안에는 긴장감이 감돌기 시작했다. 노인의 손이 아이의 목을 조여들기 시작했다. 아이는 한마디의 울음도 울어보지 못하고 발버둥치고 있었다. 바로 그때였다. 휘익! 예리한 비수 하나가 햇살처럼 빛을 번뜩이며 허공을 가르고 있었다. 어느새 당도해 있었던지 흑귀자가 품에서 예리한 칼을 꺼내 노인을 향해 날렸던 것이다. 비수는 노인의 등골에 정확히 꽂혔다. 꽂힌 순간 등골로부터 푸른색의 피가 분수처럼 사방으로 솟구치고 있었다. 그러자 아이의 목으로부터 노인의 손이 차츰 풀리고 있었다.

"정신병자다!"

흑귀자가 노인을 향해 소리쳤다. 경찰들은 노인에게 대항하지 못했다. 그들은 여전히 겁먹은 표정들로 흑귀자를 망연히 바라보고 있었다. 흑귀자의 손에는 또 하나의 예리한 비수가 들려져 있었다. 노인은 등골에 비수가 꽂힌 채로 등을 돌려 흑귀자를 쳐다보았다. 노인은 고통스럽지만 매우 당당한 목소리로 입을 열었다.

"당신들 세상에선 정의를 위해 싸우는 자들을 정신병자로 취급하는군, 젊은이! 정말 나를 배반할 셈인가? "

흑귀자가 의혹에 찬 눈빛으로 입을 놀렸다.

"난 더이상 영감님의 말을 믿을 수가 없소! 어서 여기를 떠나주시오! 나도 은혜를 저버리고 싶지는 않소이다!"

흑귀자가 다시 노인을 향해 비수 하나를 던질 자세를 취했다. 경찰들은 그적에서야 주춤주춤 노인과의 거리를 좁혀왔다. 노인은 흑귀자를 예리하게 한번 쏘아주고 침대 위의 여자에게로 시선을 던졌다. 여자의 입술이 파르르 떨리고 있었다.

그런데 여자가 갑자기 침대로부터 내려와서는 노인한테로 걸어왔다. 여자는 몹시 다리를 잘쏙거렸다. 조산실 내부가 다시금 미묘한 분위기로 출렁거리고 있었다. 간호사와 흑귀자 그리고 네 명의 경찰들이 노인 곁에 바짝 다가선 여자한테 시선을 모았다.

"영감님을 해치지 마시오!" 하고 여자가 말했다.

"우린 선계 사람이오!"

여자는 별안간 머리로 손을 올려 금발의 나부룩한 머리를 움켜쥐었다. 그녀는 마치 헤어 디자이너가 마네킹으로부터 실습용 가발을 벗겨내듯 조심스레 자신의 가발을 벗겨냈던 것이다.

"아!"

여자는 순식간에 삭발한 비구니처럼 변했다. 가발을 벗은 여자의 모습은 바로 몽타주 그대로였던 것이다. 여자의 모습을 목격한 경찰들과 흑귀자, 조산원의 사람들이 우두망찰[19] 놀라고 있었다. 경찰 하나는 당황한 나머지 저도 모르게 총을 겨누고 있었다. 여자는 자신의 죄를 씻으려는 듯 노인의 등골로부터 비수를 뽑아냈다. 그녀가 애원하듯 노인에게 말했다.

"영감님! 제발, 이 아이만은….."

"아, 아니 되오! 이 아이가 세상의 빛을 보면 어찌 되는 줄 아시오?"

"하, 하지만, 이 아이는 내가 세상에 내려와 처음으로 나와 피를 나눈 아이요! 다시는 이 땅에 아이를 잉태하지 않겠소! 제발 부탁이오, 차라리 날 죽이시오!"

여자는 노인 앞에 엎드린 채 흐느끼기 시작했다. 그러나 노인의 태도는 단호했다. 여자의 핏빛 절규와도 같은 애원에 조금도 흔들리지 않았다. 노인은 결연히 입술을 깨물었다. 그리고 살품[20]께로부터 예리한 단검 하나를 꺼내 들었다. 단검의 끝 날이 형광등 불빛에 반사되어 반짝 빛났다. 창문 너머로는 달빛이 교교히 내려앉고 있었다. 사위가 고요했다.

"영감님! 제발 그 아이만은….."

몽타주의 여자가 노인의 삼베 바지통을 잡고 흐느끼고 있었다. 그러나 노인은 눈의 초점을 단검 끝에 주고 있었다. 순간, 획! 하는 소리와 함께 노인이 던진 단검이 정확히 아이의 심장 위에 꽂혔다. 아이의 심장으로부터 한 줄기 푸른빛 피가 천정을 향해 분수처럼 솟구쳐 오르고

---

19) 우두망찰 : 정신이 나가 어찌할 줄 모르는 상태.

20) 살품 : 옷과 가슴 사이의 빈틈.

있었다.

여자는 짤막한 비명을 지르며 그 자리에서 허물어져 내렸다. 노인의 등골에서도 여전히 푸른빛의 피가 분출되고 있었다. 노인은 이 세상을 위해 자신의 피를 완전히 바칠 생각인지 분출되는 피를 보고도 하나도 두려워하지 않았다. 그리고 어느 순간엔가 노인은 재빨리 열린 창틀 위로 올라섰다. 보름달이 비스듬히 창틀 아래로 떨어지면서 눈부시게 주위를 비추고 있었다.

"정신병자다! 살인자를 잡아라!"

노인이 창틀 위로 올라서자 흑귀자가 소리쳤다. 경찰 한 명이 허공을 향해 탕! 하고 한 발의 총성을 울렸다. 꽃병의 안개꽃이 춤추듯 한 번 나부꼈다. 노인은 그때 모든 피를 완전히 세상에 뿌린 다음 달빛 자락을 타고 하늘로 오르고 있었다.

"어! 저, 저길 보라! 노인이 승천(昇天)을 한다!"

이상한 일이었다. 노인이 하늘로 오르고 있었다. 사람들이 믿을 수 없는 일이 눈앞에 펼쳐지고 있었다. 하늘과 맞닿은 달빛 자락 속으로 노인의 모습이 아스라이 멀어져가고 있었다. 사람들은 그런 광경을 물끄러미 쳐다보고 있었다. 그들 머리 위에서 어떤 환청 같은 소리가 웅웅 들려오고 있었다. 이제 땅에는 평화, 하늘엔 영광이 있을지어다!

사람들의 기억 속에 노인의 자취가 오래오래 남기를….

.... 끝

천국에서 P

공권력이 약자의 편에 서지 않고 강자의 편에 편승했던 시절, 이 작품의 주인공은 당시 힘없는 민중들의 모습을 반영하고 있다. 뚜렷한 잘못도 없이 범법자가 되어 투옥되고 감옥에서 사형수들과 양심수들을 만나 경험한 이야기를 주인공의 시선을 통해 분출하는 작품이다. 나 역시 잘못이 없는데도 경찰에 연행되어 팔을 뒤로 꺾어 감금되는 일이 있었고, 밤 12시 통금을 어겨 유치장 신세를 지기도 하였다. 나의 이런 경험과 체험 그리고 1970년대부터 1990년대 암울한 우리 사회의 현실을 직조한 작품이 바로 〈천국에서 P〉다. 아이러니하게도 당시의 청년들이나 지금의 청년들이나 실직을 하고 애절하게 취업을 하려는 모양은 흡사하다. 최근까지 양심수 문제는 매우 중요한 우리 사회의 화두가 되었는데, 이 소설의 주인공이 특별히 '양심수'인 것은 양심수 문제를 환기시키려는 작가의 의도에서 비롯되었다. 그래도 주인공이 작은 중소기업에 취직하는 것을 보면 끝까지 희망의 끈을 놓지 않으려는 인간들의 군상(群像)을 강조하고자 하는 작가의 마음을 읽을 수가 있을 것이다. 또한 작품에서처럼 어떤 세력에 의해 감시당하고 사생활을 침해당하는 현대인들에게 위로의 글이 되기를 바라며, 어두운 시대에 함께 길을 만들고 역사를 만들어가는 사람들이 바로 이 땅에 살아가는 우리라는 것을 깨우쳐주고 싶은 마음으로 집필했다.

지난여름이었다. 비거스랑이가[1] 있긴 했지만, 여전히 흡혈충들이 윙윙거리고 땅풍뎅이가 스적스적 기어들어 아직은 예제없이 여름의 기운들로 가득 차 있었다. 그 여름에 삼수는 형기(刑期)를 모두 마치고 출옥하였다.

"우선 이 방을 함께 쓰세요."

팔초해[2] 보이는 하숙집 주인 여자는 삼수를 5호실로 안내했다. 그녀는 조심스레 문을 열었다. 그리고 코를 벌름거리며 내실 쪽으로 돌아가 버렸다. 코를 벌름거리기는 삼수도 마찬가지였다. 후각을 후벼 파는 듯한 냄새가 방안으로부터 풍속 빠른 바람처럼 훅 퍼져 나왔다. 삼수의 후각은 차츰 기능을 상실해 갔다.

삼수는 마뜩찮은 표정으로 이맛살을 끌어 내렸다. 그러나 정작 그가 못마땅했던 것은 후각을 마비시켜버린 그런 냄새 때문만은 아니었다. 그의 신경을 건드린 것은 그 방 안의 구조였고, 그를 더욱더 우두망찰케 했던 것은 그 방 안에 널부러진 소품들과 갖가지 희한한 곤충들이었다.

방은 비교적 조붓한 편으로 어둡고 음산한 분위기를 연출하고 있었다. 그는 마치 자신이 다시 교도소의 감방으로 처넣어진 느낌이었다. 바람벽의 허리쯤에 밖으로 통하는 창이 있었다. 그러나 창문틀은 없고, 쇠창살이 성기게 가로질러 있었다. 쇠창살 위로 포충망이 둘러져 있었으며, 포충망은 낡은 편이었고, 그 옆으로는 두 개의 뒤웅박[3]이 걸려 있었다. 이상한 것은 그 포충망이 군데군데 동그랗게 도려내져 있

---

1) 비거스랑이 : 비가 온 뒤에 바람이 불고 시원해지는 것.

2) 팔초해 : 좁은 얼굴에 뾰족한 턱.

3) 뒤웅박 : 쪼개지 않고 구멍을 뚫은 바가지.

었다는 거였다. 그런데 그 도려내진 공간에 백색의 전구가 대롱거리고 있었다. 밤이면 저 백색의 전등을 밝혀 흡혈충들을 유인함이 틀림없었다. 주인 여자에 의하면 5호실을 혼자서 사용하고 있는 사람은 곤충학자라고 하던 터였다. 그 곤충학자는 출타 중인 모양이었다.

삼수는 크지 않은 몸을 웅숭그리며 방 안으로 들어갔다. 방 안으로 들어가자 이미 마비된 줄 알았던 후각의 기능이 새로이 되살아났다. 그것은 아마 방 안의 냄새가 지독히 독했던 탓인 모양이었다. 그는 바람벽에 붙박여 있는 형광등 스위치를 올렸다. 형광등은 윙 하고 소리를 내뿜으며 한참 만에야 환한 웃음을 터트렸다. 이제 모든 것이 선명하게 눈에 들어왔다.

천장으로부터 수십 개의 가는 구리선이 아래로 향하고, 그 구리선 끝에는 갖은 곤충들이 말라 구드러진 채 드레드레[4] 매달려 있었다. 왕잠자리를 비롯해 조벌레, 톡톡이, 풀무치, 무늬하루살이, 벼메뚜기, 밤귀뚜라미, 흰개미, 강도래, 소금쟁이, 참매미, 무당벌레, 날도래, 여왕벌, 배추흰나비 심지어는 파리, 모기, 벼룩 그리고 이름을 알 수 없는 여러 곤충에 이르기까지 다양한 것들이었다. 그것들은 감히 상상할 수 없는 표정으로 일그러져 있었다.

삼수는 문득 사형대에 처참히 매달려 있는 사형수들을 떠올렸다. 그가 지냈던 독방의 벽에 어떤 사형수가 그렸다는 그림을 생각해냈다. 그 벽의 그림 속에서 사형수는 자신의 목을 향해 내려오는 그 올가미를 얼마나 처참하게 응시하고 있었던가. 삼수는 순간 까닭모를 울분이 울컥하고 목구멍으로 치밀었으나 가까스로 집어삼켰다

---

4) 드레드레 : 어떤 물건이 대롱대롱 매달려 흔들리는 모양.

울분을 삼키면서 그는 자신도 모르게 곤충학자가 섬뜩하게 느껴졌다. 어떤 대단한 권력을 갖고 있는 사람처럼만 여겨졌던 거였다. 이를테면 곤충의 한쪽 다리를 망가뜨릴 수도 있을 것이고, 양 날개를 몸체로부터 분리할 수도 있을 것이며, 마음만 먹었다 하면 이 자연으로부터 영원히 격리시킬 수도 있을 것이었다.

어디 그것뿐이겠는가. 간혹 심심파적으로 곤충들에게 충격을 가해 그것들이 모질음을 쓰며 버르적거리는 것을 즐길 수도 있을 것이고, 약물을 투여하여 자신이 원하는 상태로 마비시켜 놓을 수도 있을 것이며, 먹을거리를 전혀 투입시키지 않아 굶주려 죽어가는 과정을 지켜보면서 말할 수 없는 희열(喜悅)을 맛볼 수도 있을 것이었다.

그러한 잡다한 생각들을 입증이라도 해주듯 또 기막힌 광경이 삼수의 눈에 밟혀 들어 왔다. 그것은 마치 학창 시절에 실험실에서나 볼 수 있었던 어떤 용기(容器)였다. 용기는 두 개로, 하나의 용기 속에는 모기들로만 가득 차 있었고, 다른 하나는 비비대기치고[5] 있는 바퀴벌레로 장속을 이루고 있었다. 윙 윙 소리가 한참이나 계속되는가 하면 곧 그 소리는 잠잠해졌다가 다시 싸그락 쓰지직 하는 소리가 용기 밖으로 새어 나왔다. 그 소리들이 함께 어우러져 심한 불협화음을 이루기도 하였다.

"네놈들은 모두 사형수들이야. 사형수들 주제에 무슨 불평들이 그리 많아?"

"헛, 양심수? 그래, 도대체 네놈들의 양심이란 게 뭐야?"

그가 투옥되어 있던 독방의 양쪽으로 몇 명의 사형수들과 몇 명의

---

5) 비비대기치고 : 여럿이 비좁은 공간에서 몸을 대고 움직임.

양심수들이 투옥된 일이 있었는데, 아마 간수장(看守長)쯤 되는 근무자가 몇 번인가 그렇게 지껄였었다. 삼수는 두 개의 용기가 마치 사형수와 양심수들을 분리 수용해 놓은 듯한 환상에 사로잡혔다.

삼수가 먼 기억 속 환상 속에 사로잡혀 있을 때 가는 발자국 소리가 들려오기 시작했다. 발자국 소리는 그의 환상 속으로 걸어 들어오고 있었다. 그러자 곧 그의 환상은 깨어지기 시작했다. 그는 그 발자국 소리가 마치 사형을 집행하기 위해 사형수에게 다가오는 죽음의 발자국 소리 같았다. 그는 불현듯 오슬오슬 소름이 끼쳐 올랐으나 애써 정신을 가다듬었다. 그리고 잠깐 어떤 생각에 빠져들었다. 곤충학자? 그렇다면 그는 어떤 모습일까? 악마? 지옥에나 떨어질 놈! 삼수는 자신도 모르게 술 취한 주정뱅이가 턱찌끼를 게워내듯 게저분한 욕부렁을 쏟아 놓았다.

발자국 소리는 5호실 문 앞에서 우뚝 멈췄다. 삼수는 공칙스러운[6] 생각이 들어 공연스레 어정거리고 있었다. 그때 한 사내가 삼수의 앞에 손을 내밀었다.

"잘 오셨소."

사내는 환한 웃음을 보내고 있었다. 삼수는 사내의 돌연한 태도에 자신도 모르게 손을 내밀었다.

"양, 양삼수라고 하오."

"애기 들었소, 난 그저 P라고 불러 주시오. 내가 바로 이 방을 혼자서 쓰고 있었던 곤충학자요."

곤충학자는 자신을 P라고만 소개했다. 이름을 말해 줄 법도 한데 그

---

6) 공칙스러운 : 공교롭게도 잘못 된듯하다.

게 꺼림칙했던 모양이었다. 삼수는 곤충학자라는 말에 진저리를 치면서 P씨를 훑어 내렸다. 순간 삼수는 자신이 마치 무엇에 홀린 듯한 느낌이었다. 곤충학자 P씨는 그가 생각했던 그런 이미지와는 너무도 대조적이었다. P씨는 첫밭에[7] 보아 주접이 들린 사람처럼 키가 작았고, 피부는 거칠었으며, 다직해야 교도소의 청소부쯤 보이는 헐렁한 외모를 갖고 있었다. 그의 빛나는 눈동자와 청청한 목소리를 제외하면 비틀비틀 걷다가 곧 쓰러져 천 길 나락으로 빠져 버릴 것 같은 느낌이었다. 삼수는 은근히 P씨에게 알심을 갖기 시작하면서도 비아냥거리듯 입을 열었다.

"훌륭한 직업이오. 이것들이 모두 당신의 업적이오?"

"헛헛헛 업적이랄 수 있겠소? 다만 이건 내 생명의 일부분일 뿐이오."

P씨는 매우 정감 있는 목소리로 삼수에게 말시답[8]을 하고 있었다. 그러나 P씨의 목소리엔 어떤 하릇한 기운과 함께 자만심이 짙게 깔려 있었다. 삼수가 톤을 높였다.

"지금 생명의 일부라 했소?"

P씨는 의아한 듯 빤히 삼수를 올려다보았다. 그리고는 다소 수그러진 태로도 '그렇소' 라고 대답했다.

"참으로 아이러니컬한 말씀이군요."

삼수의 말에 P씨는 또 알 수 없다는 듯 삼수를 올려다보았다. 이번엔 P씨의 눈이 다소 결기에 차 있었다. 볼멘소리로 P씨가 물었다.

---

7) 첫밭에 : 맨 처음 국면에.
8) 말시답 : 남의 말에 자기 생각을 더해 응대하는 것.

"뭐가 아이러니컬하다는 겁니까?"

"무고한 생명을 저토록 무참히 짓밟아 놓고 당신 생명의 일부라고 하니 하는 말이 아니오?"

삼수는 되알지게 퍼붓고 나서 다시 드레드레 걸려 있는 곤충들로 시선을 던졌다

"헙헙헙 그게 그렇게 마음에 걸렸소? 하지만 이것들은 미물이잖소, 그저 본능적으로 살아가는 것뿐이오."

P씨는 설득조로 말하고 있었다. 그의 말투엔 삼수의 동의를 얻어내려는 의도가 선명하게 묻어 있었다. 교도소 내부는 언제나 을씨년스럽고 적막하기 그지없었다. 적어도 삼수가 수용되어 있던 감방 주변은 늘 그렇게 활기 없고 쓸쓸하고 괴기스럽기만 했었다. 사형수들의 속 깊은 곳으로부터 뿜어 나오는 참회의 한숨과 양심수들의 말없는 투덜거림과 죽음을 몰고 오는 검은 발자국 소리들, 그리고 죗값의 번지수를 잘 모르겠다던 울분들, 삼수도 그런 울분을 꿀꺽꿀꺽 삼키곤 했었다. 그러나 그렇게 황량한 교도소 내부가 그토록 형편없지만은 않는 것이었다. 주말이면 어김없이 찾아 들어오는 조용한 발자국 소리가 있었다. 포교승[9] 대오(大悟)스님이었다.

"생명이란 비록 그것이 하찮은 미물일지라도 소중하고 숭고한 것이니라. 찌그러진 그릇은 찌그러진 대로 쓸모가 있으며, 비뚤어진 그릇은 비뚤어진 대로 쓸모가 있는 것이니, 온 세상 두두 물물이 부처님 아님이 없도다. 우리가 비록 지금은 인간으로 왔으나, 전생이 바람이 아니었다고 어찌 자부할 수 있으며, 우리의 후생이 바퀴벌레를 피해 가리

---

9) 포교승 : 불교의 교리를 널리 알리고 불자 신도를 모집하는 승려.

라고 어찌 장담할 수 있겠는가. 오직 생명을 외경하고 자비를 베풀 따름이니라."

삼수의 눈이 이글이글 타오르고 있었다. P씨는 약간 겁먹은 얼굴로 삼수를 올려다보았다. 그리고 다시 설득조로 말을 이어갔다.

"당신은 너무 감상적이오. 그건 사춘기 청소년들의 특권이지 우리 성년들의 특권은 아닐 듯싶소, 혹 당신이 또 시인이라면 모르겠소."

삼수는 까닭 모를 울분이 머리끝까지 치솟음을 느꼈다. P씨의 말투는 상당히 고압적으로 들렸고, 노골적으로 자신을 능멸하고 있다고 생각되었다. 삼수의 주먹이 불끈 쥐어졌으나 아무 일도 일어나지는 않았다. P씨가 날카롭게 물었다.

"날 증오하고 있소?"

"아, 아니오"

삼수는 P씨의 물음에 부인했으나 그것은 새빨간 거짓말이었다. 진실을 말한다면 P씨가 곤충들의 목을 조여 대롱대롱 매달았던 그것처럼 P씨의 목을 맷바람에 조여 버리고 싶었다. 그러나 P씨는 삼수의 그런 끔찍한 마음을 깨달하였는지 얼른 이야기의 방향을 바꾸었다.

"여기에 얼마나 묵을 작정이오?"

삼수는 대답 대신 P씨의 관자놀이에 우지끈 한주먹을 올려 줄까도 생각했으나 자신도 모르게 말이 튀어나와 버렸다.

"직장을 구할 때까진 있겠소."

저녁 이내[10]가 깔리고 땅거미가 짙어 올 무렵이었다. 삼수는 호기심

---

10) 이내 : 해질 무렵 멀리 보이는 흐릿하면서도 푸르스름한 기운.

과 증오심을 반 반 쯤 섞어 P씨를 관찰하기 시작했다. 삼수가 예상했던 대로 P씨는 창 쪽에 매달린 백열전등을 밝혀놓고 흡혈충들을 유인하고 있었다. 아직 여름의 기운들은 남아 있어서 날개 달린 날곤충들이 제법 눈에 띄었다. 그놈들은 P씨의 바램대로 백열전등 주위에 맴돌다가 터무니없이 곤두박치기도 하였고, P씨의 손에 의해 정확하게 생포되기도 했으며 어떤 놈은 제풀에 백열전등을 들이받아 덧없이 스러지기도 하였다. 그럴 때마다 P씨는 입가에 야릇한 웃음을 머금었다. 그는 그것을 유달리 즐기고 있는 듯한 느낌이었다. 곤충들이 제풀에 덧없이 스러질 때는 다소 실망의 눈초리도 보이긴 했으나 그런 것은 이미 이골이 나있는 표정이었다.

P씨를 관찰하고 있던 삼수는 올가망스런 얼굴로 삽화 하나를 떠올렸다. 그것은 삼수가 교도소에 수감되기 훨씬 전 모(某)그룹 노조원들이 그룹의 사장실을 점거하고 무기한 농성에 들어갔다. 그러나 노조원들의 요구사항이 관철되기도 전에 회사 측에서는 경찰 투입을 강력히 요청했다. 경찰은 권세와 힘을 배경으로 무력을 행사하였고, 급기야 사장실을 점거하고 있었던 노조원들은 대부분 경찰서로 연행되었다. 그들 모두 생포되었고, 심문 과정에서 부위원장은 혀를 깨물고 삶을 포기했으며 한 명의 노조원은 형사계의 창 너머로 투신했었다.

그때 경찰들은 마치 곤충학자 P씨처럼 태연했으며, 또한 까닭모를 희열을 느끼며 쾌재를 부르기도 했던 것이었다. 결국 노조원들의 그와 같은 행동은 시민들의 동정을 살 뿐이었고, 사건의 해결에 정작으로 관련된 직접 당사자들은 서로의 눈치를 살펴 가며 곁눈질만 하면서 동이 닿지 않는 욕설을 곰상스럽게 뱉어내곤 했었다.

P씨는 생포한 날곤충들을 교묘한 방법으로 용기(容器)속에 처넣기도

하고, 성질이 사납다 싶은 곤충들은 알 수 없는 어떤 용액에 한참을 담가두었다가 다시 용액으로부터 꺼내놓곤 했는데, 그때 이미 곤충들의 반신이 마비되어버린 것이었다. 간혹 걸때가 큰 곤충은 주사기에 푸른색 감도는 용액을 주입시켜 그것을 신체 요소요소에 주사했고, 그러면 그 곤충은 모질음을 한 번 뱉어 내지도 못하고 그만 불귀객이 되고 마는 것이었다.

삼수가 어깻죽지에 상처를 입고 후줄근한 몸을 겨우 가누며 경찰서의 형사계에 강제적으로 어기적어기적 걸어 들어갔을 때였었다. 강파리하게 생긴 젊은 형사가 삼수의 허구리를 한 번 걷어차며 말했다.

"바퀴벌레 같은 새끼! 어디에 처박혀 있다가 이제야 잡혀 들오는 거야? 엉?"

삼수는 반항적으로 젊은 형사를 쏘아보았다. 순간 삼수의 두 눈이 분노로 이글거리고 있었다. 그러나 형사는 또 그게 재미있다는 듯 삼수의 관자놀이를 한 번 힘껏 쳐대며 멋없이 이기죽거렸다.

"바퀴 같은 새끼! 확 목을 천장에 매달아 뿔라!"

바퀴벌레 한 마리가 열린 문지방을 넘어 기어들어 오고 있었다. 본래 바퀴는 발이 몹시 빠르고 또 공중을 날 수도 있는 재능을 부여받고 있는 곤충이다. 그러나 그때 들어오고 있는 바퀴는 걸음걸이가 되우 느릿느릿하고, 한쪽 날개가 반쯤 무지러져 있어서 날 것 같아 보이지도 않은 초라한 것이었다.

P씨는 바퀴벌레가 제물로 기어들어 오자, 으레 놓치지 않고 보자는 식으로 살상용 로치베이프를 집어 들었으나 곧 그 바퀴벌레가 형편없이 망가진 상태라는 것을 알아차리고선 그만 로치베이프 살포를 단념한 모양이었다. P씨는 입가에 야릇한 실주름을 만들며 끝이 날렵하게

생긴 실험용 핀셋으로 바퀴 몸통 쪽의 잘록한 부분을 곡예를 하듯 집어 들었다. 그리고는 산 채로 가는 구리선을 바퀴의 목에 휘감아 천장으로부터 귀신들처럼 드레드레 매달린 곤충의 대열에 합류시키고 있었다. P씨는 싱겁다는 듯 천장에 매달려 대롱거리고 있는 조금 전의 그 바퀴를 향해 습관처럼 중얼거렸다.

"머저리 같은 바퀴새끼 같으니라구. 제 발로 무덤을 찾았어. 흥, 오늘 밤 날개 달린 천사 꿈이나 꾸시지. 히히힉…"

삼수는 P씨로부터 자신이 조롱을 당하고 있다고 생각했다. 그럴 것이 P씨는 간헐적으로 삼수를 흘깃 거렸는데, P씨의 얼굴에는 비소(誹笑)의 색깔로 짙게 물들어 있었던 것이다. 삼수는 자신이 당한 능욕을 설욕키 위해 P씨로부터 무엇이든지 따끔한 본때를 보여줘야 한다고 아귀를 짓고 나서 그 첫마디를 내뱉었다.

"꿈을 꿔 보신 적은 있소?"

느닷없는 물음에 P씨는 왕잠자리의 뒷다리 대퇴 부위를 우지끈 분질러 동강을 내다가 얼마간의 사품을 준 다음 되술래잡듯[11] 되받아 물었다.

"무슨 꿈 말이오?"

"어느 것이나… 이를테면 바퀴귀신 같은 거 말요."

삼수는 노골적으로 비아냥기를 축축이 묻혀 조롱하듯 말했다. 그제서야 속이 후련해지는 느낌이었다. P씨가 결기를 삼수에게 얼넘겼다.

"그따위 허깨비 같은 소릴랑 집어치우쇼. 이 숭고한 작업을 길래 이 아침 작정이오?"

---

11) 되술래잡다 : 사과해야 할 사람이 오히려 남을 나무라는 짓.

삼수는 여전히 대살지게 맞받았다.

"숭고한 작업이라 했소?"

P씨의 목소리도 여전히 결기에 차 있었다.

"그렇소, 숭고한 작업이오. 대체 당신은 무슨 말을 하려는 거요?"

"숭고? 헛, 웃기는 소리 마시오, 여긴 숫제 지옥이요. 죄 없는 사람들의 감옥이라 이거요!"

삼수의 입에서 드디어 감옥이라는 어휘가 튀어나오고 말았다. P씨는 흠칫 놀라 흐드러진 자세를 바로잡으며 애써 안정된 톤으로 물었다.

"지금 감옥이라 했소?"

"그렇소. 감옥도 무고한 감옥이라 했소"

"무고한 감옥? 협협협⋯ 어떻든 좋소. 당신의 내면에서 이 방을 지옥으로 만들든 감옥으로 만들든 난 상관할 바 아니요. 근데 한 가지 물어봅시다."

P씨는 종전과는 사뭇 달라져 있었다. 이제 그의 말본새는 눅신해졌고, 얼굴 표정 또한 삼수를 눅자치듯[12] 변해 있었다. P씨가 물었다.

"혹시 감방 생활을 해 보셨소?"

"그, 그렇소. 그게 궁금했던 거요?"

"부정하진 않겠소. 나도 그런 경력이 있는 몸이니까."

삼수는 P씨가 교도소 경력이 있다는 그 말에 한동안 얼떨떨한 느낌이었다. 그가 어떤 형태로 교도소 생활을 했는지 알 바는 아니지만, 어쨌거나 그의 말이 사실이라면 그 역시 자신처럼 어떤 크나큰 상처를 갖고 살아가고 있는지 모를 일이었다. 삼수는 섣불리 행동했던 자신에

---

12) 눅자치다 : 위로하다.

대해 괜스레 자괴스러움을 떨쳐버릴 수가 없어 경솔한 자신을 힐난하며 자조(自嘲)하였다. P씨는 계면쩍어 어찌할 바 모르는 삼수에게 자신을 피력하기 시작했다.

— 나는 대학에서 처음 2년간은 심리학을 전공했었소. 지금 생각해봐도 그땐 정말 열정적인 학구파였던 것 같소. 그런데 나는 클래스메이트인 한 여학생과 사랑에 빠지게 되었소. 그것은 정말 불행한 일이었소. 나는 그때 그 여학생의 마음을 다잡은 걸로 생각했었소. 정말 한동안 그녀의 마음을 빼앗기 위해 열고가 나있을 정도였으니까요. 그런데 그게 아니었소. 정말 여자의 심리란 아직도 알다가도 모를 것 같소이다. 그때 사람들은 날 보고 심리학의 석학이니 어쩌니 하고 야단들이었소. 그런데 그 여자의 심리도 제대로 분석하지 못했던 거요. 나는 내 자신이 저주스러웠소. 그때 심리학을 집어치운 거요.—

— 내 친구 중에 미국에서 곤충학을 전공하고 귀국한 친구가 있었소. 그 친구의 권유로 곤충학을 공부하게 되었는데, 나는 참 더럽게 재수 옴 붙은 놈이었던 것 같소. 무사히 박사 학위는 받았소만 그것이 빌미가 된 거요. 어느 겨울의 자정이었소. A부라는 권력단체가 날 호출해 갔소. 참으로 어처구니없는 명령을 내렸었소. A부장이 내게 몇몇 국내 거물급들의 혈청을 내밀었소. 그리고 이들의 본능을 흡혈충들과 비교하여 적나라하게 연구하라는 지실 내렸소. 물론 본능만 말이오. 흡혈충들은 오직 본능에 의해서 사는 것들이니까 말이오. 이성은 연구할 필요가 없질 않겠소? 이성적으로만 행동한다면 적어도 아무런 탈은 없을 테니까 말이요. 정말 고압적이었소. 그러나 난 인간의 탈을 쓰

고 그럴 수는 없었소. 곡학아세(曲學阿世)[13]같은 건 애시당초 나와는 거리가 멀었소. 적어도 신성한 학문을 그런 썩어빠진 분야에 왜곡 사용하고 싶지는 않았소. 나는 완강히 거부했소. 그리하여 그 길로 나는 쥐도 새도 모르게 교도소에 처넣어졌소. 아니 거긴 아직도 불가사의지만 교도소는 아니었던 것 같소. 내 몸은 거기서 망가진 거요. 그러나 모든 것이 다 망가진 것은 아니었소. 나는 내 목소리를 절대로 잃어서는 안 된다고 생각했었소. 몸은 망가져도 올바른 목소리는 남아 있어야 한다고 생각했었소. 나는 지하 깊숙한 어둠 속에서 거의 스물네 시간을 고래고래 짐승처럼 소리 질렀소. 그리고 이 눈을 보시오. 나는 진실을 보아야 한다고 생각했었소. 지옥 같은 어둠 속에서 눈을 시뻘겋게 뜨고 지냈소. 시력을 잃어서는 안 될 것 같다는 생각이 들었소. 날마다 어둠 속에서 뜬 눈으로 지내다시피 했었던 기억이 새록새록 솟아나오. 참, 지랄 같은 추억이었소. ―

지랄 같은 추억을 끈히 떠올리기라도 하듯 P씨는 두 눈을 지그시 감고 있었다. 그는 몹시 흥분되어있는 것 같았다. 그는 얘기 중에도 이따금씩 마른기침을 뱉어내며 치솟아 오르는 울분을 삼키는 시늉을 해보였었다.

삼수는 P씨의 당당한 태도에 억눌려 자신이 한낱 미물처럼 보잘 것 없는 존재가 되어버린 느낌이었다. 그러한 느낌은 자신을 마치 바퀴벌레쯤으로 취급해 버린 젊은 형사의 그것과 같은 것인지도 모를 일이었다.

삼수의 귀밑 살이 직신거리기 시작했다. 그러한 통증은 관자놀이를 거쳐 이제 그의 머릿속까지 번져나고 있었다. 삼수는 욱신거림을 떨쳐

---

13) 곡학아세(曲學阿世) : 학문을 왜곡하여 세상 사람들에게 아첨하다.

버리기 위해 잠을 청해야겠다고 마음먹었다. P씨 또한 지랄 같은 모든 추억을 묻어두고 싶었던지 곤충들의 미라 옆에서 흥건한 잠에 녹아떨어지고 있었다.

삼수는 전기 스위치를 내리지 않았다. 그런 상황에서 어둠이 온다는 것은 정말이지 지옥을 연상케 하는 것이었다. 삼수는 자신의 분신일지도 모를 바퀴벌레들의 영혼을 찾아서 이내 깊은 잠속으로 빠져들고 있었다.

안개 입자가 포충망을 통해 날려들고 있었다. 쇠창살 밖은 칙칙한 어둠뿐으로 온통 죽음보다 더 깊은 정적의 가루들로 뒤발해 있었다. 생급스러운 일이 벌어지기 시작했다. 5호실이 또 나락에 떨어지고 있었다. 5호실의 권력자는 우리의 동료들을 무참히 짓밟고 온갖 살충까지 자행하였던 것이다. 우리가 민주를 대면[14] 앞전으로든 뒷전으로든 외욕질이나 실컷 해버리면 될 일을 가지고, 저 의뭉스런 권력자라는 놈들은 애써 봉충다리[15]를 만들어버리거나, 아까운 생명을 무더기로 굿혀버려야만[16] 직성들이 풀리는 모양이었다.

언제던가, 우리 동료들이 무더기로 쾌적한 환경을 찾기 위해 이곳 5호실에 들어온 적이 있었다. 우리는 정말 5호실의 권력자들에게 털끝만큼의 적의를 갖은 것도 아니었는데, 그들은 우리 동료들에게 가스를 살포하고, 무기를 휘둘러 중상을 입히고, 그리하여 재수 옴 붙은 동료들은 붙잡혀 급기야 죽어 넘어가기까지 하였다. 그러한 일은 비일비재

---

14) 민주를 대다 : 퍽 귀찮고 미워서 싫다.

15) 봉충다리 : 한쪽이 짧은 다리.

16) 굿히다 : 죽게 하다.

한 것이어서 해마다 눅눅한 계절이 오면 우리의 동료들은 허위허위 그러한 수렁에서 빠져나오기 위해 발버둥치곤 했었다.

그날 밤도 우리의 동료들은 우리의 쾌적한 분위기를 모색키 위해 5호실을 침입했었다. 아니 정확히 말하자면 그건 침입이 아니라 정중한 방문이었다. 우리가 비록 5호실 권력자들이 보기엔 힘없고 초라한 미물들로 보일런지는 모르겠지만, 우리 또한 이 우주 자연의 질서 속에서 하루하루를 영위해 가는 존재들인 것이다. 어차피 우리도 엄연히 '바퀴'라는 이름 하나를 걸머지고 세상에 나왔으니까 그들과 함께 이 우주를 공유하며 쾌적한 환경에서 신(神)의 보호를 받으며 살아갈 권리가 있는 것이다.

우리는 아직 5호실의 권력자들을 한 번도 해친 적은 없다. 다만 그들이 우리의 종족으로부터 어떤 속내 모를 위협을 느끼고 있기라도 하면 모를까. 하긴 그 점에서라면 우리 바퀴족도 마찬가지니까 피장파장인 셈이다. 그러나 저 5호실 권력자들은 얼마나 무참히 우리 바퀴족을 짓밟았던가. 또박또박 생각만 해도 자신도 모르게 곱송그려지는[17] 것이다.

우리가 5호실을 방문하여 미처 자리를 잡기도 전에 5호실의 권력자는 우리를 향해 무자비하게 가스를 살포했다. 5호실에 있었던 또 한 사람의 권력자(?)는 이미 잠들어 있었던 모양이었는데, 우리가 5호실에서 그토록 자비로운 인상을 보게 된 것은 세상에 날개를 달고 나온 이후 처음 있는 일이었다.

가스를 맞고 다른 동료들이 비트적거리다가 붙잡혔고, 오직 나만이

---

17) 곱송그리다 : 몸을 잔뜩 움츠리다.

교묘히 피해 우리 바퀴족들이 5호실 권력자들로부터 당한 역사의 현장을 생생하게 내려다보고 있었다. 우리 바퀴족들의 핍박받은 수난을 말해 주는 저 끔찍한 증언들, 처참히 짓밟혀 드레드레 매달린 저 분노할 역사의 소용돌이. 나는 그만 천장에 매달려 날개를 파들파들 떨고 말았다. 그런데 그것은 커다란 실수였다. 5호실의 권력자가 나를 그만 목격해 버린 것이었다. 그러나 권력자는 서두르지 않고 입가에 엷은 주름을 잡을 뿐이었다. 어쩌면 그는 이렇게 생각하고 있는지도 모를 일이었다.

"으바리 같은 바퀴새끼! 이제 넌 독 안에 든 쥐야, 널 잡는 것은 땅 짚고 헤엄 치기라구. 하지만 넌 좀 기다려라, 우선 네 동료들의 날개를 쏙 뽑아 버려야겠으니깐 말야. 엉?"

포획된 동료들이 5호실의 실험대 위에 오르고 있었다. 몇은 코르크 상자에, 또 몇은 양초를 두껍게 묻힌 하얀 접시에 올려졌다. 권력자는 눈썹 하나 까딱하지 않고 가죽성의 겉날개를 제거했다. 그리고 동료의 배가 아래로 가게 핀으로 고정시켰다. 모질음 소리가 들렸다. 동료들의 최후의 발악인 모양이었다. 시신경까지 제거되고 있었다.

나는 이미 내 자신을 의식하지 않았다. 머리끝까지 솟구치는 울분이 나를 그렇게 만들어버리고 있었다. 나는 권력자의 업무에 가리 틀[18] 생각은 없었다. 다만 간진 신음을 뱉어 내며 쓰러져 가는 동료들의 쓸쓸한 영혼이나마 위로해 주고픈 거였다.

나는 천장에서 몸을 날려 권력자의 머리 위로 원을 그리며 빙빙 돌았다. 권력자는 그게 여간만 재미있다는 듯 바투 고개를 쳐들어 관찰

18) 가리 틀다 : 잘 되 가는 일을 어긋나게 하다.

하고 있었다. 바로 그때였다. 나는 배수의 진(陣)을 친 병사처럼 혼신을 다해 권력자의 낯바닥 위에 오래 참아온 속내장의 배설물들을 일시에 찌익 갈겨버렸다. 그것은 지랄 같은 추억이었다. 아니 지랄 같은 추억으로 자리를 잡기도 전에 권력자는 나를 생포해 버렸다. 나는 날개 하나를 뽑히고, 두 개의 다리가 절단되었다. 이제 더 이상 어떤 균형 잡힌 이상의 세계를 향해 날아갈 수도 없고, 바퀴족의 또 다른 수난의 역사의 현장을 찾아 나설 수도 없는 몸이 되고 말았던 것이다. 권력자는 나를 앞뒤로 포충망이 드리워진 비좁은 뒤웅박 속에 처넣어 버렸다. 이제 죽음만을 기다려야 하는 끔찍한 일이 벌어질지도 모를 일이었다.

삼수는 가슴을 짓누르는 듯한 답답함을 감지하며 잠에서 깨어났다. 분명 무슨 꿈을 꾸고 있었던 것 같은데 뚜렷하지는 않았다. 어느 토굴 같은 곳에서 아슬아슬한 고빗사위를[19] 맞고 있었던 것 같기도 했다.

삼수는 기억의 갈피를 한 가닥씩 젖혀 나가 보았으나 역시 새통스럽게 떠오르지 않기는 매한가지였다.

"꿈을 꾸셨소?"

P씨가 먼저 깨어 있었던 모양으로 거즈를 적셔 자신의 얼굴을 닦아내며 물었다. P씨의 얼굴이 꾸물꾸물 여름날처럼 흐려있었다. 삼수가 되받아 물었다.

"왜, 내가 무슨 잠꼬대라도 했던가요?"

P씨가 경황없는 표정으로 꺽꺽 비아냥을 던졌다.

"잠꼬댄지 너스레였는지는 잘 모르겠소만, 인간 말종, 어일싸, 바퀴

---

19) 고빗사위 : 긴요한 고비의 아슬아슬한 순간.

만세… 뭐, 그런 말들이 있었던 것 같소.

"그거, 재밌군요. 틀린 말은 아닐 듯 싶소만, 허허허…"

삼수는 P씨의 심중을 헤아리지도 않고 앞 짧은 생각에서 그렇게 흔감스럽게 웃어버렸다. 그 옆으로 P씨의 푼더분한[20] 화풀이가 떨어진 것 또한 당연한 일이었다.

"당신 이제보니 더럽게 드레없는 사람이오. 나는 저놈에 바퀴새끼 땜에 쌤통이 되었소. 그렇게 무람없이 남의 속 박박 긁지 마시오."

삼수가 의아한 듯한 눈초리로 물었다. 그러나 이제 아까처럼 그렇게 덜퍼진 비아냥거림은 묻어있지 않았다.

"바퀴가 뭘 어쨌단 말요? 아니, 바퀴 귀신이라도 만났소?"

삼수의 말에 P씨는 여전히 마뜩찮은 모양이었다. P씨는 삼수에게 되알진 눈총을 한 차례 떠 얹긴 후 담배 한 개비를 횡하니 빼어들고 밖으로 나가면서 시적시적 말을 쏟아 뱉었다.

"글쎄, 이 바퀴 새끼가 말요. 빙빙 돌면서 날 약 올리더니 그만 내 낯바닥에 똥을 갈겨 버리지 않았겠소. 나, 원, 참, 별…"

삼수는 그적에서야 P씨가 물을 적신 거즈로 무엇을 하고 있었는지 짐작할 수 있었다. 그것은 정말 쌤통이었다. '히히힉'하고 웃음이 목구멍까지 넘어오는 것을 가까스로 눌러 삼켰다. 그리고 마음속으로 '바퀴 만세'를 부르짖었다. 용기(容器)로부터 싸그락 쓰지직 하는 환호 소리가 윙윙 소리와 함께 줄기차게 메아리치고 있는 듯했다. 이것을 일컬어 불립문자라 하였던가.

---

20) 푼더분한 : 얼굴이 두툼해 탐스럽게 보이는.

두 주일이 지나갔다. 삼수는 늘품 있는 두 군데의 중소기업에 이력서를 제출하였다. 그러나 그중 어느 곳에서도 그를 채용하겠다는 통보는 아직 없었다. P씨와 꾀꾀로 많은 얘기들을 교환하였으므로 설면한[21] 관계를 벗어나 마치 동접(同接)같은 사이가 되어 있었다. 그러나 삼수의 눈에 비친 P씨는 늘상 불안하고 두려운 기색이 역력하였다. 그것은 P씨 자신의 말에서도 입증되고 있었다.

"누군가 날 미행하고 있는 것만 같소. 그래서 요즈음은 솔직히 불안하오. 어쩌면 그치들이 또 내게 그런 일을 강요할지도 모르겠소. 대체로 그런 생각들이 요즘 지배적이오."

삼수 역시 그러한 늦을 전혀 예상 못한 것은 아니었다. 그곳에 우거(寓居)한 지 겨우 두 주일이 지났지만, 낯설고 강파리한 사내들이 끈히 하숙집 근처에서 에돌며 이쪽을 감시하고 있는 듯한 느낌을 받았었다.

그런데 불미스러운 조짐이 보이는 작은 사건이 웃비가 있고난 직후에 있었다. 삼수가 '다이제스트' 한 권을 사들고 P씨와 함께 하숙집을 향해서 걸어오고 있을 때였다. 하숙집으로 가는 비교적 넓지도 정돈되지도 않은 골목길은 중간쯤에서 어귀까지 물매 싼 지붕처럼[22] 가파른 길이었다. 그런데 삼수와 P씨가 골목 어귀로 접어들었을 때 갑자기 대살져 보이는 어떤 사내가 곁을 지나면서 고의적으로 P씨의 옆탱이를 슬쩍 건드렸다.

그러자 말라깽이 P씨가 중심을 잃고 비틀비틀 하였다. 순간 삼수에

---

21) 설면한 : 자주 만나지 못해 좀 서먹한.

22) 물매 싼 지붕 : 지붕이 매우 가파른 것. (반) 물매가 뜬 지붕.

게는 사내 쪽이 어떤 언턱거리를 찾으려고 쌩이질을 한다는 생각이 퍼뜩 솟구친 것이었다. 형식적인 미안스러움의 표시가 있었지만, 그 사내는 P씨의 얼굴을 되우 강렬하게 노려보고 있었다. 그때 그 사내의 어깨너머로 일행인 듯한 두 명의 사내가 이쪽을 곁눈질하며 한강 바닥에 떨어진 시대의 양심을 톺아 나가듯 P씨의 얼굴을 찬찬히 읽어 내려가는 듯한 느낌을 받았던 터였다. 나날이 불안감이 커지는 것이 공연한 것은 아니었다. 그 작은 사건이야말로 P씨의 인생을 비극적으로 몰아가기 위한 서막이었던 것이다.

삼수와 P씨는 적잖이 닮아있었다. 첫째, 불행한 일이지만 교도소든 그와 유사한 곳이든, 어쨌거나 그들 둘 다 자신의 의사에 반(反)하여 얼마간 그러한 유배지 같은 곳에서 구메밥을[23] 먹으며 갇혀 있었다는 것이었다. 그리하여 모두 조직과 권력에 대해 상당한 부분, 부정적 견해를 지니고 있었다. 둘째, 그들은 모두 결혼 적령기를 훨씬 벗어났지만 결혼의 의사가 아직은 없다는 것이었다. 독신이라는 이유만으로 두 사람이 닮았다는 것은 어느 정도 모순이 없는 바도 아니지만, 그들은 모두 독신을 주장하는 취지가 같다는 거였다.

그렇다고 완벽한 독신주의자는 아니었다. 그들은 언젠가 닥칠지도 모르는 자신들의 불행으로 인하여 가족의 구성원에게까지 충격을 주는 일이란 상상할 수도 없다는 거였다. 그리하여 그러한 위험 요소가 자신들의 주변에서 영원히 자취를 감춘 시대에는 능준한 마음으로 독신을 청산할 수도 있다는 것을 강력히 시사하고 있었다.

---

23) 구메밥 : 갇혀 있는 사람에게 구멍으로 넣어주는 밥으로 일종의 감옥에서 먹는 밥.

그러저러한 이유에도 불구하고 삼수가 P씨에 관해 시쁘게 생각하고 있는 부분은 곤충, 특히 그중에서도 바퀴에 관한 P씨의 태도였다. 적어도 삼수는 P씨가 몰강스럽게 곤충을 학대하고 있다고 느낀 것이었다. 그 문제에 관한 한 두 사람이 상당히 대립했고, 심한 갈등을 보이기까지 하였다. 삼수에게 있어서 '바퀴'는 바이 자신의 분신이나 다를 바 없었으니까. 그도 그럴 것이 P씨는 곤충의 학대를 자신도 모르게 만끽하고 있다는 식으로 흐슬부슬 취중에 망언해 버린 적이 있었던 터였다.

"씨이발 놈의 쌔키들, 하, 함짓빵에나[24] 박혀서 모개루다가 또, 똥 탈이나 날 새키덜 말야 엉, 난 그 타짯꾼 같은 새키덜이 말야 엉, 여웅 바퀴족 쌔키덜처럼 보인단 말씀야 엉, 이, 지, 징채를 뽑아 물총이나 깔기다갈 새키덜이, 히히힉…"

"삼수씨 말야 엉, 나 이사람이 비, 비인간적으루다가 보인다 캤는데 말야 엉, 모르는 소리 말그라엉, 나 , 이 사람은 말이다엉, 그 새키덜을 몇 눔씩 요절 내뽈지 않구선 자, 잠을 이룰 수가 없는기라엉, 닥치는대루다가 절딴을 내뿌려야 소, 속이 확 트인다 이말이다엉, 이 뜬득국을 쳐묵다 그 급싸를 할 새키덜 말야 엉, 으흐헤헥…"

언제던가 P씨의 말 중에 곤충을 연구하는 것이 자신의 생명의 일부라고 했던 적이 있었다. 생명을 이해하고 생명의 과정에 대한 지식을 넓혀 생명의 존엄성을 깨단하는 것이 곤충연구의 근본 목적이지만, P씨 자신은 곤충들이 억압받고 고통받는 과정을 보고 만끽하는 것이 마치 마약처럼 몸에 베어버려서, 이제 그러한 마약의 투입이 없이는 하루

---

24) 함짓방 : 한번 들어가면 나올 수 없게 만들어진 방.

도 지탱해 나갈 수 없다고 지껄였던 적이 있었다.

그리고는 미친 사람처럼 바퀴를 잡아다가 뒤웅박 속에 덜컥 처넣어 버리기도 하는 것이었다. 결과적으로 어슷비슷한 환경에서 어슷비슷한 방법으로 인권을 유린당한 P씨와 삼수는 그러한 발호(跋扈)의 세력에 광(狂)적인 거부반응을 일으키는 구체적 방법의 차이가 있었을 뿐이었다.

가을이었다. 간수(看守) 한 명이 윗니를 드러내놓고 이제 제법 거리의 플라타너스들이 술 취한 주정뱅이처럼 붉어졌노라고 말해 주었다. 그 쯤이었으리라. 사형수 한 명이 삼수의 옆방에 수용되었다. 삼수는 모진 악다구니를 써가며 간신히 자신을 소개했다. 그쪽에서도 띄엄띄엄 반응이 왔다. 어느 대학에서, 동양철학을 전공했노라고, 딸 하나가 있는데 3대 독자라서 면목 없게 되었노라고, 자신 회사의 악덕 사장을 모질게 절단내 버렸노라고, 이제 자신은 죽음을 위해 물들어가는 단풍잎 신세가 되어 버렸노라고, 소리 지르면서 허탈한 웃음을 쏟아 놓았다.

삼수는 미어진 바람벽으로 강력하게 내비치는 한 가닥 가는 햇살을 피부로 느끼며 사형수의 안부를 거의 매일처럼 묻곤 하였다. 그러던 어느 날 — 당신도 사형수라 했소, 난 무사했소, 요즘 가뜩 살고 싶단 생각이 드오, 정말이지 두렵소, 난 저 간수 새끼가 되도록 발자국 소리를 낮춰 줬으면 좋겠소, 어젯밤에도 난 천국 가는 꿈을 꿨소. 하지만, 그쪽보단 지금 이렇게 살아 있다는 게 더 행복하오, 우하하하…. — 그러던 어느 날, 하나같이 들리던 사형수의 독백은 콘크리트 벽 너머로 꼼짝없이 사라지고 말았다.

어느 날 P씨가 항용[25] 그래왔던 것처럼 뒷수평으로 산책을 나선 모양이었다. 의례히 이어지는 그의 산책 코스는 언틀먼틀한 오솔길을 따라 산의 허리에 안존히 결과부좌를 틀고 앉아 있는 듯한 체력단련장까지였다. P 씨는 그 숲길을 오가면서 거듭거듭 곤충들을 채집하곤 하던 터였다. 대개 P씨가 산책을 마치고 하숙집에 돌아오면 서쪽 산마루에 걸친 저녁노을이 붉게 이글거리면서, 어느 사품에 땅거미가 푸슬푸슬 피어오르며 다북솔 사이사이로는 푸르스름한 저녁 이내가 사뿐히 내려앉는 것이었다.

그런데 그날따라 P씨는 돌아오지 않았다. 든난벌을[26] 매무새 없이 아무렇게나 입은 채로 숙소에서 사라져버린 것이었다. 삼수와 하숙집 사람들이 해동갑[27]을 하고 나서도 이미 오래까지 조릿조릿 기다렸지만, P씨는 돌아오지 않았다. 그날 밤늦도록 횃불과 플래시를 밝히고 산책 코스를 샅샅이 훑어보았으나 P씨의 모습은 어디에서도 보이지 않았다.

그 일이 있은 날로부터 며칠이 지난 뒤였다. 삼수에게 얄따란 한 통의 편지가 전달되었다. 그것의 겉면에 발신인의 이름 따위는 쓰여 있지 않았지만 그건 P씨로부터 온 것이었다.

- 삼수 씨. 나는 지금 편안하오. 아니 차라리 어떤 환상 속에 빠져 있는 것 같소. 아주 아늑한 방이오. 음악이 브릿지 되고 있소만 곡명은 모르오, 베토벤의 운명 같다는 생각이 들기도 하오. 그러나 그건

---

25) 항용 : 언제나 혹은 보통으로 일컫는 말.

26) 든난벌 : 집안과 바깥에서 입는 옷으로 든벌(집안)과 난벌(외출)의 합성어.

27) 해동갑 : 해가 지도록 일을 하거나 계속 걷는 일.

중요치 않소. 나는 지금 나의 천사를 만나고 있소. 참으로 아름다운 천사인 것 같소. 난, 아직도 내가 왜 어떻게, 이런 곳에 와 있는지조차 모르겠소. 그리고 여기가 정확히 어디인지도 모르겠소. 그렇다고 여기를 떠나고 싶은 생각은 없소. 흡사 내가 꿈을 꾸고 있다는 생각이 드오. 꿈이라도 좋소. 난, 삼수 씨에게 어디서건 꼭 이 편지를 한 번은 띄우고 싶었소. 당신에게 미안하다는 생각을 내심 하고 싶었소. 삼수 씨야말로 진정한 곤충학자가 될 자격이 있는 사람이오. 그런 의미에서 하숙방의 날곤충들은 당신 마음대로 하시오. 이제 나의 천사가 떠나려고 하고 있소. 가만, 낯선 두 놈의 사내가 오지랖 넓게 창문 밖에서 이쪽을 흘깃거리고 있소. 내가 괜스레 불안해지는 것 같소. 천사에게 이걸 부탁하겠소. 당신의 나른한 베갯머리에 이 편지가 내려앉도록 말이오. 그러나 난 여전히 저쪽 창 너머의 두 사내놈이 신경 쓰이오. 제발, 지랄 같은 추억이 아니었으면 좋겠소. 이 꿈에서 깨어나는 대로 당신 곁으로 가겠소. 그러나 자신 있는 건 아니오. 염병할! 그 사내놈들이 이쪽으로 걸어 들어오고 있소. 이제 쓰는 것을 중단해야 할 것 같소. 그런데 삼수 씨, 오늘이 며칠이오?

천국에서 P —

P씨의 편지는 그렇게 끝나 있었다. 맨 끝줄을 몹시 조급히 갈겨썼던 모양이었다. 날짜는 기록되어 있지 않았으며 여백엔 P.S 라고만 휘둘러 쓰여졌을 뿐 미처 마저 쓰지는 못한 모양이었다.

편지를 읽고 난 후, 삼수는 울컥하고 울화통이 치밀었으나 가까스로 흥분된 기운을 누그러뜨렸다. '천국에서 P'라는 마지막 서명이 이상스레 삼수의 머리를 뒤흔들었다. 삼수의 생각엔 그곳이 마치 살아서는 갈 수 없는 환상의 나라처럼 여겨졌다.

삼수는 그날 밤, 5호실의 방을 밝혀놓고 P씨가 육장 하던 것처럼 포충망 쪽의 전등을 모두 밝혔다. 모기를 비롯한 날곤충들이 꾸역꾸역 불빛을 찾아 몰려들고 있었다. 용기 속에 갇힌 곤충들이 윙윙거리며 모질음을 쏟아내고 있었다. 뒤웅박 속에서도 그런 혼란스런 소리들이 청각을 비집고 흘러들어왔다.

삼수는 P씨가 원했던 것처럼 바퀴족 같은 날곤충들이 우글거리며 갇혀 있는 소품들을 모조리 박살내 버리고 날곤충들이 자유를 향해 날 수 있도록 해주고 싶었으나 그건 어쩐지 자신만의 이욕(利慾)에만 급급한 것 같다는 비겁한 생각이 들었다. 삼수는 한순간 그런 유혹에 아득히 빠져들기도 하였지만, 미상불 P씨가 천국의 꿈에서 깨어나 현실로 돌아왔을 때의 공허감을 메워주기 위해서 그냥 그대로 두는 것이 나을 성싶었다.

삼수는 바퀴족들이 비비대기치는 소리를 듣고 있었다. 그리고 야릇한 충동을 느꼈다. 그것들을 날려 보내야 한다. 그러나 그런 생각에 빠져들수록 P씨의 허탈한 얼굴이 퉁명스럽게 떠오르는 것이었다.

삼수는 급작스레 5호실이 역겨워졌다. 가슴 저 밑바닥으로부터 만두소를 비롯하여 곰삭은 턱찌끼들이 토정(吐精)[28]처럼 분출되어 나오는 느낌이었다. 삼수는 5호실 문을 박차고 밖으로 나왔다. 그가 P씨를 추

---

28) 토정 : 수컷의 생식기에서 정액이 나오는 것.

억하며 산책길 코스를 향하려던 참이었다. 그러나 그가 산책길 코스로 접어들기도 전에 하숙집 주인 여자의 냉랭한 목소리가 뒤통수를 잡아 끌었다.

"전화 좀 받아 보세요."

삼수는 고개를 갸우뚱거리며 내실로 들어갔다. 파들거리는 손으로 송수화기를 집어 들었다. 그리고 약간 드레진²⁹⁾ 목소리로 허두를 꺼냈다.

"저, 양삼숩니다."

송수화기로부터 들려오는 전화의 목소리는 의외로 맑고 부드러운 여자 목소리였다.

"네. 여긴 대한기업 총무분데요. 조금 전 기업회의에서 양삼수 씨를 채용하기로 했다는 통보가 왔습니다. 내일부터 출근하세요."

삼수가 채 감사의 뜻을 표하기도 전에 그쪽 여자는 전화를 끊었다. 삼수는 입가에 쓸쓸한 미소를 지으며 하숙집을 빠져나왔다. 그리고 자신의 천국에 있을지도 모를 P씨의 발자취를 찾아 어두운 산책 코스로 걸음을 옮겨놓기 시작했다. 어느새 수평의 머리 위엔 검은 바다처럼 어둠이 넘실거리고 있었다. 어둔 하늘 위로 바퀴 한 마리가 꿈인 듯 활짝 날개를 펴고 날아가는 환영(幻影)이 보였다.

.... 끝

---

29) 드레진 : 무게가 있고 점잖아 보이는.

청산리 벽계수야

독일은 지난 1945년 나치 독일이 연합군에 항복하면서 미국, 영국, 소련 3국 얄타 회담을 통해 분할 통치를 하게 되었다. 동독과 서독으로 민족이 분단되었지만, 동독 인민들이 서독으로 월경하자 국경 40여 킬로미터에 단단한 콘크리트 장벽을 설치하게 된다. 하지만 45년 뒤인 1990년 독일은 통일에 합의하게 되었고, 이에 따라 베를린 장벽은 무너지게 되었다. 독일의 역사는 일견 한국의 역사와 닮은 데가 많다. 전쟁으로 인한 분할 통치 과정이 그렇고, 독일민족의 아픈 상흔(傷痕)이 그렇다. 따라서 향후 통일의 과정도 독일의 방식을 거의 재현할 거라는 것이 지배적인 생각이다. 이미 분단 70여 년이 지난 우리 역시 후손들에게 통일된 조국을 물려주는 것이 선대를 살아가는 우리들의 사명일 것이다. 이 작품은 1.4 후퇴 때 월남한 '리청산'이란 인물이 베를린 장벽이 무너지는 것을 보고 북에 두고 온 아내와 자식을 그리면서 남쪽에서 힘겹게 살아가는 모습을 형상화한 것이다. 내가 태어나고 자란 전남 화순의 면 소재지 5일 장터와 인근 소재의 5일 장터를 무대로 마치 '메밀꽃 필 무렵'의 '허 생원'처럼 소를 사고파는 거간꾼의 모습을 통해 인생살이의 고단함과 따뜻한 인간미를 보여주고 있다. 그리고 힘겹게 형성된 가족이란 울타리를 통해 상처받은 영혼들이 위로받기를 기대하고 가슴 속에는 두고 온 가족에 대한 그리움을 숨겨두고 있지만, 언젠가 통일이 되는 날 진정한 하나의 가족으로 상봉할 것을 기다리는 주인공의 모습이 애절한 작품이다.

어슴푸레한 새벽의 산길은 늘 우중충하다. 그날따라 유독 낮게 드리워진 하늘에는 희끄무레한 별들의 자취조차 볼 수가 없다. 한 사람이 비켜서기에도 힘들 만큼 좁은 산길은 다소 울퉁불퉁하다 싶으면 벌써 비뚤거리며 꿈틀대고 있다. 대륜산 기슭에는 물안개가 잿빛 연기처럼 걸려있어 산길을 걷는 사람들의 마음을 불안하게 한다. 어림짐작하여 십 오리는 익히 걸었을 터이지만, 아직도 보행(步行)할 길은 굽이굽이 펼쳐지고 있다. 지난 반생(半生)을 만년(萬年)처럼 왕래했던 변함없는 행로(行路), 그러나 걸어야 할 길은 좀체 줄어들지 않는다. 길은 한층 좁아 보이고 농무(濃霧)는[1] 큰 소나무 한그루의 거리마저 시야로부터 차단하고 있다.

사람 좋기로 소문난 윗마을 동현 아버지는 리 청산의 죽마고우 격인 의형제이며, 굳이 따지자면 세 살 터울의 동업자이기도 했다. 일심동체(一心同體)가 되어 일을 시작한 지 십수 년이 되었지만 우직하고 속마음이 뿌리 속처럼 깊은 그런 사람이었다.

"이봐, 벽계수! 이양장꺼정은 아직 멀었어, 이쯤에서 쉬어 가드라고."

"…."

동현 아버지가 처음 그를 장난삼아 벽계수라고 불렀던 것이 이제는 이름처럼 아예 굳어 버렸다.

"에이, 모르겠네, 자네 혼자서 갈려면 가부아."

동현 아버지는 힘겹다는 표정으로 산길 한쪽에 놓여있는 너럭바위[2] 위에 풀썩 주저앉았다. 앞서가던 청산은 그적에서야 동현 아버지가 지

---

1) 농무(濃霧) : 짙은 안개.
2) 너럭바위 : 넓고 평평한 바위.

쳐 있다는 것을 알았다는 듯 2년생 한우(韓牛)를 길옆 중키의 소나무 허리에 메어 놓고 담배 한 대를 꼬나물었다.

"또 황진이 생각을 하는가?"

1.4 후퇴 때 남하하면서 북에 두고 온 처를 사람들은 그렇게 불렀다. 청산은 시시껄렁하다는 듯이 동현 아버지의 물음에는 아무런 대답이 없었다. 말하는 쪽은 거의 동현 아버지였다. 그러나 청산에게서 아무런 대답이 없었지만, 동현 아버지는 화내지 않았다. 이제는 거의 습관처럼 몸에 배어있던 탓이었다.

"동현 아버지! 내래 먼저 일어나겠수다."

산길 삼 십 리를 걸어 이양 장터까지 오는 동안 그에게서 들을 수 있는 말은 고작 그게 전부였다. 그의 얼굴은 항상 우수에 차 있었다. 조금은 덜 떨어진 듯해 보이지만 사뭇 깊은 상념에 젖어 있었다. 그러나 그의 생각이 어떤 것인지는 쉬이 알아차릴 수가 없었다. 필수적인 대화, 이를테면 소를 사고파는 데 흥정하거나 대포 집에서의 주문이 고작이었다. 해포가³⁾ 거듭될수록 그 이마 위에 주름살이 늘어가는 정도와 침묵의 정도가 묘하게도 비례적으로 맞아떨어지는 셈이었다.

리청산의 부지런한 발걸음을 외면할 수 없어 동현 아버지는 엉덩이를 치켜세우고 따라나설 수밖에 없었다. 거의 침묵을 고수(固守)하며 5일장이 서는 이양 장터의 소(牛) 시장에 이르면 벌써 먼동이 터오고 있는 이른 아침이었다. 소 시장이 열리는 날이면 대개 사 오백 두의 크고 작은 소들이 선을 보이게 되는데, 청산은 각 장을 돌며 헐값으로 그 소들을 사들였다가 그다음 장에서 웃값으로 팔아넘기는 일이 주를 이루

---

3) 해포 : 한 해 가량 동안.

었고, 간혹 팔 사람과 살 사람을 연결해서 흥정을 해 준 뒤 그 중개료를 받아내는 거간꾼 노릇을 하기도 했다.

"자, 자, 여기를 봅세, 2년생 한우입네다."

그는 아직 자신의 토박이말을 버리지 못하고 있었다. 이곳 장터 사람들은 물론 소 시장에 한 번이라도 와본 사람이면 누구나 그의 독특한 함경도 사투리가 이미 귀에 낯설지 않은 것이었다.

"여기를 봅세. 이 소를 사가면 일꾼 너 댓이 부럽지 않습네다. 이 이빨을 봅세. 이빨이 고르고 어금니가 실한 것이 쓸 만 하제요."

청산의 구성진 사투리가 튀어나오자 사람들이 모여들기 시작했다. 구경꾼들 중에는 그의 구성진 사투리를 듣고 싶어 찾는 경우도 있었다.

"얼마요? 물총주사 놓은 것 아니쇼?"

"무슨 그런 끔찍한 말을 하십네까? 나는 그렇게 야비한 사람이 아닙네다. 몇 푼을 벌겠다 그리 하겠슴?"

청산의 말에는 거짓이 섞일 리가 없었다. 분위기가 이쯤 되면 곁에서 지켜보고 있던 동현 아버지의 합세가 시작되었다.

"보소, 이 엉치뼈가[4] 툭 볼가진 것이 새끼 치는 건 일도 아니다. 그리고 이 소는 일밖에 모른단 말입니다. 사람들은 은덕을 몰라도, 이 소는 주인을 알아봅니다. 자, 싸게 싸게 석장 반, 석장 반!"

동현 아버지의 부추기는 말이 끝나기가 무섭게 또 한 번 소장수들이 사방에서 몰려들기 시작했다. 그리고 이내 흥정이 끝나고, 백미에 뉘 섞이듯 청산의 입가에는 보일락 말락 드문 미소가 감돌기 시작했다.

흥정이 끝나고 일과를 마치자 그들은 누가 먼저랄 것도 없이 허기진

---

4) 엉치뼈 : 척추 아래 끝부분에 있는 엉덩이뼈.

배를 채우기 위해 소 시장 뒤쪽에 있는 대포 집으로 걸음을 향했다. 대포 집은 벌써 소장수들로 왁자지껄했다. 특히 부산에서 십수 년 전 이사 와서는 거의 반 토박이가 되다시피 한 홍 씨 아주머니의 가게는 이른 새벽부터 발 딛을 틈 없이 손님들로 북적대고 있었다. 물론 홍 아주머니의 덜퍽진 인정에 이끌려 오기도 했지만 그보다는 그녀의 남다른 미모와 더군다나 불혹을 약간 넘은 듯한 중후한 나이에 미망인이 되었다는 것이 더욱 사내들을 유혹하는 자극제가 되었다.

"어서 오시소. 벽계수 양반 오늘 한 건(件) 했슈? 황진이라도 만날 안색이네 예."

홍 씨 아주머니가 반갑다는 듯 말했다.

"황진이라도 만나게 되면 얼매나 좋겠는가. 그놈에 세상이 오기나 한다든가?"

동현 아버지가 청산의 말을 대신 했다. 그러자 청산이 다른 때와는 다르게 비아냥거리는 투로 되받아쳤다.

"베를린인가두 무너질려고 하는데 삼팔선이가 문제갔수?"

"하기야 맘 같아선 당장이라도 뛰어 올라가 그놈의 철조망을 뚝뚝 끊어 버리고 싶구마는, 아 그래야 청산이 얼굴 펴는 거 한 번 보제."

"동현 아부지유, 그럼 이 홍가 년은 누구캉 의지하구 살우?"

청산에게 시선을 주며 홍 아주머니가 아양을 떨었다.

"먼 소리여, 남세스럽게."

"벽계수 양반이 황진일 만날 거 아니오? 벽계수 그리는 거는 이 홍가 년이 아닙니까?"

"어따, 그것이사 오야 맘이 아니오? 어이 청산이! 고집 그만 부리고 홍 아주머니 소원 좀 들어 주소. 황진이는 저쪽에만 있다던가?"

홍 씨 아주머니는 이곳에서 주막을 하면서 청산을 눈여겨보았다. 과 묵하지만 사람이 좋아 보이고, 체격에 비해 듬뿍한 그의 성품에 호감 을 갖게 된 것이었다. 그전에 호탕기가 넘치는 몇 사내들과 눈이 맞기 는 했으나, 모두가 지나고 보니 허실하고 가식적이며, 믿을 수 없는 사 내들이었다. 그들과 비교되는 청산이가 홍 씨는 믿음이 갔다. 처음엔 청산에게 은근히 관심을 보이다가, 이제 노골적으로 접근하는 것이었 다. 더욱 그녀의 마음을 끈 것은 청산이 월남하여 아직까지 외도하지 않았고, 게다가 지금껏 축적해둔 돈이 상당액에 달하고 있다는 것이었 다. 그러나 무엇보다도 청산의 인간됨이 가장 그녀의 마음을 사로잡았 던 것이다.

"대포나 한 사발 주시라요."

청산이 뒤넘스러운[5] 태도로 주문을 했다.

"어라, 벽계수 양반, 이 불쌍한 홍가 년 한티 꼭 냉기를 뿌려야 되겠 수? 남에 애간장 타들어 가는 거는 모르고 말유. 그리고 말이야 바른 말이지 내 말고 또 어느 년이 벽계수를 끔찍이도 생각 한답니까?"

"맞대, 맞대이. 홍 아주머니 말이 백번 맞다, 청산이 자네가 언제부터 그렇게 수절 춘향이가 됐냐? 이봐, 청산이! 인생은 말이여 딱 한 번 뿐 이여. 그라고 뭐냐 누가 자네의 순정을 알아주기나 한다든가? 황진이 여기 두고 어느 번지서 황진일 찾누!"

동현 아버지가 심심파적[6]삼아 이죽거렸다. 청산은 이런 농지거리에 이골이 났지만 깊은 속내를 숨기지도 않았다.

---

5) 뒤넘스러운 : 어리석고 건방지다.

6) 심심파적 : 무료한 시간을 메우기 위해 심심해서 하는 일.

"동현 아바이! 물불 모르는 소리래 그만 합세."

대포 집을 나온 청산은 우시장 왼쪽으로 난 조붓한 샛길을 따라 걷다가, 부엌이 훤히 들여다보이는 외주물집들이[7] 두 줄로 늘어서 있는 일견 여염집 같은 곳으로 향했다. 그러나 그곳은 차라리 슬럼가라는 표현이 더 어울릴 것이었다. 그곳에는 몇 년 전부터 청산이 친어머니처럼 보살피고 있는 칠순의 할머니가 있었다. 청산이 그 할머니를 만나게 된 경위는 이러했다.

어느 이른 봄의 아침나절이었다. 청산이 이곳 우시장에서 흥정을 마치고, 허출한 시장기를 채우기 위해 막 대포 집으로 향하는 순간,

"날치기다"

"저놈, 각다귀[8] 잡아랏!"

하는 벽력같은 소리와 함께 갓 열 살이 넘은 듯한 동안(童顔)의 소년이 줄행랑을 치고 있는 것이었다. 벌써 이곳 시장에서는 비일비재한 일이지만 장사들의 밑천이며, 농가에서 콩, 팥 등을 팔아 애써 마련한 돈 푼냥을 날치기하는 치기배들의 소행이었다. 그날은 필시 상당액 되는 소장수의 밑천이 털렸음에 틀림없었다.

"아이고 내 돈! 이 일을 어쩌냐! 읍내 고등까 다니는 큰 새끼 월사금 밑천인데, 이 일을 어쩐다냐! "

날치기당한 사람은 거의 의욕을 잃고 망연자실했다. 실성한 사람처럼 땅에 철퍼덕 주저앉아 애를 태우고 있었다. 청산도 몇 번 경험 있는 터였

---

7) 외주물집 : 마당이 없고 안이 길 밖에서 들여다보이는 집.

8) 각다귀 : 피 빨아먹는 모기처럼 남의 것을 착취하는 사람을 비유.

으나, 이제 치기배들도 그의 곁에는 얼씬하지 못했다. 그것은 청산의 사람 좋은 성품이 치기배들 사이에서도 어지간히는 알려진 탓이었다.

청산은 줄행랑치는 소년에게서 시선을 떼지 않으며 울퉁불퉁한 골목길을 계속 따라 달렸다. 얼마간 가까이 접근했을 때 그 녀석은 지쳐버렸는지 골목의 돌담 밑에서 헉헉대며 도망칠 줄을 몰랐다. 그 소년은 청산이 바로 앞으로 다가서자 지레 겁을 집어먹었는지 야지랑스럽게 지껄여 댔다.

"아저씨요! 잘못 했십니다. 딱 한 번만 봐 주시소."

청산은 굴밤을 가볍게 먹이며

"봐 주는 거 어렵지 않제만 아직 피도 안 마른 얼라 자식이 무엇이 될라꼬?"

"아저씨요! 참말로 처음입니다. 먹을 것이 없어서 그만…."

그리고는 그 녀석은 엉엉 울어버리는 것이었다. 청산은 유적(流謫)[9]같은 지난 시절을 떠올리며 그 녀석의 머리를 덮두들겨 주었다. 월남하여 떠돌던 시절의 기억들이 눈앞에 섬뜩 떠올랐다. 그러나 짐짓 화를 내는 체했다.

"시끄럽구면, 얼라 자식이 거짓부렁을 늘어 놓구서리…."

"참말 입니다. 우리 할머니가 이틀째 탈탈 굶고 있어요."

"무스그, 할마이 동무?"

"맞씸니다, 우리 할마이가 아프신데다가 먹을 것조차 떨어져서 그만…."

"시끄럽다. 너그 꾀임에 속을 줄 알간?"

9) 유적 : 예전에 죄인을 귀양, 유배 보내는 것을 이르는 말.

"참말 이라예, 가보시면 알 것이구만….."

"얼라? 잔말 말구 느이 각다귀 패들이 어드만치 있간? 그라믄 용설해 주가서."

"아저씨! 참말 이라예. 우리 할마이 한테 가 보입시더."

소년은 훌쩍거리며 시장통의 위뜸[10]으로 발을 옮기기 시작했다. 늘 그래왔지만 근간에는 치기배들이 부쩍 늘어났다. 그것도 두 서넛이 한 조가 되어 행동을 하는데, 그들이 한꺼번에 모여 살고 있는 곳이 바로 각다귀판이었다. 그들은 시장 주변의 어딘가에서 터를 잡고 있는데, 그들의 뒷배경이 알 만한 사람의 세력을 등에 지고 있어서, 누구든 닦달하기가 힘이 들 것이라는 소문이 항간에 떠돌고 있었다. 청산은 왠지 모르게 그 소년이 가엾어 보였다. 자신도 역시 혈혈단신으로 월남하여 한때는 각다귀 패거리에 속한 적도 있었고, 더욱이 할머니라는 말을 듣는 순간 자신의 어머니 모습이 눈앞에 어룽거렸다.

"어드메이가 너네 집이간?"

"다 왔습니더."

소년은 외주물집들이 들어서있는 위뜸에서도 가장 허름한 움막 같은 집으로 청산을 안내했다. 집이라고 해봐야 그저 통나무를 사각에 맞물려 고정시키고, 두꺼운 헝겊이며 가마니 따위를 네 면에 둘러쳐서 벽을 삼았을 뿐이었다. 천정에는 파란 천막을 드리웠는데, 군데군데 미어진 부분에는 날카로운 햇살이 스며들고 있었다. 청산이 들어서자 할머니는 인기척을 느꼈는지 푹 뒤집어쓴 군대용 국방색 모포를 젖혀 얼굴을 드러내 보였다.

---

10) 위뜸 : 뜸은 동네 안에서 한데 모여 있는 여러 집들. (반) 아래뜸.

"누구 온 겨?"

"야, 시장 손님이네요."

"또 일을 저지른 겨? 오늘은 또 뭐시여?"

"아뇨, 할마이. 그냥…."

"아니긴 뭐가 아녀. 이 할미 걱정일랑 말구…."

"하지만 할마이가 배 고프시잖유?"

"일 없어. 아직은 그래도 견딜만 하니 너나 의지할 곳을 찾아봐."

"할마이, 지는 아직 괜찮아요."

칠순을 넘긴 듯한 할머니였다. 꾀죄죄한 얼굴에는 땟자국이 덧묻어 있었고, 성긴 머리가 사납게 헝클어져 있었다. 소년에 의하면, 얼마 전 아버지가 술병으로 돌아가시고 난 뒤, 어머니는 채 반년도 못 돼 가산을 챙겨 어떤 사내와 줄행랑을 놓았다고 했다. 그런 까닭으로 할머니는 화병(火病)에 드러눕게 되었고, 소년은 학업을 중단하고 신문팔이, 껌팔이, 구두닦이 또는 앵벌이 등을 해서 연명해가고 있었으나, 늘 벌이가 시원찮아 꽃등(처음)으로 소매치기를 했던 것이다. 청산은 지폐 몇 장을 소년에게 건네주고 그곳을 빠져나왔었다. 그러나 그의 마음은 늘 편할 수가 없었다. 소년의 딱한 환경을 접하고서 모른 척할 정도로 메마른 사람은 아니었다. 청산은 그날 이후, 5 일장이 서는 날이면 항상 그곳에 들렀다. 자신의 부모님을 모신다는 집념으로, 극진히 보살피기 시작했다. 소년에게는 학업을 계속하게 했고, 할머니는 청산의 정성에 힘입어 근신하는 데는 별 어려움이 없었던 것이다.

"오마니! 청산이 왔습네다."

청산은 숫제 어머니라고 부를 만큼 가까워졌다.

"청산이가? 어서 들오시게나."

그는 자신이 만든 여닫이문을 열고 들어갔다.

"오마니래 무신 근심거리 있시꺄?"

"와! 근심은 무슨 ….."

"얼굴이가 핼쑥해지구 눈도 퀭 하누만요."

"핼쑥… 할망구 얼굴이 다 그렇지 뭐, 장사는 잘 된 거가?"

"오마니래 쓸데없는 걱정을 붙잡아 매시라요. 업둥이래 공부는 잘 하갓디요?"

"그저 가방을 둘러매고 들락날락 하는가 보아."

"영특한 아이라서 잘 해 나갈 겁네다. 오마니! 쇠고기를 한 근 떠 왔습네다. 그리구 이거 쌀을 파시라요. 내래 갈 길이 멀어 가갔습네다."

"아니, 숨이라도 돌리구 가잖구선."

"괜찮습네다."

청산은 외주물집에서 빠져나와 망중한(忙中閑)을 틈타 한가로이 들판을 거닐고 있었다. 그러면서 그는 고향 언덕을 회상해 보기도 했다. 그런 청산의 기분을 고조시키려는 듯 멀리 산꼭대기에는 희붐한 삿갓구름이 보기 좋게 걸려있었다. 순간 지난날들이 주마등처럼 뇌리를 스치며 지나갔다. 특히 남하(南下)하던 시절의 온갖 상념들은 머릿속에서 해일처럼 일어서고 있었다.

붉게 피어오르는 포화 사이로 혼신(渾身)을 다해 뛰고 나면 후줄근하게 젖어 들어오는 등줄기, 한기(寒氣)와 기아(飢餓)속에 뜬눈으로 지새웠던 기나긴 겨울밤, 총성에 놀라 소스라치던 순간들, 시야 속에서 흐릿해져가는 집사람과 아이의 얼굴, 얼마 동안 눈앞에 아물거렸던 주검의 지옥….

춘양장으로 향하는 보행(步行)은 늘 청산에게 있어서 감동적인 것이었다. 하늘의 허리께 쯤 알맞게 솟은 산들이 올망졸망 모여 있고, 들판을 끼고 굽이 잦은 시냇물이 흘렀다. 아직 포장되지는 않았지만, 울퉁불퉁한 신작로의 세포 사이로 새들과 시냇물의 합창이 눅눅히 젖어 들었다. 들판 길을 따라 튼실한 야생 열매가 아그데 아그데[11] 열려있고, 개울물 속에서 유영하는 송사리 떼며 가물치, 신작로 위에 굴러다니는 모난 돌멩이 하나 하나 … 이 모든 것들은 청산이 갈무리해둔 고향의 추억거리였다. 황소바람 불어오는 겨울의 산행이나 잠포록한 여름밤의 지친 보행도, 춘양장으로 향하는 청산에게는 언제나 정다운 길손과 다를 바 없었다.

청산이 목적지인 춘양장의 허름한 여인숙에 도착한 것은 저녁 무렵이었다. 면 소재지인 이곳은 보통 시장과 우시장을 앞으로 하고, 4백여 호의 한옥과 슬레이트집들이 올망졸망 모여 있었다. 동현 아버지는 그날따라 청산보다 먼저 그곳에 도착한 모양이었고, 그 외에도 오랫동안 낯이 익었던 소장수들의 모습이 눈에 띄었다. 으레 그랬던 것처럼 그들은 벌써 화투놀이에 흠씬 열을 올리고 있었는데 청산이 방문을 열고 들어서자 중년의 애늙은이가 반갑게 맞았다.

"벽계수 어른! 이제 오시나요. 소도 다 팔아 치우고선 버스라도 타지 않고…."

"이 사람이! 아 여적 청산이 고질병도 모르나. 고향 생각 마누라 생각 말이여!"

"그것하고 버스 안타는 것이 무슨 상관있나요?"

---

11) 아그데 아그데 : 열매가 연이어 매달린 모습.

"에라, 이 무식이야. 너는 생각이라는 거 모르나? 아, 거닐면서 떠올리는 거 말이여!"

"아, 아, 무슨 이야기인가 했더니 바로 그 얘깁니까?"

"순정파가[12] 따로 없단 말이네, 그려도 북쪽 황진이는 행복한 여자일세. 안 그런가?"

"칼칼칼…."

일제히 웃음을 터뜨렸다. 그곳에 모인 패거리들은 늘 청산을 들먹거렸다. 그러나 청산을 크게 자극하는 언동(言動)은 아예 하지 않았다. 그저 선소리 비슷하게 말을 꺼내 놓고서는 한바탕 웃어버리면 그만이었다. 청산 자신에게도 그런 태도들이 이제는 자연스럽게 받아들여졌다. 어떤 날 오히려 그냥 지나치는 때면 어쩐지 아쉬움마저 들었다.

"그만들 하시요! 내래 오늘 한턱 내겠수다."

청산이 말했다.

"아니, 청산이! 오늘이 무슨 날인가?" 하고 동현 아버지가 말시답을 늘어놓았다.

"모두 깜깜 무소식입네까?"

"깜깜 무소식이라니… 이봐, 벽계수 무슨 좋은 일 있남?"

"놀라지 마시라요…."

청산이 흥분된 어조로 말을 가다듬었다. 동현 아버지의 숨이 덩달아 넘어간다.

"아, 어서 말을 해봐 이 사람아! 이양 장터 홍 씨 아주먼네 하고 살림이라도 차리게 됐남?"

_____

12) 순정파 : 오로지 한 사람만 순수하게 사랑하는 사람.

"웃기는 소리 마시라요. 통일, 통일이 된다 이겁네다!"

"통일?"

"맞습네다. 남북통일 이라요."

"이 사람이 실성했나, 아, 갑자기 무슨 놈에 통일이여, 통일이"

"신문들 보시구 사시라요. 이거 꿈입네까 생십네까? 베를린 장벽이 래 무너졌시유!"

청산은 마치 살매 들린[13] 사람처럼 신명나게 떠들어 댔다. 패거리들은 청산의 말에 의아해하는 듯하더니 (베를린 장벽 무너지다.) 라고 굵직하게 표제가 붙은 닳은 신문 조각을 보더니 고개를 끄덕거리기 시작했다.

"동무들, 아직도 믿어 디디가 않습네까?"

청산은 부다듯한 몸을 가눌 수가 없다는 듯 겉옷을 벗어부쳤다. 그리고는 덩실덩실 춤을 추어대기 시작했다. 일행들은 청산의 느닷없는 그러한 변화에 함께 어울리거나 가로막지도 못하고 어정쩡하게 되어 버렸다. 유독 동현의 아버지만이 청산의 그러한 기분을 이해해 주려는 듯 청산을 얼싸안고 고향 노래를 흥얼거리기 시작했다. 청산은 곧 그곳 여인숙의 조바를 불러 맥주와 안주를 시켰으며, 이내 패거리들은 밤이 지새는지도 모르고 진탕 마셔 댔다. 그리고 향수의 노래가 수저와 빈 맥주병의 조화를 통해 밤새도록 그칠 줄을 몰랐다. 킥킥거리고, 흐느끼고, 어줍은 인생을 시시콜콜히 뇌까리며 생게망게한 얘기들을 쏟아놓기 시작했다.

이튿날, 춘양장에서 보는 청산은 분명 다른 때와는 달라 보였다. 흥정도 배부른 흥정이었다. 사뭇 거간꾼 같지 않은 흠흠한 표정이었다.

---

13) 살매 들린 : 독하고 모진 귀신의 독기.

속내 모르는 사람들은 이렇게 지껄여 댔다.

"사람이 죽으려고 변했나?"

"좌우지간 오래 살고 볼 일이 구마는….."

흥정에 앞서 늘 울가망스런 그의 모습이나 지싯지싯하던 고지식한 행투도[14] 보이지 않았다. 징글맞게 꼬드기지도 않고, 주제넘게 남의 흥정에 나서지도 않았다.

"동현 아바이! 어지간하믄 대포나 한 사발 마십세다!"

"내 그럴 줄 알았네, 벽계수 어이 가세."

그들은 근처 허름한 주막집으로 향했다. 한 사발을 덜퍽지게 들이킨 다음 동현 아버지가 대뜸 입을 열었다.

"이봐, 벽계수! 자네 말이여, 정말 이렇게 혼자 살겨?"

"동현 아바이! 시답잖은 소리를 그만 합세."

"제발 아양 쓰지 말고….."

"입 닥치시라요, 통일이 되는 마당이래 무신 늠에 똥딴지같은 소리 야요! 우리 여편네이가 아직 살아있을 거 아니겠슴?"

"그래, 통일이 그렇게 쉽사리 된다든가? 또 통일이 되면 자네 마누라 가 두 손 들고 자네를 환영이라도 한다든가? 정신 차려, 이 사람아!"

"우리 여편네래 날 기다리구 있을겁네다."

"뭐? 기다린다고? 팔자를 고쳐도 열 번을 고쳤을 거여 이 사람아!"

"닥치시라요! 내 여편네이가 제명오리[15]처럼 방종한 여자 아이니까네."

"혹은 만난다고 치세, 자네 여편네가 청산이 이렇게 사는 꼴 보고 마

---

14) 행투 : 심술로 남을 해롭게 하는 버릇.

15) 제명오리 : 행실이 얌전하지 못한 여자.

음 편해 하겠남? 행복하게 잘 사는 모습을 보여줘야 도리지. 안 그런가? 과수댁?"

동현 아버지는 느닷없이 과수댁을 끌어 들였다.

"글쎄요, 그런데 동현 아버지는 뭣 땜에 오지랖이 넓게 간섭이래, 간섭이."

"아따, 과수댁은 또 무신 놈에 심보여! 청산이라도 맘에 두고 있었남?"

"끔찍한 소릴 하들 마소, 이러 봬도 지조 하나는 굳은 년 이랑께."

"어따, 또 비쌔는 소리가 영절스럽기도 하지. 과수댁 같은 여자 둘만 됐다가는 홀 애비들 애간장이 다 녹아들겠구만."

비아냥거리는 동현 아버지의 태도에 과수댁이 심드렁해졌다.

"하기야 이혼하고도 처녀 행세하는 되모시꾼들도 있다는데…."

"그것은 약과여, 부부 아닌 남녀가 밀회하는 보쟁이꾼들은 어쩌고…."

"하기사 이 과수년이 정조를 지킨대서 누가 알아줄 거여, 남세스럽게[16] 얼르고 자시고 할겨? 그저 늘그막에 말벗이나 했으면 하는 거제…."

"아, 과수댁 본심이 이제야 나오는구머네."

"벽계수 양반, 너무 애살스럽게 굴들 말소, 나도 따지고 보면 괜찮은 년이여, 얼굴이 민낯해서 그렇지 나도 한때는 다방 마담을 한 몸이란 말이여."

과수댁은 단숨에 막걸리 한 사발을 비웠다. 청산은 저도 모르게 탁자를 한 번 가볍게 내려친 다음 대포 집을 빠져나왔다. 동현 아버지는

---

16) 남세스럽다 : 남우세스럽다.

바늘의 실처럼 청산을 뒤따르면서 더이상 보아주기 힘들다는 듯 청산에게 투덜대기 시작했다.

"이양 장터 홍 아주머니 말이여, 다른 건 몰라도 사람 하나는 진국이여, 어지간하면 좀 생각해 보드라고."

"또 그 야기 입네까?"

"내가 부담스러워서 그러네. 자네 욕할 사람은 눈 씻고 봐도 없단 말이여."

"됐시다. 내 혼자서두 사십 년 살아 왔슴. 이 나이에 무시기 망령이 들었다고, 더군다나 통일두 가까워졌시유. 왕년에 누구가 꿈이라도 꾸어 보겠? 이제 이 청산이두 희망이 있시요. 내 여편내래 몹시 고왔지유. 아 새끼래 중늙은이가 돼 있갓구먼."

평소 그렇게 말수가 적은 청산이 부쩍 말수가 늘었다고 생각하면서 동현 아버지는 바람처럼 그의 뒤를 따랐다.

"통일이 되믄 내래 고향에다가 집두 짓구 논두 사갓수다. 쉬는 날 금강산 단풍 구경두 하구 날 잡아 가지구 백두산 천지 못(池)에서 고저 발가벗고스리 진탕 놀아 보갓시유."

"이 사람아! 꿈일랑 작작 깨. 어느 세월에 통일이 된다든가. 그게 어디 하루 이틀 만에 될 일인가부아!"

"고까짓 철조망이래 무슨 힘이 있갓시오. 콘크리트 무너지는 거 몰라서 하는 말이꺄?"

"그리 됐으면 얼매나 좋겠는가? 근대 철조망도 철조망이지만 마음의 벽은 어떡할겨?"

"아, 동족끼리 벽은 무슨 벽입네까? 고저 피(血)라는 거는 섞이면 한데 뭉치게 되는거이 아닙네까?"

"자네가 사상이라는 거를 몰라서 그러는 기라. 남쪽 북쪽 종종 상봉하는 것을 못 봤는겝여, 그 인간들은 눈물 한 방울 흘리지 않드냔 말여?"

동현 아버지의 말이 청산의 가슴에 비수처럼 꽂혔다. 청산의 심정을 헤아리면서도 동현 아버지는 답답한 심사를 한사코 풀어내려는 듯 계속 말을 이었다.

"그것도 부족해서 북한을 선전하고 나오는 거를 못 보았는가! 저쪽 사람들은 감정이고 나발이고 없단 말세. 철저하게 세뇌 당한거이야!"

"…"

청산은 입을 다물어 버렸다. 갑자기 그의 얼굴이 굳어지기 시작했다. 동현 아버지는 망발(妄發)을 했다 싶었는지 후회하는 빛이 역력했다. 시장 안은 온갖 토속적인 것들로 가득 차 있었다. 마른 고사리와 숙주나물, 웃자란 콩나물, 느타리버섯, 쑥갓, 시금치가 올망졸망 정겹게들 놓여있었고, 물오징어, 갈치, 고등어, 뱀장어, 쏘가리, 멸치를 비롯해 오이, 호박, 토마토, 배추, 고추 등등 온갖 고향의 맛들이 가슴을 조이며 새로운 주인을 기다리고 있었다.

철물점의 한쪽에서는 값을 에누리하려는 스란치마를 두른 농부의 부인과 푼냥이라도 더 남기고 팔려는, 곰삭은 조끼를 두른 노랭이 영감이 부집[17]에 열을 올리고 있었다. 들기름을 짜는 구수한 냄새를 타고 들큼한 호박엿 기름이 강샘을[18] 냈고, 이따금 뻥이요, 뻥이요 옥수수를 튀기는 소리가 쩌렁쩌렁 시장을 울렸다. 열 지어 들어선 생선 가게의 정겨운 사투리도 귓전에 스며들었다. 시장의 어느 구석이든지 철

---

17) 부집 : 심하게 싸우고 다투는 행위.

18) 강샘 : 이성이 다른 사람을 좋아해서 미워하고 시샘하는 행위.

퍼덕하게 앉은 직수굿한 아낙네들과 한눈에 보아도 꾀죄해 보이는 건장한 사내들이 막걸리 사발을 기울이며 알아듣지도 못할 소리를 시부렁거리고 있었다.

청산은 한참 시장을 둘러보더니 드팀전이 늘어 서있는 시장의 중앙 통에서 움찔 멈추어 섰다. 그리고는 뉴패션이라고 큼직하게 쓰여 있는 약간은 세련된 분위기의 점포로 들어섰다. 대부분 어린 아동들의 의류가 주류를 이루고 있었으나 점포의 주인은 턱없이 늙어빠진 꼬부랑 할머니였다. 청산은 나이 드신 어른들을 보면 마치 부모님처럼 여겨졌다.

"반갑시다. 내래 청진에서 왔시요."

청산은 공연히 들떠 드팀전의[19] 할머니한테 말을 걸었다. 앞니가 듬성듬성 달아난 할머니가 청산을 향해 웃어 보이면서 흥정을 걸었다.

"싸게 줄 테니 옷 사소."

"통일도 성큼 다가왔는데 사드리겠습네."

청산의 입에서 마른 콧노래가 흘러나왔다.

"통일? 익은 밥 먹고 선소리하네요. 사십 년 넘게 가로막힌 삼팔선이 무슨 재간으로 무너지겠능교?"

"할마니래 믿어지지 않습네까? 베를린 장벽이래 무너졌다 이겁네다."

"베르린?"

할머니는 '베를린'이라고 제대로 발음하지 못했다.

"독일이래 통일이 이루어졌다 이거야요."

"무슨 소리하네? 내래 뭐가 뭔지 통 모르겠소."

"그런 거 있습네다. 인제 통일이래 시간 문제라요."

_____

19) 드팀전 : 옷감 가게.

그는 확신하듯 목소리에 힘을 주었다. 할머니는 여전히 알 수 없는 말을 한다는 듯 빤히 올려다보며 옷을 뒤적거리고 있었다. 청산은 아동용 옷을 하나 사가지고는 드팀전을 빠져 나왔다. 할머니는 청산의 뒷모습을 망연히 바라보고 있었다. 청산은 장터 장꾼들에게서 그토록 생기가 도는 것을 처음으로 느꼈다. 상점 앞의 요란한 여리꾼들[20], 장구럭을 메고 스멀스멀 장터로 나오는 촌 아낙네들, 가리진 머리에 기름을 바르고 아내와 자식을 앞세우고 나온 핫아비들[21], 생선 한 두름을 걸머진 갓 쓴 늙은이, 뒤늦게 쇠전으로 향하는 어린 송아지의 그 주인 양반, 여태 변함없이 보아왔던 일상의 장터 풍경이 이날 따라 새삼 힘차고 생기 있는 모습으로 청산의 시야를 붙들었다.

얼마 뒤, 청산이 장터의 업둥이네 집에 들렀을 때 그곳에는 아무런 인기척이 없었다. 방문을 열고 들어서는 순간 청산은 주춤 놀라지 않을 수 없었다. 할머니의 모습은 보이지 않았다. 빠끔살이 같은 세간조차 이미 시야에 들어오지 않았다. 주변 사람들로부터 전해들은 얘기로는 며칠 전 할머니가 위독하여 도립병원으로 옮겨졌는데 끝내 숨을 거두었다고 했다. 병원 측이 할머니의 조촐한 유품을 보관하고 있다는 것이었다. 업둥이 모습도 시장통에 보이지 않는다고 했다.

청산은 일순 가슴 깊은 곳으로부터 엄습해오는 허전함을 느꼈다. 눈밖에 난 사람처럼 소외당한 느낌을 떨쳐 버릴 수가 없었다. 어쩐지 그 순간만큼은 세상에 홀로 서 있는 기분이었다. 적어도 할머니의 죽음은 청산 자신 어머니의 죽음이나 다를 바 없었다. 청산 자신의 희망이요,

---

20) 여리꾼 : 상점 앞에서 물건 사도록 부추겨주고 돈을 받는 사람.
21) 핫아비 : 아내가 있는 남자. (반)홀 아비는 아내가 없는 남자.

기대할 수 있는 대상이 자신의 곁에서 종적을 감추고 말았다는 데에 더욱 슬픔을 느끼고 있었던 것이다. 무서운 그림자가 되어 앞길을 가로막는 느낌도 들었다.

　장터의 대폿집, 청산은 벌써 화들짝 취해 있었다. 언제나처럼 동현 아버지는 청산의 곁에 함께 하였다. 그날 청산의 넋두리를 들은 동현 아버지는 몹시 안쓰러운 낯으로 청산을 바라보았다. 홍 씨 아주머니는 여느 때와는 다른 분위기 때문인지 너울 좋은 성격도 오간 데 없이 묵묵히 자신의 일에만 열중하고 있었다.

　"어이, 홍 씨 아주메요. 막걸리 한 사발 드시소."

　동현 아버지가 머쓱한 어투로 술을 권하자 그적에서야 홍 씨 아주머니는 언선스럽게[22] 잔을 받아 들었다.

　"벽계수 양반! 너무 심각하게 생각지 마소! 이별이란 거시 인생사 거쳐야 하는 관문이 아닌교? 내도 남편캉 사별할 적 하늘이 무너지는 줄 안 알았던교?"

　"맞다! 홍 씨 아주메 말이 백번 맞는구먼. 그래도 시간이 지나믄 이별도 추억이 된다드만…."

　"맞는 말씀이라예. 벽계수 양반! 너무 슬퍼하지 맙시대이. 그래도 벽계수 양반 곁에는 이렇게 우리네가 함께 하고 있지 않는교. 그라고 그 통일 말인데요. 오늘 신문에도 대문짝만하게 기사가 났습디다."

　"그거 정말 임메?"

　"비싼 밥 먹구 뭣 땜에 거짓부렁 하는교?"

　청산은 통일이라는 말에 귀머거리 구멍 뚫리듯 청각을 곤두세웠다.

────────────

22) 언선스럽다 : 아첨을 떨다.

갑자기 희색이 얼굴 가득히 넘쳐흘렀다.

"내래 노래 한 곡조 뽑갔시요!"

대포집 안의 손님들은 청산의 태도에 놀라지 않을 수 없었다. 평소 노래와는 거의 담을 쌓고 지낸 청산이었다. 어떤 술좌석에서도 스스로 노래하는 경우는 거의 가물에 콩 나듯 드물었다. 더군다나 간청하는 경우에도 그는 대부분 거절하기 십상이었다. 그런 그가 이제 자청해서 노래를 한다는 것이었다. 주위는 쥐 죽은 듯 조용해졌다. 멀리서 장똘 배기들의 바쁜 걸음걸이가 정적을 깨뜨렸을 뿐이었다.

"고향이 그리워도 못가는 신세, 저 하늘 저 산 아래 아득한 천 리, 언제나 외로워라 타향에서 우는 몸…."

약간은 어눌한 타령조의 유행가 가사였지만 대폿집에 모인 사람들의 모든 시름과 걱정을 일소해 버리기라도 하듯 청산의 노래는 시장통 전역에 울려 퍼지는 듯했다. 청산의 발화(發火)로 대포집의 분위기가 무르익어 갈 즈음 청산은 고즈넉이 그곳에서 빠져나왔다. 다른 날보다 크게 돋들리는 소리였지만 사람들은 눈살을 찌푸리지 않았다. 그들대로의 응어리진 한(恨)이나 고통 따위가 조금이라도 위로받을 수 있다면, 그런 분위기가 진종일 계속된들 이상할 것은 없을 것이었다. 청산이 대폿집에서 점점 멀어지기 시작하면서 이제 그들은 남도 특유의 타령조인 육자배기를 흥얼거리기 시작했다.

청산이 우(牛)시장 뒤편의 제방을 걷고 있을 때였다. 호루라기 부는 소리와 함께 정복을 한 순경 두 명이 누군가를 추격하고 있었다. 두 명의 수염이 덥수룩한 사내와 한 소년이었다. 그들은 운 좋게 도망치는가 싶더니, 한참 후 맞붙어 싸우기 시작했다. 처음엔 겨끔내기[23] 식으로 형세가 엎치락뒤치락하다가 결국 순경들의 날렵한 몸 날림에 의해 놈들은 손목을 붙들려버렸고, 침묵과 함께 무거운 수갑이 잽싸게 채워지고 있었다.

청산이 그들 앞에 이르렀을 때, 그는 크게 놀라지 않을 수 없었다. 수갑은 채워지지 않았지만 붙들린 두 사내의 발자국 뒤로 죄인처럼 파르르 떨며 걷고 있는 소년은 바로 업둥이였다. 소년은 청산을 보자 일순 흠칫하면서도 애써 태연한 척 눈을 피하는 것이었다. 청산은 길게 한숨을 내뿜었다. 그것은 곧 안도의 한숨이기도 했다. 그토록 마음에 걸렸던 소년을 다시 만났다는 것이 청산에게는 무엇보다도 다행스런 것이었다.

"순경 아저씨, 죄송하누만요. 이 조막만한 자식 어찌된 영문임메?"

그러자 몸이 대살지게 생긴 순경이 아니꼽다는 듯 툭 쏘아붙였다.

"와예, 아저씨가 뉘신데 남의 일에 참견하는 거요?"

"고저, 잘 아는 사람이우다. 제가 대신 사과하면 안되겠시꺄?"

"절도입니다. 피도 안 마른 새끼들이 간덩이가 퉁퉁 부어 가지구서는…."

"제가 잘 타이르겠습네다. 요 녀석이래 무 밑동같이 외로운 아입네다."

"각다귀 패거리 다 그런 처지 아닙니까."

"그거이가 이 사회에 모순 아니겟시꺄?"

"아이고 이 신세야. 허구헌날 각다귀 패거리들하고 실랑이라니 원…."

---

23) 겨끔내기 : 자꾸 번갈아서 하는 것.

청산은 서(署)에 들러 소년의 보호자 자격으로서, 각서를 쓰고 서명(署名)을 했다. 그리고는 소년과 함께 서(署)를 빠져나왔다. 소년은 아무 말 없이 청산을 따라 걷고 있었다. 청산은 소년의 손을 꼭 감싸 쥐었다. 그러자 소년은 훌쩍거리기 시작했다. 이윽고 청산이 말문을 열었다.

"내래 업둥이가 말 안혀두 잘 알꾸마. 얼라가 죄가 있음 얼매나 있간? 내래 틀린 말으 했겠?"

"아저씨 미안습니다. 저는 아무 죄가 없어요. 아까 그 형들을 따라다니기만 했지 않습니까…."

"내두 잘 알꾸마. 업둥이 너 이 아저씨 말 잘 듣거라."

"야"

"업둥이 너는 어머이두 보구 싶을 게구 공부도 하구 싶을 게구, 돈도 벌구 싶을 게구, 내 말이 맞나?"

"야, 그런데 공부하는 거는 별루여요."

"허지만 공부라카는 거는 때를 놓쳐버리면 허구 싶어두 못하는 거이야. 공부 잘 하믄 야중 훌륭한 사람이가 되지 않습?"

"그것쯤 나도 압니더. 그런디…."

"알믄?"

"학교는 어디서 다니구, 또 돈은 누가 대준대요?"

"하기사 업둥이 니 말이래 맞다. 보자, 업둥이래 이 아저씨 싫지 않디?"

"야, 그건 왜 묻는데유?"

"그러믄 되었다. 니넌 지금부터 아저씨허구 사는 거라. 학교두 가구, 맛있는 것두 실컷 먹구, 알아 듣겠?"

"고마워요. 공부도 열심히 하겠어요."

"그럼, 고저 말만 잘하는 얌생이처럼 형편없는 업둥이래 아니겠지?"

"야, 쓴쓴이 은혜를 잊지 않겠너더. 참말 입니대이."

"그럼 돼서. 마구발방 언동(言動)하면 사내 고추를 팍 끊는 거야 ,알 가서?"

"야!"

청산은 소년에게 입다짐을 받았다. 아니 그것은 당연한 의무였다. 청산의 어린 시절에는 세상이 어려웠으니 자신을 보살펴 줄이 없었지만, 그러나 지금은 많이 달라졌다. 업둥이   나이에 다른 아이들은 얼마나 상상하기 어려운 호강을 하고 있는가? 지금 소년은 너무 가혹한 고통을 치르고 있는 것이다. 업둥이에 대한 자신의 배려는 지극히 상식적인 것에 지나지 않는다고 청산은 생각했다.

소년은 청산의 동네 아이들이 다니는 학교에 전학했다. 청산의 생활은 식구가 한 명 늘어났다는 때문인지 활기에 넘쳐흘렀다. 내일은 다시 이양 장이 서는 날이다. 일찌감치 눈을 붙이려는 청산의 집에 동현 아버지가 불쑥 들어섰다.

"벌써 눈을 붙이는가?"

"꼭두새벽 떠날라믄 좀 자둬야겠수다."

"잠은 무슨 놈에 잠, 술이나 한 사발 들이키다 떠나면 되지….''

그때 업둥이가 끼어들었다.

"벽계수 아자씨, 지도 시장에 나가면 안 되유? 내일 공일인디….''

"그려, 그럴려믄 날래 눈 좀 붙여둬.''

"야, 후후 신난다.''

그는 혼자가 아니었다. 청산의 곁에는 이제 도담스러운[24] 얼굴이 있

---

24) 도담스러운 : 아담하고 탐스러운 모습.

었다. 그는 통일이 되면 자신 있게 부인에게 소년을 소개할 수 있을 것이라고 생각했다.

여전히 변하지 않은 어슴새벽의 산길이 그날은 몹시 넓어 보였다. 가는 안개가 깔려 있긴 해도 발은 규칙적으로 떼어 놓을 수 있었다. 대륜산의 정적을 깨뜨리는 둔탁한 발자국 소리, 숙면(熟眠)하고 있는 소나무 사이로 흩뿌려지는 유성, 아직 내리는 아주 작은 이슬, 야충(夜蟲)들의 합창. 이따금 깊은 골에서 메아리쳐 오는 야수들의 울부짖음. 여리고 빠른 소년의 발자국 소리, 그리고 새벽 위를 걷는 사람들의 고동 소리….

새벽의 의미가 여느 때보다 깊게 다가온다. 청산은 소년의 존재가 반갑고 자박자박 여린 발자국 소리가 정겹게 들린다. 황소의 발자국 소리도 유달리 경쾌한 듯하다. 청산에게 그날처럼 감동이 깊은 날은 없었다.

그날 청산은 운 좋게도 세 건의 거간 실적을 올렸다. 소년은 청산의 일거수일투족을 예리하게 살피며 마치 자신의 미래를 떠올리기라도 하듯 청산을 보고 만족하게 씨익 웃었다. 그러나 청산은 소년을 위해 언젠가는 이런 일을 그만두어야 한다고 생각했다. 거간꾼이 아니라도 신파(新派)[25]의 고상하고도 실속 있는 업(業)들이 읍내에도 많았다. 그쯤 생각하고 있는데 저쪽으로부터 동현 아버지가 헐레벌떡 뛰어오고 있었다.

"무신 일이가 그리 급합네까? 보는 사람이래 고저 놀래 자빠디갓시요."

청산의 말에 동현 아버지는 한참 숨을 몰아쉰 뒤 걱정 섞인 투로 말문을 열었다.

"이봐 벽계수 큰일 났구면."

---

25) 신파 : 새로운 양식이나 방식을 따르는 파.

"무신 일이꺄? 날래 말을 하시라요."

"홍 씨 아지메 말이다…."

"홍 씨 아지메이가 어케 됐습메?"

"간밤에 쓸어졌다는 거라."

"뭐시라?"

"읍내 도립병원으루 옮겼다는데…."

"날래 갑수다래."

읍내의 도립병원은 읍에서도 외곽의 한적한 곳에 횅뎅그렁하게 놓여 있었다. 도립병원이래야 고작 몇 안 되는 나이 듬직한 의사들과 파리한[26] 십수 명의 간호사들이 주로 위급하지 않은 환자들을 상대로 약물 주입, 조제, X-Ray 촬영, 물리치료, 가벼운 수술 등을 하는 것이 주를 이루고 있었다.

청산의 일행이 병원 입구에 들어섰을 때 병원 안에는 환자들의 왁자 지껄한 잡음들로 가득차 있었다. 병원 특유의 냄새, 찐한 크레졸 등의 냄새가 매섭게 코를 자극했으나 곧 후각의 감각 기능은 무뎌지고 말았 다. 청산은 냉기를 띤 몇 간호사들을 거친 끝에 홍 아주머니가 가료중 인 병실을 찾을 수 있었다.

병실 문을 막 열고 들어섰을 때도 썰렁한 기운은 여전히 청산에게서 떠나지 않았다. 허름한 네 개의 침대가 비좁은 공간 위에 놓여있었고, 그것도 나머지 셋은 헐렁하게 비어있는 상태였다. 시멘트벽 위에 바른 하얀 페인트가 군데군데 떨어져 나가고 있었다. 홍 아주머니는 청산

---

26) 파리한 : 여위고 핏기가 없어 해쓱한 모습.

일행을 보는 순간 멈칫 놀랬으나 이내 옷과 머리의 매무시를 하는 것이었다.

"홍 아주마니래 어찌 된 거간? 기래, 견딜만 하겟슴?"

"별거 아이라예. 뭐 할라꼬 이리 다왔씹니꺼?"

"우리덜이래 짐승이가? 매몰찬 사람은 아니니까네 왔디!"

그때 간호사 두 명과 형편없이 빈약해 보이는 늙수그레한 의사가 흰 가운을 두른 채 차트를 검토하며 병실로 들어섰다. 의사는 생각보다는 호감이 가는 목소리로 청산을 향해 입을 열었다.

"부군(夫君)[27] 되십니까?"

"아… 아닙네다. 고저 잘 아넌 사람입네다. 병세는 좀 어떳시까?"

"걱정 않으셔도 됩니다. 신경성 위경련인데 조금 안정하면 곧 좋아질 겁니다."

"아무튼 선상님이래 고맙습네다."

"원… 별 말씀을. 아, 그런데 요 녀석은 일전에 뵀던 그 할머니의 손주 녀석이 아닌가 싶은데…."

"맞아요. 선생님! 안녕하셔유?"

소년이 멋쩍게 대답했다.

"애와는 어떤 관계…. 아, 그리고 보니 할머니가 들먹이셨던 그 이북 사람이 아니십니까?"

"네? 할마이께서?"

"어르신, 잠간 기다리십시오."

병실을 나간 의사는 얼마쯤 뒤에 다시 그들 일행이 있는 병실로 돌아

---

27) 부군 : 남의 남편을 높여 부르는 말.

왔다. 그의 손에는 작은 상자 하나와 흰 봉투 하나가 들려져 있었다.

"이것은 할머니의 유품입니다. 유언에 따라 선생께 인계합니다."

"이거르 뭡네까?"

"손수 열어 보십시오."

청산이 상자의 뚜껑을 열어젖히자 상자 안에는 한문으로 복(福)이라고 새겨진 큼직한 주머니가 들어 있었다. 다시 주머니의 주둥이를 벌리는 순간, 청산과 그들 일행은 아연했다. 그 속에는 조금 기다란 금비녀 한 개와 주먹만 한 금덩이가 침묵 속에 빛나고 있었다. 나중에 안 것이었지만 금비녀는 20여 돈을 웃돌았고, 금덩이는 50여 돈쯤으로 현 시가로 환산하면 상당한 액수였다. 할머니가 어떻게 이토록 많은 금을 모았는지는 알 수가 없었다. 청산이 다시 봉투를 꺼내려 하자 의사가 부드러운 어조로 말하는 것이었다.

"그건 혼자 있을 때 보시는 것이 좋을성싶습니다. 운명하시기 며칠 전, 할머니의 요청에 따라 우리 간호사가 받아 적은 것입니다. 그럼…."

청산은 놀란 마음을 진정할 수가 없었다. 소년은 이제 그런 재물 따윈 관심조차 없다는 표정으로 곁에 놓여있는 휠체어가 신기한 듯 매만지는가 싶더니 이내 병원의 앞마당으로 휠체어를 밀고 가버리는 것이었다. 동현 아버지 역시 그런 분위기에 머쓱했던지 몇 번 헛기침을 토해 내더니 결국 자리를 비켜주었다.

"벽계수 양반, 내는 뭐가 뭔지 당최 모르겠습니더."

"그럴게라. 그거는 그렇구 정말 몸이래 괜찮겐?"

"다 낫십니더. 괜한 걱정일랑 마시소."

"뭬이 괜한 걱정이간? 홍 아주마니래 지금 이렇게 병원에 있지 않슴?"

"좌우지간 감사혀유. 근데 저 아이는?"

"늘그막에 생긴 내 아 새끼 아니겠슴?"

"예에?"

"할마이래 내 오마니터럼 생각하구스리 여적 모셔 왔디. 긴데 고 할마니래 세상 떠난기야. 내래 임종두 못보구스리….."

청산의 눈에는 차차로 습기를 머금기 시작했다. 더군다나 청산에게 맡기고 떠난 그 유품을 눈앞에 두고서, 청산은 말할 수 없는 슬픔에 빠지고 있었다.

"그만 하시소. 벽계수 양반두 쓸쓸하쥬?"

"…."

"이제 고집일랑 그만 부립시더. 인생을 살면 얼매나 산다꼬, 이 홍가년캉 의지허구 사십시더."

"…."

"이 나이 먹구서 무신 불나비²⁸⁾ 사랑을 하겠는교. 아님 얼르고 자시고 하겠는교. 그저 늘그막에 말벗이나 할라카는 거제. 안 그래요?"

"모르는 소리 그만 합세. 통일이 되믄 우리 여편네 어찌 쳐다 보겠시까?"

"그놈에 통일이 어느 세월에 될 것이고?"

"이제 봅세. 통일 이거 시간문제 임메. 베를린에 콘크리트도 한순간에 무너진거야!"

"벽계수 양반 말처럼 그리 된다믄 얼매나 좋겠노. 하지만도 통일이 그리 쉽지는 않을꺼구만. 죽은 뒤에도 통일이 될까 말까 할 거라예."

---

28) 불나비 : 나비목 불나방과에 속한 곤충으로 겁 없이 불로 날아들어 죽는 곤충.

"입 닥치시라요. 그래도 내래 그 꿈이 없음 진즉에 죽었수다래."

"참말루 애국자 하나 떨어졌는가 보요. 으음….."

홍씨 아주머니는 끝내 표가 나지 않는 울음기를 머금고 말했다. 작은 병실 안에서 여자의 가는 흐느낌이란 청산에게 그리 달가운 것은 아니었지만, 청산은 그날따라 어딘지 모르게 홍 씨 아주머니가 가엾어 보였다. 순간 청산은 야릇한 감정에 빠져들었다. 자신을 위해 울음을 보여줄 수 있는 여자의 마음은 무엇으로 위로를 받아야 하는 것일까? 삼팔선이 청산 자신의 한(恨)을 풀어 주지 못하고, 묵묵히 가는 세월 속에 녹슬어 가듯, 청산도 그녀의 한(恨)을 풀어주지 못하고, 철조망처럼 녹슬어 가야 할 비정(悲情)의 세월이었다. 이내 청산 자신도 눈가에 물기를 머금고 말았다. 청산은 그녀의 손을 꼭 움켜쥐었다. 그리고는 계속해서 눈가에 눈물을 적시고 있었다.

바로 그때였다. 그런 광경을 목격한 소년과 동현 아버지가 흐뭇한 낯빛으로 병실 안에 들어서고 있었다. 청산은 자세를 바로 한 다음, 스스러운 기운을 일소하듯, 몇 번이고 헛기침을 뱉어냈다. 동현 아버지는 그런 분위기에 멋쩍어하면서도 태연한 척 영절스럽게[29] 말을 꺼냈다.

"어이, 청산리 벽계수 말이여, 부끄러울 것 없네. 진즉에 순조롭게 나올 일이지….."

"뵀시다래. 내래 잠시 이성을 잃었시요."

"벽계수, 자네 혼자서 통일을 애타게 기다리는 것 보담 홍 아주메 허고, 업둥이 허고 힘을 합쳐서 기다리면 훨씬 통일을 앞당길 수 있을끼라 ….."

---

29) 영절스럽게 : 말로는 그럴듯하게.

"맞는 얘기라예."

만족한 목소리의 홍 씨 아주머니였다.

"벽계수, 그러믄 아예 여기서 아퀴를 짓세."

"무신 소리메?"

"아, 홍 씨 아주메 허고 말 벗하는 거 말여."

홍 씨 아주머니는 대폿집에서 숫기 없는 모습은 온 데 간 데 없이 그저 두 볼 짝이 붉게 달아오르고 있었다.

"아자씨! 이 업둥이도 좋은 아들이 되겠구만요."

소년이 눈치 빠르게 분위기의 흥을 돋우고 있었다. 청산이 가는 웃음을 띠며 소년을 향해 말했다.

"그라믄 이 아자씨래 니한테 부탁 하나 해두 되겐?"

"무슨 부탁 인디유?"

"음, 이 비녀 말이다. 아자씨 한테 선물얼 할 수 있간?"

"그건 진작에 아저씨 거 여유. 근데 뭐 하실려구유?"

"궁금하디?"

청산은 상자 속에서 비녀를 꺼냈다. 그런 다음 홍 씨 아주머니한테 바짝 다가서는 것이었다.

"홍 씨 아주메요, 이 비녀를 증표루 받지 않겠슴?"

"내는 드릴 게 없는데….."

"아, 얼른 병석에서 일어나는 것처럼 좋은 선물이 또 어디 있겠는가! 이제 보니 홍 아주메가 오매불망 황진일세 그려. 업둥아, 내가 틀린 말을 한겨?"

동현 아버지가 조급한 마음으로 끼어들었다.

"아니유 아니유…"

청산의 일행은 병실을 빠져나왔다. 물론 홍씨 아주머니도 의사의 허락을 얻어 그들과 동행하였다. 저녁노을이 유난히 붉게 타들기 시작했다. 청산은 병원 입구의 늘 푸른 상록수 아래서 흰 봉투를 꺼내 들었다. 그리고는 할머니의 유서를 읽어 내려가기 시작했다.

내용인즉 본시 인생이 뜬구름 같아 운명을 예측할 수 없다는 말처럼 자신은 청산을 못보고 떠날 것 같으며, 그동안의 은혜는 죽어서도 잊지 못할 것이다. 또, 남기고 간 유품은 가세가 기울기 전 며느리 몰래 모아 둔 것인데 업둥이를 위해 가난 속에서도 처분하지 않았으니 이제 청산이 유용하게 사용하길 바라며 하나밖에 없는 살붙이인 손자를 감히 친자식처럼 부탁드리겠다. 끝으로 청산이가 외롭게 사는 것이 늘 가슴에 걸렸는데 부디 좋은 사람 만나 행복하게 살기 바라며 꼭 고향 땅을 밟기 바란다는 의미가 담긴 내용이었다.

읽기를 마치고 나서 일행을 향해 청산이 단언하듯 말했다.

"동현 아바이 섭섭하겠지만 내래 쇠전을 떠나겠시유. 업둥이도 있구, 홍 아주메도 있구혀서…."

"잘 생각 했네 벽계수. 내도 뉘가 날 지경이구만"

"그럼, 무슨 일을 하실 건데유?"

홍 아주머니가 물었다.

"내래 오래전부터 생각해둔 게 있시요."

"뭔데유 뭔데유?"

"밭쟁이가 되겠습메. 고저 정직허게 스리 채소 농사를 짓겠시요."

"좋아유 좋아유!"

"채소가 무럭무럭 자라나믄 통일의 꿈두 하나씩 이루어 지갓디요?"

"그럼유 그렇고 말구유!"

"홍씨 아주메요. 부탁 하나 합세. 그리구 업둥이두"

"무슨 부탁유, 벽계수 양반?"

"말미를 내가지구스리 임진각에나 한번 다녀 옵시다래"

"좋지요! 좋아요!"

청산의 일행이 도립병원의 정문을 막 빠져나오는 순간, 하기식(下旗式)을 알리는 신호와 함께 애국가가 장엄하게 울려 퍼졌다. 청산은 도립병원 내의 국기 게양대 쪽으로 시선을 집중했다. 그의 눈빛이 태극기의 붉은색 마크처럼 붉게 타들어 가고 있었다. 그때 청산의 뇌리에는 짤막한 자막이 영상처럼 떠오르기 시작했다.

베를린 장벽, 철조망보다 견고한 콘크리트 무너지다!

청산리 벽계수처럼 청산의 꿈도 끊임없이 흐르고 있을 것이었다.

.... 끝

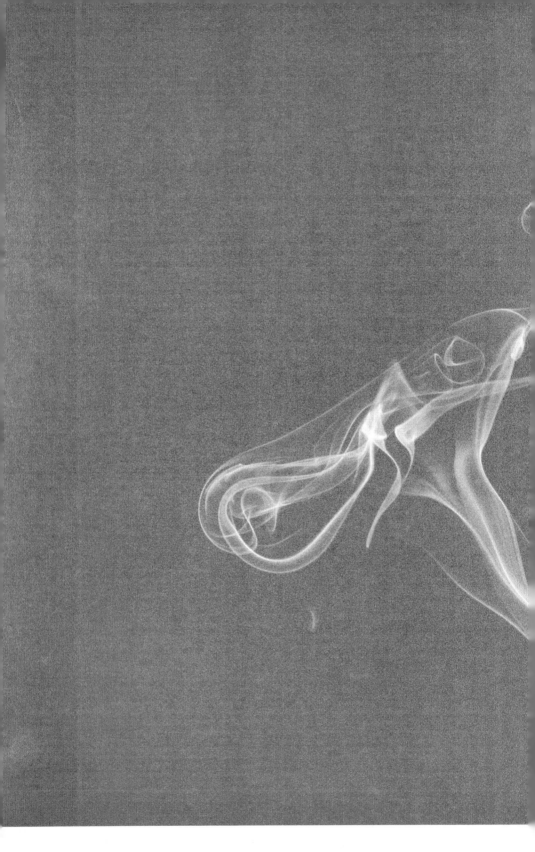

황소의 반란

〈황소의 반란〉의 제목만을 보면 당나라 말기 60만 대군으로 낙양, 장안 등을 함락하고 황제를 사천성에 달아나도록 했던 황소(黃巢)의 난을 생각할지도 모른다. 이 난으로 결국 당나라는 패망할 정도로 황소의 난은 엄청난 역사가 되었기 때문이다. 하지만 이 작품에서의 '황소'는 사람 이름이 아니라 황소(黃牛)의 의미다. 나는 이 작품의 배경이 되는 경기도 안성의 한 농장에서 청소년 시절 한때를 지냈다. 날품팔이하던 어머니를 따라 농장을 둘러보고 밤산(栗山)에서 밤을 줍기도 하였다. 내가 소설을 쓰기 시작하면서 작가인 내게 농장의 배경, 상황, 사회적 현실 등은 많은 상상력을 가져다주었다. 작품의 주요 모티브를 이루고 있는 지배와 피지배의 관계가 철저히 실현되고 있는 곳이 바로 농장이었다. 작품 속에 등장하는 어느 굴지의 기업이 실제 당시 그 지역에 농장을 경영하고 있었다. 우사(牛舍)나 산란성 계사, 자체생산성 돈사, 가축시험원 등은 실제 존재했던 내용들이다. 인간들이 사는 사회구조 혹은 기업 구조 속에서 힘이 어떻게 권력화되어 작용하는지 보여주고 싶은 작품이었다. 한편으론 부당한 권력, 부조리한 힘에 저항하지 못하고 살 수밖에 없는 인간 본연의 모습들을 통해 나약한 우리 인간들의 군상(群像)을 드러내 보이고 싶었던 작품이다.

겨울 초입이었다. 소읍(小邑)의 신작로에는 소릿바람이 일고 있었다. 살매들린[1] 바람이 우우 울면서 플라타너스의 갈비뼈를 핥으며 지나갔다. 초겨울 바람치고는 드센 바람이었다. 그 바람은 일본식 건물인 읍 사무소의 머리 뒤로 풍경화처럼 우뚝 솟아있는 비교적 준수한 모양새인 솔수펑의 골짜기로부터 불어오고 있었다. 소읍에도 사람들은 많을 터지만, 오고 가는 사람들의 모습이 쭐쩍해져[2] 있었다. 아마도 우울한 날씨 탓인 모양이었다.

하늘은 낮게 드리워져 있었다. 바람이 일어설 그런 하늘은 아닌 듯한데 끈히 소릿바람이 불어오고 있었다. 소릿바람에도 아랑곳하지 않고 하늘이 회백색으로 흐려 있어서 그 하늘이 어지럽게 교차하고 있는 전깃줄까지만 내려 앉아준다면 영락없이 눈발이 날릴 것이다. 그것이 첫눈이 되리라. 아직 첫눈은 내리지 않고 있었다.

"Y농장(農場)으로 갑시다."

나는 소읍의 중앙통에서 한참만에야 찌글덩한 고물 택시를 잡아탔다. 색 바랜 하늘색 포니 택시였다. 그런 택시가 이곳 소읍에서는 여전히 제 철 만난 조랑말처럼 활개 치며 날뛰고 있었다. 운전수는 그닥 내키지 않는다는 낌새였으나 나는 일찌감치 덜컥거리는 뒷문을 열고 차 안으로 몸을 밀어 넣어버렸다. 가잠나룻[3]이 짓궂게 돋아있는 운전수는 Y농장까지의 도로가 괴팍스럽고, 거리도 30리가 좋이[4] 넘는다고 툴툴거렸다. 더군다나 Y농장은 산중턱에 위치해 있어서 꼬불꼬불한 황톳

---

1) 살매들린 : 매서운 추위.
2) 쭐쩍해져 : 줄어들어.
3) 가잠나룻 : 짧고 드문드문한 수염.
4) 좋이 : 충분히.

길을 얼마간 헛바퀴를 돌다시피 하여 올라야 할 것이고, 십중팔구는 빈 차로 나오기 십상이라는 것이었다. 그는 몇 번이고 〈더블〉 요금을 강조하면서 서서히 액셀러레이터를 밟아 나가기 시작했다.

택시의 속도가 가속화되고, 소읍(小邑)의 연결 교량을 벗어나면서부터 살풍경한 야산들녘이 북구의 이름 없는 사실주의 화가의 그림처럼 펼쳐지고 있었다. 구새먹은[5] 가로수들이 우우 소리 높여 울부짖고 하늘은 무너져 내릴 듯 저기압이었다. 야산 기슭에 바람꽃이[6] 피어나고 있었다. 그 바람꽃이 야산을 가로질러 들판을 향해 꾸역꾸역 몰려들고 있었다. 낡은 중절모를 움푹 눌러쓴 허수아비가 허기진 배를 움켜쥔 채 깔깔거리고 있었다. 그런 풍광은 얼마간 계속되었다.

"농장엔 뭣 하러 가슈?"

여태껏 입을 샐쭉거리며 마뜩찮은 표정을 짓고 있던 운전수가 열없이 물었다. 물으면서 흘끔 뒤를 곁눈질 하였는데 짧고 듬성듬성한 가잠나룻이 보기에 싫었다. 나는 그의 물음에 대꾸하지 않았다. 도무지 말할 기분이 아니었다. 나는 억지 춘향이[7] 식으로 바람을 맞아 이곳으로 보내져 버린 느낌이었다. 문득 겨울 유배지를 향해 가고 있다는 생각이 스쳤다. 사개가 어긋난 일이었다. 원칙적으로라면 나는 우리 Y제당(製糖)의 관리과 과장 대리로 발령을 받았어야 했다. 그것은 우리 Y제당에서도 기정사실화되어 있었던 터였다. 내가 4년제 대학을 마치고 Y제당에 입사한 지도 줄잡아 십여 년이 되었고, 그간 성실성을 인정받아 몇 차례의 상급(賞給)을 받은 적도 있었다. 불과 며칠 전까지만 해도, 내

---

5) 구새 : 산에 있는 나무의 속이 썩어서 난 구멍.

6) 바람꽃 : 바람이 세게 불 때 먼 산에 희부옇게 일어나는 기운.

7) 억지 춘향이 : 강제로 이뤄지거나 짜 맞춤.

가 관리과 과장 대리로 전보 발령된다는 사실은 Y제당의 그 어떤 직원들도 믿어 의심치 않았었다.

그러한 사실에도 불구하고, 나는 지금 Y제당 산하에 있는 Y농장의 농장장(長)의 직분으로 유배되어 내려오는 것이었다. 말이 농장장이지 실제 생활은 본능적 동물—소·돼지·닭·따위— 들의 뒤치다꺼리를 해주는 거추꾼에 불과할 것이었다.

이따금씩 Y제당의 토지인 10정보의 밤[栗] 산을 고비늙은 산지기와 한번 훑어보면 그만일 것이었다. 그러나 Y제당 본사의 어떠한 직원들도, 설령 그들이 잔다리 밟아 한 계급 오른다손 치더라도 Y농장으로의 전보 발령만큼은 그다지 달갑게 생각하지 않을 것이었다. 그럴 것이, 최근 일 년 동안 두 명의 농장장이 Y농장에서 무모한 죽음을 당한 것이었다. 처음 변을 당한 사람은 우리[牢]를 뛰쳐나온 황소의 뿔에 뇌부를 들이 받힌 것이었고, 또 한 사람은 농장장, 그러니까 자신의 관사에서 변사체로 발견되었는데, 그 죽음에 대한 사건 해결이 아직도 마무리되지 못한 상태였다. 그러나 경찰 측은 대체적으로 염세적인 회의(懷疑)에 빠져 자살했다는 쪽으로 결론짓고 있었다.

나는 솔직히 그러한 죽음의 사건들이 두려운 것은 아니었다. 죽음이란 어떻든 자신의 운명에 관계된다는 주의(主義)니까. 내 감정을 살사하게 만든 것은 다만 앞의 변을 당한 두 명의 농장장과 나를 싸잡아 취급해 버렸다는 것이다. 앞의 두 농장장은 공금횡령 사건에 연루되었다는 의문을 받고 있던 중 Y농장으로 좌천되었다. 내가 그 불명예스런 두 명의 농장장처럼 이곳 Y농장으로 좌천된다는 사실은 그 어떤 Y제당의 직원들에게도 결코 좋은 이미지는 못 되는 것이었다. 굳이 내가 좌천되어 올 만한 빌미를 억지로 짜 맞춰본다면, 아마 Y제당의 임야(林

野)를 매각하여 직원 복지관을 건립하자고 강력히 주장했다는 사실 때문일 것이다. 하긴 회사 측 입장으로 본다면 나의 이 같은 행동이 공금 횡령보다 더 무거운 죄인이 되는 것일지도 모를 일이었다.

변전소가 보였다. 변전소의 그리 높지 않은 상공(上空)으로는 거미줄 같은 전깃줄이 그물처럼 출렁이고 있었다. 택시는 변전소에 이르자 차도를 바꿔 지금껏 질주했던 신작로를 따돌리고 왼쪽으로 널려있는 비포장도로로 접어들었다. 거기서부터는 소형택시가 사뭇 덜컹거렸고, 황토 먼지가 뿌옇게 일어나기 시작했다. 뿌옇게 일어난 황토 먼지는 소릿바람에 떠밀려 구릉지 야산 쪽으로 연기처럼 날아가 버렸다.

택시는 왼쪽 옆구리에 과수원을 끼고 돌았다. 배나무밭이었다. 배나무가 신골 치듯[8] 들어차 있었다. 쌔앵 하고 달리는 택시 안에서는 그렇게 조밀하게 보였다.

그러나 앙상하기는 신작로의 가로수와 마찬가지였다. 배나무는 전신의 옷을 홀랑 벗어 그것으로 융단처럼 발목을 감싸고 있었다. 배나무 가지들이 앞다투어 발가벗은 몸뚱일 어루만지며 허기진 울음을 뱉어내고 있었다. 우 우, 배나무 머리 위로 한 떼의 들새 떼가 숨찬 날개를 퍼덕이고 있었다. 그 날개를 소릿바람이 한차례 앙세게 잡아 흔들고 지나갔다. 그 뒤로 다시 우우 바람이 몰려오고 있었다.

찻길 좌우로 드문드문 웅크리고 앉은 일군(一郡)의 마을을 지나 두렁이 들쭉날쭉한 논밭 사이를 가로질렀다. 차의 속도가 형편없이 떨어지

---

8) 신골 치듯 : 빽빽이 들어찬 모습.

고 있었다. 이제부터 감탕[9] 같은 황톳길이었다. 스위치백 식으로 산을 휘감아 오르기 시작했다. 택시는 헛기침을 하며 몇 번을 툴툴거렸다. 뒷좌석의 스프링이 물여울처럼 출렁거렸다. 속내장이 낡았다는 사실을 이제야 확실히 알 수 있었다. 택시는 끄응 끄응 모질음을 털어내며 산허리를 휘감아 올랐다. 등 쪽으로부터 마른천둥같이 으스스 찬 기운이 느껴왔다. 나도 모르게 끄응 하고 힘을 써댔다. 멀리 푯말이 나타나고 있었다. ―Y제당시험농장― 그것이 나의 눈엔 'Y제당 유배지'라고 쓰여 있는 것만 같았다.

저녁 무렵이었다. Y농장의 살퍼 내가 살풍경했다. 어둠은 급류처럼 빠르고 짙게 깔려오고 있었다. 밤[栗] 산으로부터 황소바람이 씽씽 휘몰아쳐 내렸다. 날품팔이들은 모두 마을로 돌아갔다. 그들은 헐렁한 등짝을 바람에 내맡기며 휴지조각처럼 사라져버렸다. 고비늙은 산지기도 수인사만 나누고는 보이지 않았다.

농장 안의 우리[牢]엔 백열등이 밝혀져 있었다. 자체생산성 돈사(豚舍)와 외부구입돈사, 산란성계사(鷄舍)와 육추사, 그리고 함석판으로 기다랗게 지붕을 입힌 우사(牛舍)의 요소요소에 백열등이 고압적으로 빛나고 있었다. 그 관사에서 앞전의 농장장이 변사체로 발견되었다고 생각하니 갑자기 소름이 돋아 올랐다. 나는 심호흡을 한 번 하고는 심드렁히 발걸음을 옮겼다.

자체생산성 돈사의 출입문 쪽이었다. 그쪽으로부터 비육돈들의 아우성이 새어 나왔다. 지옥 같은 아수라장이었다. 출입문을 확 열쳤다.

---

9) 감탕 : 곤죽처럼 되어버린 진흙.

순간 썩은 오물 냄새가 불빛을 타고 흘러나왔다. 비육돼지가 싸지른 배설물 냄새였다. 으윽 하고 토사물이 목울대까지 뿜어 올랐으나 가까스로 눌러 삼켰다.

첫발을 돈사(豚舍) 내부로 내딛었다. 그러자 후각의 기능이 순식간에 마비되어 버렸다. 죽음의 감옥 같았다. 비육돈들은 모두 독방의 죄수들처럼 갇혀 있었다. 제 몸피의 최대 성장치의 공간이 비육돈들에게 할당되어 있었다. 시멘트 바닥 위에 말뚝 같은 철 기둥을 띄엄띄엄 세워, 가로 세로의 벽면 역할을 하도록 하고 있었다. 비육돈들은 그곳에서 살찌기 좋은 다종(多種)의 사료—사료는 모두 화학처리 되어 있다— 들을 실컷 쳐먹고 급기야 사각의 공간이 비좁다 싶으면 그날부로 죽음을 맞아야 하는 것이었다. 기구한 운명이었다. 그건 생각만 해도 끔찍한 일이었다. 나는 비육돈들의 진정한 양육자가 될 수 없을 것 같았다. 비육돈들의 생명을 헐값에 팔아넘기는 그런 골선비[10] 같은 배반자가 되고 싶지는 않았다. 그것은 진정한 의미에서 내 자신에 대한 배반일 것이기 때문이었다.

비육돈들의 모습은 천태만상이었다. 어떤 돝은 한쪽 귀를 반쯤 잘리고, 어떤 돝은 양쪽 모두가 벌레 먹은 플라타너스 이파리처럼 들쭉날쭉 이었다. 그런가 하면 한쪽 다리가 짧거나 꼬리가 달아나 버린 돝들도 있었다. A_1, B_2, C_3 … 등등의 표찰이 비육돈의 꼬리와 귀의 한쪽 귀퉁이에 훈장처럼 매달려 있었다. 비육돈의 주식으로 제공한 사료의 종류에 따라 분류해 놓았음이 분명했다. 생체실험을 연상케 했다. 어느 전문 연구소로부터 스카우트했다는 가축시험원들은 보이지 않았다.

---

10) 골선비 : 어쩔 수 없는 선비 모습. 뼈 속까지 선비.

내가 아는 바로 그들은 주 1회 정도 농장에 들른다는 사실이었다.

　돼지들의 울부짖음이란 참으로 지겨운 것이었다. 그런 울부짖음은 〈맹목적〉이라는 생각을 갖도록 했고, 그래서 더욱 울화통이 치밀었다. 그 울음의 색깔조차 표현할 수 없을 것 같았다. 나는 구두코로 철 기둥을 쾅하고 우악살스레 걷어차 버렸다. 돈사(豚舍)가 갑자기 무너질 듯이 흔들거렸다. 죽음의 지옥이었다. 아직껏 들어본 적이 없던 불협음들이 고막을 꿰뚫며 뇌 속을 가로질렀다. 우당탕 출입문을 열쳤다. 그리고 우벅주벅 돈사를 빠져나왔다. 출입문 앞의 백열등이 고압적으로 나를 노려보고 있었다. 밤[栗] 산으로부터 달려온 황소바람이 째앵하고 등을 떠밀었다.

　관사의 숙소로 돌아왔다. 냉방이었다. 날이 밝으면 산지기를 시켜 불을 지펴야겠다고 생각했다. 먼지가 더께처럼 내려앉아 있었다. 거듭거듭 방청소를 끝내고 고리타분한 냄새가 풀썩거리는 이부자리를 폈다. 스위치를 내리고 지친 몸을 눕혔다. 불현 듯 무서움이 일었다. 누군가 발목을 잡아당길 것만 같았다. 변사체의 목장장이 문을 두드리며 바람처럼 우 우 울고 있는 것 같았다. 사방은 울음소리뿐이었다. 바람이 울고, 밤[栗] 숲이 울었다. 가축들이 울고, 농장장이 울었다. Y농장은 이미 거먕빛의[11] 울음바다로 변해가고 있었다.

　날삯꾼들은 항상 거드름을 피웠다. 서넛씩 짝을 지어 일하면서도 콩팔칠팔 불만을 터뜨렸다. 그들은 의무보다는 권리를 내세우기 좋아하는 노동자들이었다. 반나절이면 매듭 지울 일도 한나절씩 지질구질

---

11) 거먕빛 : 매우 짙은 검붉은 빛깔.

끌어댔다. 내 눈을 피해 어디론지 사라졌다가 한참만에야 모습을 드러내기도 했다. 내가 그것을 꼬집어 나무라면 주눅 좋게 말휘갑을 치곤 했다.

그들에게 있어서 나는 뿔 뺀 쇠상의 존재였다. 나는 날일꾼들의 뭇 입에나 오르내리는 것이 전부였고, 그들의 공격의 대상에 불과했다. 애당초 Y농장으로 바람맞은 것부터가 모순이었지만, 나는 날삯꾼들의 불만을 살만도 했다. 농장장이라는 사람이 도대체 농장 일에 대해서 무엇 하나 아는 게 없었으니까. 내가 할 수 있는 일이란 게 고작 축사(畜舍)에 들러 가축의 머릿수를 헤아리거나, 갇혀있는 가축들을 보면서 감상적 허무주의에 빠지는 것이었다. 간혹은 날삯꾼들을 감시하거나 산지기를 시켜 관사 청소를 하게 하고 불을 지피게도 했지만, 그건 순전히 내 체모를 세우기 위해서였다.

내가 나 자신을 판단하건데 Y농장에 있어도 그만, 없어도 그만인 존재에 지나지 않았다. 미상불 두름성 좋은 가축시험원 한 명이 날더러 '좀비족'이라고 손가락질을 하던 일도 있었던 터였다.

또 소릿바람이 몰아치고 있었다. 바람은 밤[栗] 산의 잡목 숲을 미친 듯 뒤흔들었다. 낡은 축사의 나신(裸身)을 불숯고[12], 전깃줄을 내리 핥으며 배밭 쪽으로 내달렸다. 우사(牛舍)의 지붕이 철겅철겅 괴성을 질렀다. 괴성에 놀란 소들이 덩달아 소릴 내지르며 씨억씨억 날뛰었다. 우사는 넓고, 넓지만 초라했다. 마치 서커스단의 옥외 공연장과 흡사했다. 키가 껑충한 나무 기둥을 사방에 세워 비닐 천막을 휘둘러 쳐놓은 것이었다. 눈과 비를 염려해서인지 지붕은 함석판이었다. 그 함석판이

---

12) 불숯고 : 불어 스치다의 준말.

철겅철겅 울고 있는 것이었다.

목장장을 죽게 한 살인범의 동료들이 그곳 우사에서 날뛰고 있었다. —목장장을 해친 소는 그 당시 도살장(屠殺場)으로 이끌려갔다.— 그런 형편없는 소들을 본다는 것은 정말 매스꺼운 일이었다. 그놈들이 언제 또 사고를 저지르게 될지 모를 일이었다. 그러나 저런 개망나니들한테 화가 치미는 것은 아니었다. 화가 치미는 것은 Y제당의 수뇌부들 때문 이었다. 저따위로 허술한 단도리를 해놓고 전보 발령을 내렸다니, 그 건 정말 이해할 수 없는 노릇이었다. 개죽음을 당한 두 명의 목장장이 죽기 전 얼마나 민날 같은 생명의 위협을 받았을까. 생각만 해도 소름 끼치는 일이었다.

우사(牛舍)의 소 무리[衆], 그놈들은 어떤 특징을 지니고 있었다. 비록 그놈들이 우리 안에서는 지랄발광을 하며 날뛰어도 우사의 바람벽 역 할을 해주는 껑충한 나무 기둥들을 거의 건드리지 않는다는 사실이었 다. 뾰족하고 단단한 뿔로 한 번 들이받아 버린다면 여지없이 기둥이 으스러져 내릴 것이었다. 어쩌면 저 소들은 기둥 밖의 세계를 전혀 의 식하지 않고 있는지도 모를 일이었다. 하릅시절부터[13] 철저하게 울안 에서 생활해야 한다는 것을 불문율처럼 익혀 왔는지도 몰랐다. 그것은 어떤 의미에서는 우리 조직사회의 성격과도 흡사한 것이었다. 조직의 구성원은 어떤 이유로든 섣불리 조직을 이탈하지 못한다. 내가 태어난 이후 아직까지도 그건 내게 불문율이었다.

울화통이 치미는 까닭은 바로 불의의 세계, 권리를 침해당하는 세계 에서도 그곳을 탈출하지 못하고 마는 용기 없는 사람들 때문인 것이

---

13) 하릅 : 말, 소, 개 따위의 한 살 박이. 두 살은 두습.

다. 간혹 불의에 맞서는 알토란같은 사람도 있긴 하지만 그건 정말 드문 일이었다. 그런 의미에서 우리[牢]를 뛰쳐나와 농장장의 생명을 짓밟아버린 소는 어쩌면 그런 용기 있는 사람에 비견할 만한 존재일지도 모를 일이었다.

불의(不義), 불의는 어떠한 형태로든 존재해서는 안 된다. 불의가 어떤 의미에서는 죽음과 동격일지도 모르며, 불의의 시작은 서서히 사회를 좀먹고, 급기야는 사회의 구성원들을 죽음으로 치몰고 마는 것이다. 앞 전의 두 농장장만 해도 그렇다. 그들이 불의를 저지르지 않았다면, 이곳 유배지 같은 Y농장으로 바람처럼 떠밀려오지는 않았을 것이었다.

불의는 어떠한 경우든, 어떠한 방법으로든 대가를 치러야 한다는 것이 나의 지론(持論)이다. 아니 나의 지론(持論)이기 이전에 세상의 지론(至論)이기도 하다. 그것은 평균치의 감정을 갖은 사람들에게도 상식적인 논리가 아닐까.

나는 Y제당의 한 구성원이다. 구성원으로서 상급자의 명령, 그것이 모다기령[14]일지라도 그 명령을 따라야 한다는 것은 지극히 당연한 사실이었다. 그런 당연성에도 불구하고 왜 나는 이것을 불의(不義)라고 규정짓는가? 그것은 나의 Y농장으로의 전보 발령이 부당하다는 의미가 아니라, 나의 정당한 과거 행동—Y제당의 임야를 매각하여 직원 복지관을 건립하자는 주장—과 밀접한 관련이 있기 때문이었다. 나는 그 불의는 반드시 대가를 치러야 한다고 생각하고 있었다.

---

14) 모다기령 : 한꺼번에 내려지는 명령.

산란성계사(産卵性鷄舍)는 우사(牛舍)로부터 100여 미터쯤 떨어져 있었다. 산란성계사까지는 가파른 황톳길이었다. 밤[栗] 산등성이로부터 끊히 바람이 내려와 뿌연 황토 먼지를 연기처럼 훌쩍 쓸어가곤 했지만, 황토 먼지는 끊임없이 일어서고 있었다.

나는 옷깃을 여미며 산란성계사 안으로 들어섰다. 산란성계사에 있는 500여 마리의 성장한 닭들이 낯선 침입자를 보자 더욱 혼란스럽게 꼭꼭거렸다. 나는 사실 Y농장에 온 이후 이곳 산란성계사에는 거의 출입하지 않았었다. 이곳은 Y농장의 다른 축사보다 원초적 본능이 더욱 스스럼없이 발동하는 곳이었다. 암컷과 수컷이 적정 비율로 배합된 이곳은 하루 24시간 내내 교미(交尾)가 후드득 후드득 이루어지고 있었다. 어미닭들은 고급사료나 실컷 처먹고, 대낮에 흘레나[15] 붙어 그 원초적 사랑의 대가로 물수란같이 설익은 계란이나 쑥 쑥 뽑아내면서 꼬꼬댁 꼭꼭 한 번 내지르면 그만이었다. 그것으로 하루 일과는 끝나고 충실히 의무를 이행한 셈이었다. 그리고 또다시 빨간 잉걸불같이 이글거리는 성욕(性慾)의 바다로 닻을 내리는 것이었다. 마치 그 성욕의 바다가 성계(成鷄)들이 정착해야 하는 최후의 섬인 듯이….

"이놈우 꼬꼬 새끼덜 팔자 한 번 늘어져 부렀쓰야잉. 싸고 쳐 먹고 싸고 쳐 먹고! 밤낮으로 이 자미(교미)를 붙고도 뭔 심들이 저리도 좋을꼬잉. 아 석 달 열흘 굶은 홀애비 맹크롬 극성이여어. 극서엉."

억센 남도 사투리였다. 괴상스런 신음 같은 우렛소리를 내며 암내를 풍기는 어미닭들을 향해 사료를 공급하고 있던 날품팔이 아낙이 진망궂게 뇌까렸다. 그 말끝을 이어 다른 아낙이 잔주처럼 너스레를 놓았다.

---

15) 흘레 : 짐승의 암컷과 수컷이 짝짓기 하는 것.

"허긴 뭐 내일 당장 삼수갑산을 가드라도 그 짓은 하고 본다는 거 아닌가버잉. 그런디 말유. 차암 이년의 팔짜도 더럽단 말유. 이놈에 남편이라는 작자가 디스콘가 뭔가가 걸려뿌러가꼬오 여엉 그렇단 말여유. 내가 이놈에 닭 새끼들을 보고 있응께 사람 참 환장 허것네유잉…."

넋두리가 연이어지면서 너 댓의 마을 아낙들이 까르르 웃어댔다. 웃음소리가 터져 나올 때마다 닭들이 놀라 더넘스럽게[16] 울부짖었다. 고개를 쳐들고 비명을 지르며 어깻죽지를 푸득푸득 떨고 있었다.

아낙들은 나를 곁눈질하곤 했다. 그러나 나 같은 존재는 개의치도 않았다. 드레없는 아낙들의 짓거리, 그 짓거리에 나는 자존심이 밤송이처럼 짓뭉개지는 듯한 치욕을 느꼈다. 내 마음의 심연으로부터 뜨거운 열기가 후끈 달아올랐다. 구두코를 세워 시멘트 바닥을 객쩍게 한 번 내리 찍으며 계사(鷄舍) 밖으로 뛰쳐나왔다.

여전히 바람이 몰아치고 있었다. 밤[栗] 산으로부터 바람만 우 우 내려오고 있었다. 휘휘한 겨울 유배지였다. Y농장은 나로 하여금 많은 사고(思考)를 하도록 했다. 그 사고(思考)는 내게 어떤 결정의 순간에 적잖은 도움을 주었다. 내가 Y농장에서 사고한 것은 평범한, 지극히 상식적인 것이었지만, 사람들은 그러한 상식성을 잊고 지내는지도 모를 일이었다.

사람들의 주관이 흔들린다는 것은 부끄러운 일이다. 어느 조직, 단체에서도 자신의 주장을 분명히 해야 한다. 우익과 좌익으로 너무 극단적인 것은 다소 배제하더라도 자신의 의견과 태도에 대한 색깔은 분

---

16) 더넘스럽게 : 쓰기에 적절한 이상으로 큰 것.

명히 드러내야 한다. 그러나 어떤 조직과 단체에서도 그러한 논리가 현실화되기란 참으로 어렵다. 우리 Y제당에서만도 그랬다. Y제당의 복지관 건립에 관한 문제에서 그 점은 분명히 드러났다. 극단적으로 대립되는 찬성과 반대는 거의 눈에 띄지 않았고, 거개가 중간노선을 취했었다. 그것은 우리 조직사회의 커다란 병폐로써 지적되는 무사안일주의, 바로 그러한 사고(思考)가 팽배했기 때문이었다. 그것이 처음엔 관리들의 병폐로써 상식화 되었지만 최근엔 관리뿐 아니라 기업체나 기타 단순노무자들에 이르기까지 일반화되고 있는 것이었다.

나는 언제든 태도를 확실히 했다. 적어도 논리적으로 비난받고 싶지는 않았다. 그런데 어처구니없게도 나는 Y농장에서 흔들리고 있었다. 칠팔 월 수수 잎처럼 그렇게 줏대 없이 안팎을 넘나들고 있었다.

첫째, 가축들에 대한 나의 감정은 솔직히 증오와 연민의 두 가지 빛깔이다. 앞전 농장장에 대한 황소 한 마리의 횡포, 우리[牢]밖의 세계에 대한 무지(無知), 이것은 나로하여금 증오의 빛깔을 띠도록 한다. 그러나 우리에 갇혀있는 가축들이 죄수처럼 생각될 때, 그것은 연민의 빛깔이다. 나는 증오와 연민의 두 가지 빛깔 중 하나를 선택해야 한다는 내면적 갈등을 겪고 있었다.

둘째, 농장 삯일꾼들에 대한 나의 감정은 유감스럽게도 무덤덤하다. 어떠한 빛깔로도 설명할 수가 없을 것 같다. 애당초 그들이 나를 '좀비족'이라고 말했던 것처럼 나 또한 그들의 필요성을 전혀 인식하지 못했다. 그들이 Y농장을 그만둔다면 농장의 운영이 금세 마비되어 버리겠지만, 그들은 하루 벌어 하루 먹는 사람들에 불과하다. 그들에게서 그러한 행동을 상상해 본다는 것은 소릿바람을 잡겠다는 것처럼 무모한 짓거리일 것이다.

셋째, Y제당의 수뇌부들과 Y제당이 스카우트했다는 가축시험원들에 관한 나의 감정이다. 얼마 전까지만 하여도 나는 그들과 같은 엘리트층이라고 자부했으나 지금은 그렇지 않다. 나는 상당히 그들과 동떨어진 존재라고 여기고 있다.

불구대천(不俱戴天)[17]이라고 하였던가? 나는 어쩐지 그들과는 임을 이듯 하늘을 이고 살 수는 없을 것 같다는 생각이 들었다. 특히 Y농장에서 만나게 된 가축시험원들, 그들은 스스로 내게 '좀비족'이라고 지껄였는데, 그런 전문용어를 날삯꾼들까지도 스스럼없이 사용하는 걸 보면 미상불 시험원들의 나에 대한 불만이 대단한 모양이었다.

그럼에도 불구하고 나는 또 그들에 대해 파토스(연민)가 발동한 것이다. 나와는 하늘을 이고 살 수 없을 것 같은 그들이 궁극적으로 불쌍한 존재이고, 연민의 대상이 되고 마는 이 생게망게한 나의 의식(意識), 나는 그토록 살가운 내 의식을 일관성 있게 다잡아야 한다고 아퀴를[18] 지었다. 그것은 내 삶의 무게로서 오는 어떤 힘이었고, 환경은 또 나를 그런 식으로 휘몰아갔다.

첫 번째 사건이었다. Y농장 전역에 사이렌 소리가 요란했다. 사이렌의 메아리가 밤[栗] 산으로부터 무자위의 물줄기처럼 쏟아져 내리고 있었다. 그런 신호음은 마치 공습기 출현을 알리는 상황과 흡사한 파장의 굴곡을 갖고 있었다. 황소의 우리 이탈을 알리는 사이렌 소리였던 것이다. 사이렌 소리와 동시에 날삯으로 일하는 마을 청년 한 명이 관

---

17) 불구대천 : 하늘을 같이 이지 못한다는 뜻으로 큰 원한 가진 것을 비유적으로 일컫는 말.
18) 아퀴 : 일의 매듭을 짓는 일.

사 문을 두드렸다.

"모, 목장장님! 큰일 났씸더."

나는 급조된 청년의 목소리에 황소가 급기야 우리 밖으로 달아났음을 직감했다. 나는 헐렁한 작업복을 주섬주섬 꿰어 입고 밖으로 나왔다. 청년의 얼굴이 새파랗게 질려 있었다.

"크, 큰일 났심더, 화, 황소가…."

청년은 떨린 목소리로 종깃종깃 말을 끄집어내고 있었다. 나는 틀거지를 세워 어험스럽게 입을 뗐다.

"무슨 일인데 그렇게 수선스럽소?"

"황소가 아, 아랫마을에 나타났심더."

"그, 그게 어떻다는 거요?"

나는 '아랫마을'이라는 소리에 다소 놀랐으나 여전히 태연한척 시치미 뗐다.

"우리 황소 말입니더. 꼬, 꼬리에 패대기가 부착됐단 말입니더."

"우리 황소 축사를 이탈했다 이거요?"

"앞 동네를 휘젓고 다닌다 캅니더. 크, 큰일났씸더."

"걱정할 것 없소. 내가 처리 하겠소."

나는 태연한 척 너스레를 떨었으나 앞길이 막막하였다. 일단 Y제당 본사에 보고부터 했다. 보고를 받은 Y제당 수뇌부들은 노발대발이었다. 당신 선에서 잘 처리하라는 식이었다. 곤란한 일은 언제든 피하고 보자는 게 머리 큰놈들의 방식이었다.

나로서는 속수무책이었다. 마을 청년들이 동원되었으나 쉽게 접근하지 못했다. 결국 정오가 되어서야 생포할 수 있었다. 다행히 치명적인 사고는 없었다. 도축 요원 몇 명이 가벼운 외상을 입었을 뿐이었다.

황소는 우리 밖의 세계를 은근히 동경했었는지도 모를 일이었다. 결국 그 황소는 도축장으로 끌려갔지만 나는 그 황소에게 갈채를 보내고 싶었다. 그로부터 축사 내부에 씨억씨억 날뛰고 있는 못난 놈들은 증오의 대상이었다. 연민의 감정은 조금씩 달아나고 있었다.

두 번째 사건은 사료저장소 앞 공터에서 일어났다. 점심을 마친 날 삯꾼들이 잔디밭 공터에 모여 웅성거리고 있었다. 그러한 일이 한두 번 일어난 것만도 아니었지만, 그날은 뭔가 심상치 않은 조짐이었다. 나는 되도록 그들에게 신경을 쓰지 않으려고 애썼으나 완전히 신경 밖으로 벗어난 상태도 아니어서, 먼발치에서 다리품을 들여 바장이고 있었다. 그때 공터 쪽에서 웅성거림 정도를 넘어 모진 욕짓거리가 터져 나왔다.

"덤벼 새꺄. 어서 덤비라구. 이 도갓집 강아지[19] 같은 새꺄!"

"아가리 닥쳐 새꺄, 뭐가 잘났다고 큰 소리야 새꺄. 이 보쟁이 같은 놈이. 확 나발을 불어 뽄다 너?"

마을 청년 두 명이었다. 그들은 평소에도 티격태격하곤 했었다. 두 청년을 빙 둘러싸고 여남은 되는 날품팔이들이 어쭙잖게 싸움을 부추기고 있었다. 나는 그냥 모르는 척 돌아설까 하다가 싸움질이 악화되는 것 같아 시쁜 발걸음을 그쪽으로 옮겼다.

"이런 엉세판에[20] 그래 볼만장만 구경만 하자는 거야 새꺄. 우리도 정당허게 우리 권리를 찾자는 것이 그렇게 아니꼽단 말야 새꺄?"

"흐엇, 뭐 권리? 웃겨 새끼, 니깟 게 무신 눔에 권리야 권리가아. 허

---

19) 도갓집 강아지 : 온갖 일에 눈치가 빠른.

20) 엉세판 : 가난하고 궁색한 판.

구한 날 여편네들 하구 야지나 틀구 새끼가, 니깟 게 무신 일을 했다고 품삯 타령이야 새꺄. 이런 일자리 있는 것만도 다행인줄 알아 임마, 알어? 보쟁이 같은 새꺄…."

키 작은 청년의 손이 원을 그리며 번쩍 빛났다. 굳게 잡아 쥔 청년의 손에서 예리한 빛이 얼비쳐 나왔다. 청년의 손이 햇빛을 반사해 보내고 있었다. 두 청년을 에워싼 날삯꾼들이 물색없이 뒤로 물러섰다. 키 작은 청년의 손이 이번엔 빠르게 한 번 원을 그렸다. 그때 비명소리가 햇빛을 말려버릴 듯이 날카롭게 들렸다. 사람들이 우왕좌왕했다. 간진 신음소리가 들렸다. 청년이 모로 쓰러져 있었다. 억세 보인 한 사내가 청년을 들쳐 맸다. 청년의 겉옷 위로 빨간 숯불 같은 피가 번져나고 있었다. 차의 시동을 거는 소리가 들렸다. 쓰러진 청년이 트럭에 실리고 있었다. 그 트럭이 바람처럼 내달리고 있었다.

키 작은 청년이 내 쪽으로 우적우적 걸어왔다. 나는 소름이 끼쳤으나 애써 태연한 척했다. 청년의 손에서 여전히 예리한 빛줄기가 얼비쳐 나오고 있었다.

"꺼져버려 새꺄!"

청년이 내게 욕부렁을 쏟아 뱉었다. 나는 대꾸하지 않았다. 한 명의 사내가 키 작은 청년을 붙들었다. 청년은 사내로부터 발버둥 치며 빠져나왔다. 그리고 달아나고 있었다.

"좀비족 같은 새꺄 꺼져, 꺼져버려 새꺄…."

청년이 달아나면서 나를 향해 내뱉은 말 부스러기가 내 고막을 파고들었다. 나는 순간 앞이 아득해졌다. 내 존재가 이렇게 형편없다는 것을 보여주는 것이었다. 나는 고개를 쳐들어 하늘을 올려다보았다. 가는 구름이 전깃줄을 비껴 지나고 있었다.

청년의 소식을 전해들은 것은 저녁 이내가 밤[栗]산의 자드락을 타고 내려올 무렵이었다. 다행히 칼날이 심장 부근을 비껴갔으므로 생명에 직접적인 영향을 미치지는 않을 것이라 했다. 그러나 워낙 흘린 피의 양이 많아 아직 혼수상태에서 깨어나지 못하고 있다는 소식이었다. 가해자인 키 작은 청년을 붙잡기 위해 읍 · 면지서 순경들이 상당수 출동했다는 소식도 덧묻어 들렸다.

나는 그 소식을 전해 듣기까지 Y제당 수뇌부에 사건의 전말(顚末)을 보고하지 않았다. 그러나 수뇌부로부터 역으로 그 사건의 책임을 물어 왔다. 모르긴 해도 Y농장 측에 회색분자가 있는 모양이었다. 수화기 너머의 목소리는 매우 건조했다.

"농장장이요?"

"그, 그렇습니다만…."

"나, 비서실장인데 당신 정말 미쳤소?"

"무, 무슨 말씀입니까?"

"왜, 사건 보고를 않는 거요? 당신 지금 제정신이요?"

"네에? 무, 무슨…."

"다 알고 있소. 암튼 당신 선에서 마무리하시오. 제발 잘 좀 해요. 생때같은[21] 실업자 되기 싫으면 말이요, 예?"

말끝이 예리한 송곳처럼 날카로웠다. 건조하고 냉랭하기 이를 데 없는 그 말투는 '당장 네 목을 끊어버리겠다'는 듯 고압적으로 들렸다. Y제당 수뇌부 측은 늘 그 모양이었다. Y농장에서 뿐만 아니라, Y제당의

---

21) 생때같은 : 몸이 튼튼하고 병이 없는.

각 지사에서도 난처한 보고가 들어가면 '그따위 것 하나 해결 못하고 보고를 하는가?' 하고 비아냥거리며 발뺌부터 했고, 사소한 일조차 보고하지 않으면 또 않는다는 사실을 문책하는 것이었다. 어쨌거나 하급자들은 동네북이 되고 마는 거였다.

이 사건 이후 나는 '좀비족'이라는 고상치 못한 꼬리표를 떼어 버리기 위해서라도 농장장으로서 나의 직분을 내세우고, 내 존재를 인정받아야겠다는 결정을 내리게 되었다. 날삯꾼들은 물론 가축 시험원들에게도 농장장으로서의 정당한 권위를 인정받아야만 한다는 그런 결정을 말이다.

그 후, 나는 축사(畜舍)의 이곳저곳을 들러 용기 없는 황소 놈들과 돼지·닭 따위들에게 충격을 가하기 시작했다. 채찍으로 황소의 엉덩짝을 호되게 몰아치고, 뒷다리의 아롱사태를 우지끈 내질렀다. 녀석들은 반항하지 않고 떼 지어 우왕좌왕이었다. 그것은 따분하면서도 매우 신나는 일이기도 했다. 날삯꾼들과 가축시험원들은 그전과는 다른 눈빛으로 나를 대했다. 그치들도 나로부터 어떤 심상치 않은 위험 요소를 발견한 모양이었다. 어쨌거나 나는 그치들을 부리는 농장장의 신분이니까 말이다.

돼지의 소스라진 코 부위를 느닷없이 갈겨버리고 펑퍼짐한 허구리쯤을 구두코로 한 번 찍어 내리면 비육돼지들은 본능적으로 거칠게 울어댔다. 간헐적으로 잠긴 우리(牢) 문을 열어 놓아도 녀석들은 우리[牢] 밖의 세계에는 전혀 흥미가 없는 모양으로 밖으로 뛰쳐나올 생각도 없이 민 하게 자리를 고수하며 날름날름 사료나 받아 쳐먹었다. 그리고는 암내 풍기는 우렛소리를 요상하게 발산하는 것이었다.

날삯꾼들과 가축시험원들의 태도는 이제 많이 달라져 있었다. 제법 멀리에서도 나를 보면 엉거주춤 고개를 수그려 예의를 갖췄고, 제법 내 환심을 사기 위하여 비나리치는 사람도 있었다. 하기야 내가 몇 번인가 한군데 모아놓고서 짐짓 틀거지를 세운 적도 있었으니까.

"잘 들으시오. 내가 이곳의 농장장이라는 사실을 결코 잊지 마시오. 여러분의 행동에 따라 우리 Y농장이 천국이 될 수도 있고, 지옥으로 전락할 수도 있소. 당신들의 요구사항은 바로 당신들의 태도에 따라서 관철될 수도 있고, 그렇지 않을 수도 있을 것이요. 어쨌거나 당신들을 관리하는 사람은 이 농장장이라는 사실을 잊지 마시오. 비록 농장장의 직분이 형식적일지라도, Y농장의 질서는 이 농장장에 의해서 유지되고 있다는 사실을 명심하시오."

닭들이 하는 짓거리에 몹시 분통터졌던 나는 하루에도 몇 번씩 계사에 들러 닭들에게 은근히 치도구니를 놓곤 했다. 그 일처럼 신나는 일도 없었다. 호되게 매를 놓고 닭의 모가지를 두세 번 외틀어[22] 버리는 일은 그날의 축적된 스트레스를 한꺼번에 거둬가기에 충분했던 것이다. 비뚤어진 닭발—시험농장이므로 기형적인 가축이 많다—을 바로 잡는 척하다가 우지끈 동강을 내버리면 녀석들은 발악을 했다. 그러나 어쩔 것인가. 우리(麥) 안의 생활에만 길들여져 있고, 우리 밖의 세계를 모르는 녀석들이 무슨 수로 그런 고통에서 벗어날 것인가. 우리 안을 벗어나면 죽게 될지도 모른다고 믿는 용기 없는 녀석들임에는 틀림없는 모양이었다. 나는 간혹 닭들의 성격을 파악하기 위해 우리를 활짝 열어두곤 했지만, 녀석들은 먹고 싸고 자미 붙는 일에만 관심이 있

---

22) 외틀어 : 어느 한쪽 특히 왼쪽으로 비틀어지다.

었을 뿐 우리 밖으로 나오는 일은 없었다. 어떤 의미에서는 우리 인간보다 더욱 현명한 행동일지도 모를 일이었지만 어쨌거나 지루하고 한심한 녀석들이라고 나는 생각하고 있었다.

아침부터 분주했다. 날삯꾼들은 다른 날 보다 일찍 나와 법석을 떨었다. 가축시험원들도 근무에 열중했고, 비번인 시험원들까지 모두 출근해 있었다. Y제당 수뇌부들의 특별시찰이 예정되어 있던 터였다. 수뇌부들은 일전에 발생했던 두 사건의 전말을 보고받기 위해 내려오는 모양이었다. 다행히 황소 이탈 사건도 큰 피해가 없었고, 칼에 찔린 청년 또한 목숨을 건졌으므로 그다지 문제 될 바는 없었지만, 수뇌부들의 시찰 의도에는 짐짓 위엄을 부리고, 어떤 압력을 집어넣기 위한 술책이 숨어 있는 것 같았다.

안개는 아침 일찍부터 밤 산으로부터 내려오고 있었다. 겨울인데도 안개가 낄 수 있다는 사실을 이곳에서야 안 것 같았다. 안개는 밤 숲을 덮은 채로 내려오기 시작해서 이제 Y농장을 뒤덮기 시작했다. 그런 탓인지 하늘은 유달리 무겁고 우중충해 보였다. 공중에 부유하고 있는 안개 입자 때문에 그렇게 보였는지도 모른다.

그런데 시간이 흐르면서 안개가 짧은 치맛자락처럼 걷히기 시작했다. 안개가 걷혔으나 하늘은 나지막이 내려앉아 있었다. 여느 때와 달리 바람이 멎고, 하늘엔 눈발까지 짙은 모습으로 드리워져 있었다. 겨울이 한참 먹혀들었지만, 아직 눈은 내리지 않고 있었다. 해마다 대기의 온도가 몇 도씩 상승하고 있다는 보도도 있어 왔다. 첫눈은 그래서 내리지 않고 있는 모양이었다.

수뇌부들이 도착했다. 정오가 조금 지난 뒤였다. 미끈한 검정색 승용차 세 대가 농장 앞에 줄지어 서 있었다. 십여 명의 수뇌부들이 비대한 몸으로 뒤뚱뒤뚱 걸어 들어오고 있었다. 나는 그들을 정중히 맞아들였다. 내 곁에서는 가축시험원들이 나를 거들고 있었다.

"어서 오십시오."

"수고가 많소. 우릴 우사(牛舍)로 안내 하시오."

형식적으로 수인사를 끝낸 수뇌부들은 성급하게 굴고 있었다. 내가 준비한 간단한 브리핑의 겨를도 주지 않았다. 나의 존재는 여전히 무시되고 있었다. 나는 배알이[23] 뒤틀려오기 시작했다.

우사에 도착했다. 억센 황소들이 씨억씨억 날뛰고 있었다. 그래봤자, 우리(牢)밖의 세계를 모르는 미욱한 황소에 불과한 것이었다.

"그래, 좀 소득을 얻었소?"

수뇌부 중의 한 명이 가축시험원을 향해 물었다.

"물론입니다. 화학 처리한 사료를 이용하면 발육이 배(倍)가 빠르고, 성격도 아주 온순해지죠."

"그럼, 우리(牢)를 이탈한 황소는 어떻게 된 거요?"

또 다른 수뇌부가 물었다. 그의 말소리에 딱딱한 심이 박혀 있었다.

"돌연변이죠. 황소의 체질에 따라 드물게 발생할 수도 있습니다."

유독 배가 불거진 수뇌부가 나를 날카롭게 한 번 노려보았다.

"농장장말이요. 이 우사가 너무 허술하다는 생각이 들지 않았소?"

돌연한 질문에 나는 아연했다. 어쩌자고 이제와서 그따위 질문을 하는 것인지 순간 이해되지 않았던 것이다.

"아, 네, 그 그건 저도 동감입니다."

---

23) 배알 : 창자를 낮잡아 부르는 말.

나는 머뭇머뭇 그렇게 뱉어버렸다. 언턱거리를[24] 찾았다는 듯 생전 보지도 못했던 낯선 수뇌부가 가물에 돌 친 듯이 뇌까렸다.

"그럼, 왜 축사 보수 기획설 올리질 않는 거요? 당신같이 흐리멍덩한 사람들이 있으니까 이렇게 사고가 나는 게 아니요?"

나는 순간 울화통이 머리끝까지 치솟았다. 머리카락이 밤송이처럼 빳빳하게 일어서고, 한 가닥 남은 자존심마저 짓뭉개지는 느낌이었다. 그리고 내 가슴 깊은 곳으로부터 강렬한 거부감이 억새풀처럼 일어서고 있었다.

"그런 사고라면 내가 책임지겠습니다. 그러나 이 황소 놈들은 우리[牢] 밖의 세계에 대해 도대체 모르는 놈들입니다. 우리 문을 활짝 열어놓아도 그대로란 말입니다. 우리[牢] 내부의 생활에 이골이 나도록 익숙해진 놈들이죠."

나는 분통이 터져 다소 비아냥을 섞어 내뱉어버렸다. 어이없다는 듯 수행원 한 명이 소리쳤다.

"그, 그게 무슨 망발이오! 농장장 당신 정말 미쳤소?"

"그건, 그쪽 생각이겠죠. 자, 확인들 해보시죠. 제가 문을 열어 드리겠습니다. 저 황소 놈들이 얼마나 우리[牢] 내부의 생활에 익숙해져 있는지 두 눈으로 직접 확인들을 해보십쇼."

나는 나무기둥에 헐렁하게 매달린 함석문을 열어젖혔다. 함석문이 찌그럭찌그럭 신음소리를 게워내듯 열리기 시작했다. 수뇌부들은 다소 질리고, '과연 그럴까'하는 호기심 어린 양면성을 띤 얼굴로 소 무리를 바라보고 있었다. 소 무리는 물끄러미 우리[牢] 밖의 사람들을 향해 눈

---

24) 언턱거리 : 남에게 트집 잡을 만한 핑계.

만 씀벅거리고[25) 있었다. 씨억씨억한 소 무리는 우리 문이 열렸으나 우리 안에서만 날뛰고 있었다.

"이것들 보십시오. 이놈들은 우리[牢] 밖의 세계가 어떠한 것인지 호기심도 없고, 그런 세계가 존재하는지조차도 모르는 놈들입니다. 오로지 먹고 싸고 교미나 붙는 게 고작이죠. 이런 멍청한 소 새끼들."

나는 소 무리를 향해 혀가 입천장을 쓸고 가는 된 발음으로 욕설을 뱉어내버렸다. 그것은 사실 수뇌부들에 대한 야유의 뜻이 숨어있는 욕설이었다. 가축시험원 한 명이 자신의 업적을 과시하듯 어깨를 추슬러 세우며 감탄 비스름한 소리를 냈다.

"저것들 보십쇼. 저토록 온순합니다. 이게 모두 우리 시험요원들이 화학 처리한 사료 덕택이죠. 정말 쓸 만한 놈들입죠."

그런데 바로 그때였다. 수뇌부들 중 배불뚝이 사내가 격한 욕설과 함께 고함을 내지르며 함석문을 꽝! 하고 걷어찼다. 순간, 우리[牢] 안이 회오리처럼 소용돌이쳤다. 황소 한 마리가 펄쩍펄쩍 날뛰다가 열린 함석문 쪽으로 질주하듯 내달렸다. 그 뒤를 이어 황소 떼가 떼거지로 함석문을 빠져나왔다. 순식간이었다.

나는 허구리를 황소의 뒷발에 걸어 채이면서 우리의 한쪽 귀퉁이에 재빨리 몸을 숨겼다. 그러나 대부분의 수뇌부들과 시험원들은 황소 발밑에 깔려 짓이겨지고 있었다. 황소들이 울부짖으며 마구발방으로 날뛰고 있었다. Y농장은 황소 떼의 울부짖음과 짓이겨진 사람들의 신음 소리로 아수라장이었다.

황소 떼의 울음소리가 하늘높이 치솟아 오르고 있었다. 누군가 비상

---

25) 씀벅거리고 : 눈을 감았다 떴다 하는 모습.

사이렌을 울렸다. 황소의 이탈을 알리는 신호음이었다. 그런 소리들이 어울려 이미 Y농장은 전쟁터 같은 분위기에 휩싸이고 말았다.

나는 우사의 한쪽 귀퉁이에서 절뚝거리며 걸어 나왔다. 우사 안은 밑 빠진 장독처럼 텅 비어 있었다. 여기저기서 고통의 신음소리가 들렸다. 신음소리는 거칠어졌다가 다시 스러지기를 거듭하고 있었다.

나는 짓이겨진 사람들을 비껴 딛으면서 민틋하게 경사를 이룬 언덕배기로 절뚝절뚝 걸어 올라갔다. 밤 산 자드락 쪽에서 황토 먼지가 풀썩거리고 있었다. 황소 떼가 떼 지어 밤[栗] 산 쪽으로 치달려 올라가고 있는 중이었다. 나는 속으로 갈채를 보내고 있었다. 그리고 실성한 사람처럼 중얼거렸다.

"황소 놈 들이 드디어 해냈어. 우리[牢] 밖의 세계를 알게 되었다고. 아 용감한 황소새끼들. 밤[栗] 산을 넘어봐. 거기 또 다른 세계가 기다리고 있을지 모르지 새끼들아, 으흐흐…."

우사(牛舍) 앞에서는 황소 떼에 짓밟힌 사람들이 한 놈 두 놈 짓이겨진 몸을 일으켜 세우고 있었다. 나는 고개를 쳐들어 가슴을 열고 한바탕 시원스럽게 웃어버렸다.

"흐흐흐…."

그런데 바로 그때, 부다듯한 이마에 갑자기 찬 기운이 느껴지는 것이었다. 나는 눈을 호들갑스럽게 휘돌려보았다. 이상한 일이었다. 별안간에 하늘이 없어져 버렸다. 내내 전깃줄에 낮게 걸쳐 있었던 하늘이 보이지 않았다.

아!

기다리던 첫눈이 내리고 있었다. 어느새 하얀 눈꽃들이 하늘을 통째로 삼켜먹고 있었다. Y농장 위로 첫눈이 솜처럼 뿌려지고 있었다.

.... 끝